Two Stories

Deux nouvelles

Two Stories
Deux nouvelles

STENDHAL

A Dual-Language Book

Edited and Translated by
STANLEY APPELBAUM

DOVER PUBLICATIONS, INC.
Mineola, New York

Bibliographical Note

This Dover edition, first published in 2005, contains the complete French text, reprinted from standard editions, of the two stories "Vanina Vanini" (originally published in 1829) and "L'abbesse de Castro" (originally published in 1839; see Introduction for bibliographical details), together with new English translations by Stanley Appelbaum, who also wrote the Introduction and the footnotes.

Library of Congress Cataloging-in-Publication Data

Stendhal, 1783–1842.
    [Vanina Vanini. English & French]
    Two stories = Deux nouvelles / Stendhal ; edited and translated by Stanley Appelbaum.
        p. cm. — (A dual-language book)
    English and French.
    ISBN 0-486-43957-7 (pbk.)
    I. Title: Deux nouvelles. II. Appelbaum, Stanley. III. Stendhal, 1783–1842. Abbesse de Castro. English & French. IV. Title. V. Series.

PQ2435.V313 2004
843'.7—dc22

2004056224

Manufactured in the United States of America
Dover Publications, Inc., 31 East 2nd Street, Mineola, N.Y. 11501

CONTENTS

INTRODUCTION

Life and Works of Stendhal. Henri (or Henry) Beyle was born in Grenoble in 1783; his father was a prominent lawyer. His childhood was marked by the outbreak of the French Revolution (there was much military pageantry, and some violence, even in provincial Grenoble, and his father was an endangered Royalist), but even more so by the death of his beloved mother when he was seven; recollections of her remote Italian ancestry no doubt contributed to his later worship of things Italian. He hated his stuffy father, and the aunt who clumsily abetted him in rearing the boy, and loathed the clergyman who tutored him at home; he developed a lifelong yearning for independent thought, a rebellious stance, and a contempt for money-grubbing bourgeois.

A child of the Revolution even in his public schooling, Beyle entered the newly founded École Centrale of Grenoble in 1796 (a law of the previous year had established these progressive schools in every *département* of the nation). There he excelled in mathematics as well as letters; before he left it in 1799, he had already dabbled in romance, besides. When he moved to Paris in that year, it was to study engineering at another creation (1794) of the Revolution, the École Polytechnique, but he never registered.

Influential relatives found him a berth in the Ministry of War, and in 1800 he participated in Bonaparte's Milan campaign; his first taste of Italy was intoxicating, but, without having seen action, he applied in 1801 for a leave on the basis of ill health, and resigned his sublieutenant's commission in 1802. His writing career, not yet public, began in 1801 with his now-famous, very candid *Journal,* maintained until 1814, but not published until 1888.

Until 1806 he lived in France, at loose ends; then he became deeply involved in Emperor Napoleon's European conquests, as a military administrator traveling widely in Germany and Austria; he even participated in the retreat from Moscow in 1812 (in 1810 he had also

been given a high government post in Paris, and, when he wasn't on campaign, he lived the life of a dandy and playboy). The defeat of Napoleon ended all that.

Between 1814 and 1821 Beyle was chiefly in Milan, where in 1814 he began to publish some of his works. His first two books were unoriginal compilations; his third, *Rome, Naples et Florence* (1817) was the first he signed with the pseudonym (one of many) "M[onsieur] de Stendhal," seemingly adapted from the name of the German town Stendal, near Magdeburg, though some scholars see it as an *hommage* to the excellent writer Mme de Staël (née Germaine Necker in 1766), who died in that year. Beyle also enjoyed some torrid love affairs in these Milanese years; a particularly inspiring woman, whom he pursued from 1818 to 1821 without conquering her, was "Métilde" Dembowski (née Viscontini), the muse of his "theoretical" book *De l'amour* (On Love; written 1820, published 1822). Métilde was also a friend of the illegal revolutionaries known as Carbonari (see the section on "Vanina Vanini" below), and Beyle's association with them made him persona non grata to the Austrians who ruled Lombardy. The combination of his deadlock with Métilde and pressure from the authorities made Beyle leave Milan in 1821.

Between 1821 and 1830 the writer lived chiefly in Paris, though he also traveled (he is credited with inventing the term, and even the notion of, *touriste*). In this period, in addition to essays, travel books, biography, art history, and journalism (his pro-Romanticism manifesto *Racine et Shakespeare* was published in two parts, 1823 and 1825; his *Vie de Rossini*, in 1824), he began writing the fiction that was the basis of his enduring great fame. (The novelistic genre was in low repute at the time as compared with stage works, but Beyle never fulfilled his youthful dream of becoming a second Molière.) His first novel (begun 1826, published 1827) was the odd love story *Armance*. His 1829 short story "Vanina Vanini" was an immediate prefiguration in its intensity of the forthcoming superb novel *Le rouge et le noir* (The Red and the Black; published 1831).

From 1831 to the end of his life, Beyle was a minor diplomat, the consul of France in Civitavecchia, a small seaport servicing Rome and not far north of that capital of the Papal States. (He had been appointed to a more interesting city, Trieste, but the Austrians, still watchful and resentful masters of the north, disapproved.) He spent as much time as he could in Rome and on leave in France (the longest French stay lasted from 1836 to 1839!). Continuing to emphasize fiction, he worked on the never-completed novel *Lucien Leuwen* in 1834

and 1835; on stories set in Italy (the pieces posthumously dubbed "Italian Chronicles"; see the section on "L'abbesse de Castro" below), published from 1837 on; on his second masterpiece, the novel *La Chartreuse de Parme* (The Charterhouse of Parma; written 1838, published 1839); and on the unfinished novel *Lamiel* (begun 1839). He also worked on two important autobiographical pieces, the essay "Souvenirs d'égotisme" (Memoirs of Selfishness; 1832) and the unfinished *Vie de Henry Brulard* (1835 and 1836), which breaks off with events in 1800.

In 1841, after bouts of severe bad health, Beyle applied for a leave. In 1842 he died of apoplexy, which may have been aggravated by obesity and even by long-since-acquired syphilis.

Aside from a very favorable review of *La Chartreuse de Parme* by Balzac, Beyle/Stendhal received hardly any recognition in his lifetime, but his rehabilitation, beginning about 1880 and ultimately placing him on a lofty literary pinnacle, is one of the most remarkable in the history of letters. Bitterly disappointed with his own era; an intellectual aristocrat with a cult of beauty and high energy (exemplified for him by the Italian Renaissance) at a time just as crassly wealth-worshipping as our own; stylistically and temperamentally a reason-loving eighteenth-century *philosophe*, but with an unusual penchant for explosive passions; never catering to current fads, but writing just as he wished, Stendhal was an enduring model of literary independence. Predicting his own vindication—that he would "be read in 1935"—he ended a few of his books with the phrase (in English) "To the happy few."[1]

"Vanina Vanini." This story was first published in December 1829, with the pseudonym "Stendhal," in the *Revue de Paris.* It had surely been written not long before. Unlike most other Italian stories by Stendhal, it takes place in his own lifetime, and reflects recent current events. The passionate heroine was definitely inspired by Stendhal's Milanese friend Métilde Dembowski, who associated with the Carbonari.

The Carbonari ("charcoal burners"), presumably so called because they often assembled in forests, at least at the outset of the movement, were members of a revolutionary society with an organization based on Freemasonry. Their society arose in the Abruzzi, then part of the Kingdom of Naples, about 1808. Their first main objective was to oust

1. No doubt ultimately derived from the Saint Crispin's day speech in *Henry V.*

the king who had been imposed on the locals by Napoleon in that year: his marshal Joachim Murat (1767–1815), who was later killed when invading Calabria after the fall of Napoleon. In the post-Napoleonic era, the society turned its attention to unwanted "tyrants" all over Italy; in the north this often meant opposition to Austria. The Carbonari, responsible for uprisings in Naples in 1820 and Piedmont in 1821, were strictly outlawed. After 1830 the society was absorbed into newer, more politically effective movements for the freedom and unification of Italy.

The smallest (twenty-man) unit in the Carbonari's chain of command (called *vente* in French, as in Stendhal's story) was actually called *vendita* in Italian, and not, as the translator C. K. Scott-Moncrieff fantasized, *venuta!*[2]

"Vanina Vanini" is linked in spirit to Stendhal's next major work, *Le rouge et le noir*, and Vanina herself has frequently been called a prefiguration of the willful Mathilde de la Mole (who was named for Métilde?) in that great novel. Looking further forward, "Vanina Vanini" seems to have been an essential ingredient in the making of the "well-made" play *La Tosca* (1887) by Victorien Sardou (1831–1909), itself the basis of Puccini's 1900 opera. In Sardou's play, as well, there is a Roman heroine of the early nineteenth century who loves a revolutionary and has a meeting with him in prison after a memorable interview with the chief of police; again, the heroine's plans to rescue her lover are thwarted. The two works coincide even in such minor details as an escape from the Castel Sant'Angelo at the very beginning, and an incident involving a prisoner in a well!

"L'abbesse de Castro." In 1833, in Italy, Stendhal, long interested in the narratives contained in innumerable Italian manuscripts, obtained, and/or had copied, a number of them dating (at least purportedly) from the sixteenth and seventeenth centuries. After his death, his good friend the writer Prosper Mérimée arranged the sale of fourteen such manuscripts (only one of which was not a recent copy) to the Bibliothèque Nationale in Paris, where they are still preserved. Stendhal intended from the start to use some of these manuscripts as the basis for stories whose "authenticity" would guarantee the reader's

---

2. Scott-Moncrieff's rendering of these two stories (with others; ca. 1926) possesses indubitable, if somewhat faded, elegance, and is at least 95 percent accurate, but he has trouble recognizing older historical meanings of some words and is sometimes inadequate with technical terminology, resorting to English cognates which fail to convey a definite meaning.

interest in them as unvarnished documents of the human heart in a
more untrammeled, culture-friendly age and clime; but he did no
work on them until returning to Paris in 1836 on a three-year leave
from Civitavecchia. Beginning in 1837, these Italian stories appeared
sporadically in Parisian periodicals under various pseudonyms.

"L'abbesse de Castro" was written on September 12 and 13, 1838,
and February 19–21, 1839. The interruption, which seems not in the
least to have affected the elaborate composition adversely, was due to
the equally rapid composition of *La Chartreuse de Parme*, Stendhal's
second mighty masterpiece. (The huge novel was originally intended
to be a short story, also based on an old Italian manuscript, but
Stendhal modernized as well as expanded it; its naturally close kinship
with "L'abbesse" is apparent in style and quality, and in the similarity
of certain characters and situations.)

"L'abbesse de Castro" was first published in the issues of February
1 and March 1, 1839, of the prestigious *Revue des Deux Mondes*,
under the pseudonym "F. de Lagenevais." Before 1839 was over, it
also appeared in volume form, published by Dumont, Paris, and
signed "M. de Stendhal"; this volume had only *L'abbesse de Castro* for
its title, though it also included the Italian manuscript-based stories
"Vittoria Accoramboni" and "Les Cenci," the latter with the same subject as Shelley's play *The Cenci* (1819).

In 1840 "L'abbesse de Castro" was unsuccessfully dramatized, but
not by Stendhal. The story was reprinted posthumously by Eugène
Didier, in 1853. In that same year the Parisian firm Michel Lévy *frères*
began the extended publication of the first Stendhal collected-works
edition; in 1855[3] the volume of that edition containing "L'abbesse"
and the other manuscript-based Italian short stories (but also "Vanina
Vanini," even though it predates the manuscript-based series and has
a contemporary setting!) was given the overall title (not by Stendhal!)
Chroniques italiennes (Italian Chronicles), which has stuck in the literature, especially in general reference books. ("Vanina Vanini" is now
regularly included in publications of the *Chroniques*, though sometimes with profuse apologies; there is no good reason to perpetuate
that error in this Dover volume.)

The sole manuscript containing the narrative on which Stendhal
based "L'abbesse" devotes only 34 pages to it; Stendhal's constant ref-

---

3. *Not* 1865, as is stated in about half the reference-book articles on Stendhal (which
are full of ghastly mistakes, highly incorrect plot summaries, etc.), and even in a 1977
full edition of the *Chroniques italiennes* published by a very renowned scholarly firm
in France!

erence to two source manuscripts, one Roman and one Florentine, is one of the mystifications he was so fond of, and his statement that the original trial record filled eight folio volumes is a sheer joke on the reader. Furthermore, the manuscript narrative covers only the illicit liaison and subsequent trial of the abbess, so Stendhal made up the bulk of the story (as well as the very end) out of whole cloth (although for the trial itself he followed the manuscript fairly closely, sometimes translating entire sentences just as they stood).

The part of Latium (Lazio; in the Papal States) called Castro was situated in the farthest north of the region, bordering on both Tuscany and Umbria (Orvieto, to the northeast of Castro, was the nearest big town); it was a domain of the powerful Roman Farnese family from at least the twelfth century, when it was known (in Latin) as Castrum Farneti. In 1537 Castro became a Farnese duchy in direct vassalage to the pope (whereas the other, longer-lasting Farnese duchy, that of Parma, founded in 1545, enjoyed greater independence). The town of Castro (where the convent in the story was located), no doubt the capital of the duchy, was razed to the ground in 1649 after being conquered by papal troops, and the duchy was annexed directly to the Papal States. At least three place names in the former duchy still have "di Castro" as their second element; lake Bolsena is the most prominent geographical feature of the area, which also still includes Montefiascone, the town where the baptism takes place in the story.

Other main areas in the story, other than Rome itself, are the Castelli Romani district southeast of Rome (with Albano, Monte Cavo, lake Albano, etc.) and La Petrella (site of Fabrizio Colonna's fortress in the story), which is much farther south in Latium, in the Aurunci mountains, near Formia and Gaeta.

A startling anachronism—the Visitation Order was not founded until 1610—would indicate just how unauthentic Stendhal's manuscripts really were; they were imaginative stories with historical settings, in the long (earlier glorious, but by then already gone-to-seed) tradition of Italian narrative art.

It is historically true that Gregory XIII (most famous for the calendrical reform bearing his name) was pope from 1572 until his death in 1585 (he was born Ugo Boncompagni in 1502), and that he was unable to cure the plague of brigandage during his reign. The powerful Colonna and Orsini families of Rome were enemies for centuries; in Dante's day the Colonna clan favored the Holy Roman Emperors who wished to lay hands on Italy, whereas the Orsini family abetted the papacy (in other words, they were Ghibellines and Guelphs, respec-

tively); later on, their independent attitude and their squabbling were a great annoyance to the popes. The real Fabrizio Colonna, a major *condottiere* in the service of various sovereigns, and father of the famed poet Vittoria Colonna, died in 1520, well before the story takes place; the character in the story is depicted as being just as important (though no later Fabrizio Colonna, or Ottavio Colonna, are listed at all, even in huge multivolume encyclopedias), so historical confusion seems to be rampant. Very real, on the other hand, though a rather secondary character in the story, is Cardinal Alessandro Farnese (1520–1589), a humanist and great patron of the arts (he commissioned the archetypical Jesuit church, the awe-inspiring Gesù in Rome). The church where Fabio Campireali is buried in the story, Sant'Onofrio, atop the Janiculum (Gianicolo) hill in Rome, was founded in 1419; the supreme poet Torquato Tasso (1544–1595), a favorite of Stendhal's, died there.

"L'abbesse de Castro" is sometimes called a novel, and is by far the longest of the so-called *Chroniques italiennes,* but its content is more like that of a generously proportioned novella. Elena's character does develop, but the phases of that development are hinted at only sketchily. Many years go by, but as many as ten elapse in a single sentence!

The story exhibits to perfection many characteristics of Stendhal's fiction. The protagonists are larger than life, strong-willed and impulsive, not without their share of weaknesses, partially because of their youthful naïveté. The minor characters are skillfully woven into the action at strategic moments. The characters' private lives are decisively influenced by larger political and social concerns, and frequently by blind chance. Whereas in many places Stendhal will revel in minute details, descriptive or narrative, and will cleverly use such details as leitmotifs (although at other times they seem to serve no expository purpose, but resemble red-herring clues in a mystery story), he also is apt to summarize events very rapidly and to recount the most consequential turns in the plot in brief "throwaway" lines. His dry wit and irony are omnipresent, and he enjoys taking the reader into his confidence, though he also hoodwinks him. Enamored of Italian Renaissance arts and "energy," he nonetheless never conceals the concomitant ferocity and duplicity. His contempt for the clergy can become almost as paranoid (but never as ludicrous) as Sergei Eisenstein's. "L'abbesse de Castro" includes many of Stendhal's ubiquitous trademarks: his morbid fascination with imprisonment; his use of epistles, portents, signs, and clues; his emphasis on skullduggery

and manipulation of one character by another. The exciting action, often violent and frenetic, never lets up until the very end.

The Nature of This Edition. The reader will find more background information here than in any other edition of these stories, information compiled or verified in independent research. For one example, the publication dates given for Stendhal's works are as reliable as possible. The numbered footnotes, as well as the additions, within square brackets, to Stendhal's own footnotes, are intended to supply only very brief data to enable immediate comprehension of the text; longer discussions, or identification of more minor items, appear earlier in this Introduction.

Characters' names have been converted to their correct Italian forms (and other Italian terms have been improved or added). Vanina Vanini is the only exception; the first *n* in each word should probably be *nn* (assuming they are derivatives from Giovanni), but the translator did not wish to disorient the reader to that extent.

A few remarks are in order on place names. Where necessary, they have been given their standard modern form (Monte Cavo, Civita Castellana). Insofar as possible, the location of small places has been supplied in the footnotes or the Introduction. This has not been done for cities and towns of a substantial size, which the reader is expected to recognize; in fact, some cities not in the text have been used in footnotes as reference locations for smaller places. The translator regrets that, despite a reasonable amount of research, he was unable to identify or explain further the localities La Faggiola, I Ciampi, Croce Rossa, and Achenne (some or all of which may even be fictitious); the Roman prisons Tordinona and Corte Savella; and the Roman Convent of Santa Marta.[4] His consolation is that the lack of this information is no impediment whatsoever to the understanding and enjoyment of the stories.

---

4. Similarly, Ruiz d'Avalos (Dávalos?) may or may not be fictitious; also, the translator would have liked to find more information (such as dates and real name) on the historical bandit Gasparone.

Two Stories

Deux nouvelles

VANINA VANINI

Ou particularités sur la dernière *vente* de carbonari découverte dans les États du pape

C'était un soir du printemps de 182°. Tout Rome était en mouvement: M. le duc de B***, ce fameux banquier, donnait un bal dans son nouveau palais de la place de Venise. Tout ce que les arts de l'Italie, tout ce que le luxe de Paris et de Londres peuvent produire de plus magnifique avait été réuni pour l'embellissement de ce palais. Le concours était immense. Les beautés blondes et réservées de la noble Angleterre avaient brigué l'honneur d'assister à ce bal; elles arrivaient en foule. Les plus belles femmes de Rome leur disputaient le prix de la beauté. Une jeune fille que l'éclat de ses yeux et ses cheveux d'ébène proclamaient Romaine entra conduite par son père; tous les regards la suivirent. Un orgueil singulier éclatait dans chacun de ses mouvements.

On voyait les étrangers qui entraient frappés de la magnificence de ce bal. «Les fêtes d'aucun des rois de l'Europe, disaient-ils, n'approchent point de ceci.»

Les rois n'ont pas un palais d'architecture romaine: ils sont obligés d'inviter les grandes dames de leur cour; M. le duc de B*** ne prie que de jolies femmes. Ce soir-là il avait été heureux dans ses invitations; les hommes semblaient éblouis. Parmi tant de femmes remarquables il fut question de décider quelle était la plus belle: le choix resta quelque temps indécis; mais enfin la princesse Vanina Vanini, cette jeune fille aux cheveux noirs et à l'œil de feu, fut proclamée la reine du bal. Aussitôt les étrangers et les jeunes Romains, abandonnant tous les autres salons, firent foule dans celui où elle était.

Son père, le prince don Asdrubale Vanini, avait voulu qu'elle dansât d'abord avec deux ou trois souverains d'Allemagne. Elle accepta ensuite les invitations de quelques Anglais fort beaux et fort nobles; leur air empesé l'ennuya. Elle parut prendre plus de plaisir à tour-

VANINA VANINI

Or: Details Concerning the Latest Carbonari Cell Uncovered in the Papal States

It was an evening in the spring of 182–. All of Rome was astir: the Duke of B——, that famous banker, was giving a ball in his new palace on the Piazza Venezia. All the greatest magnificence that the arts of Italy and the luxury of Paris and London can produce had been combined to embellish that palace. The throng was immense. The blonde, standoffish beauties of noble England had actively solicited the honor of attending that ball; they were arriving in crowds. The most beautiful women in Rome were vying with them in beauty. A young woman, whose sparkling eyes and ebony hair proclaimed she was Roman, entered on her father's arm; all eyes followed her. A singular pride shone from each of her movements.

The foreigners who came in were visibly struck by the magnificence of that ball. "None of the festivities of European kings," they said, "come close to this."

The kings don't have a palace of Roman architecture; they're compelled to invite the great ladies of their court; the Duke of B—— asks only pretty women. That evening he had been felicitous in his invitations; the men seemed dazzled. Among so many noteworthy women they attempted to decide who was the most beautiful; for a while they couldn't agree, but finally Princess Vanina Vanini, that young woman with black hair and flashing eyes, was proclaimed queen of the ball. Immediately the foreigners and the young Roman men deserted all the other salons and crowded into the one where she was.

Her father, Prince Asdrubale Vanini, made her give the first dances to two or three German rulers. Then she accepted the invitations of several very handsome and very noble Englishmen; their stiff manner bored her. She seemed to derive more pleasure from tormenting young Livio Savelli, who appeared to be very much in love. He was

menter le jeune Livio Savelli qui semblait fort amoureux. C'était le jeune homme le plus brillant de Rome, et de plus lui aussi était prince; mais, si on lui eût donné à lire un roman, il eût jeté le volume au bout de vingt pages, disant qu'il lui donnait mal à la tête. C'était un désavantage aux yeux de Vanina.

Vers le minuit une nouvelle se répandit dans le bal, et fit assez d'effet. Un jeune carbonaro, détenu au fort Saint-Ange, venait de se sauver le soir même, à l'aide d'un déguisement, et, par un excès d'audace romanesque, arrivé au dernier corps de garde de la prison, il avait attaqué les soldats avec un poignard; mais il avait été blessé lui-même, les sbires le suivaient dans les rues à la trace de son sang, et on espérait le ravoir.

Comme on racontait cette anecdote, don Livio Savelli, ébloui des grâces et des succès de Vanina, avec laquelle il venait de danser, lui disait en la reconduisant à sa place, et presque fou d'amour:

— Mais, de grâce, qui donc pourrait vous plaire?

— Ce jeune carbonaro qui vient de s'échapper, lui répondit Vanina; au moins celui-là a fait quelque chose de plus que de se donner la peine de naître.

Le prince don Asdrubale s'approcha de sa fille. C'est un homme riche qui depuis vingt ans n'a pas compté avec son intendant, lequel lui prête ses propres revenus à un intérêt fort élevé. Si vous le rencontrez dans la rue, vous le prendrez pour un vieux comédien; vous ne remarquerez pas que ses mains sont chargées de cinq ou six bagues énormes garnies de diamants fort gros. Ses deux fils se sont fait jésuites, et ensuite sont morts fous. Il les a oubliés; mais il est fâché que sa fille unique, Vanina, ne veuille pas se marier. Elle a déjà dix-neuf ans, et a refusé les partis les plus brillants. Quelle est sa raison? la même que celle de Sylla pour abdiquer, *son mépris pour les Romains*.

Le lendemain du bal, Vanina remarqua que son père, le plus négligent des hommes, et qui de la vie ne s'était donné la peine de prendre une clef, fermait avec beaucoup d'attention la porte d'un petit escalier qui conduisait à un appartement situé au troisième étage du palais. Cet appartement avait des fenêtres sur une terrasse garnie d'orangers. Vanina alla faire quelques visites dans Rome; au retour, la grande porte du palais étant embarrassée par les préparatifs d'une illumination, la voiture rentra par les cours de derrière. Vanina leva les yeux, et vit avec étonnement qu'une des fenêtres de l'appartement que son père avait fermé avec tant de soin était ouverte. Elle se débarrassa de sa dame de compagnie, monta dans les combles du palais, et à force de chercher parvint à trouver une petite fenêtre grillée qui

the most dashing young man in Rome, and moreover he too was a prince; but if he had been given a novel to read, he would have tossed the book away after twenty pages, saying it gave him a headache. That was a drawback in Vanina's eyes.

Toward midnight, a piece of news spread through the ball, making a strong effect. A young carbonaro, imprisoned in the Castel Sant'Angelo, had just escaped that very evening, using a disguise; out of excessive romantic daring, when he had reached the most outlying prison guardhouse, he had attacked the soldiers with a dagger; but he himself had been wounded, the police were following his trail of blood in the streets, and he was expected to be recaptured.

While this anecdote was being related, Don Livio Savelli, dazzled by the charms and popularity of Vanina, with whom he had just danced, said to her, nearly mad with love, as he escorted her back to her seat:

"But, I beg of you, what man would be able to find favor with you?"

"That young carbonaro who has just escaped," Vanina replied: "he at least has done something more than taking the trouble to be born."

Prince Asdrubale came up to his daughter. He's a rich man who for twenty years hasn't had any reckonings with his steward, who lends him his own income at a very high rate of interest. If you met him in the street, you'd take him for an old actor; you wouldn't notice that his hands are laden with five or six enormous rings set with extremely large diamonds. His two sons became Jesuits, then died insane. He has forgotten them, but he's vexed that his only daughter, Vanina, refuses to marry. She's already nineteen, and has turned down the most brilliant matches. What is her reason? The same that Sulla had for abdicating, "contempt for the Romans."

The day after the ball, Vanina noticed that her father, the most careless of men, who had never in his life taken the trouble to carry a key, was very carefully locking the door to a little staircase that led to an apartment located on the fourth floor of the palace. That apartment had windows opening onto a terrace adorned with orange trees. Vanina went out to pay a few visits in Rome; when she returned, the main entrance to the palace was encumbered by preparations for an illumination, and the carriage entered through the rear courtyard. Vanina raised her eyes and was surprised to see that one of the windows of the apartment that her father had locked so carefully was open. She sent away her lady companion, ascended to the garrets of the palace, and by dint of searching finally managed to locate a small barred window facing the terrace with the orange trees. The open

donnait sur la terrasse garnie d'orangers. La fenêtre ouverte qu'elle avait remarquée était à deux pas d'elle. Sans doute cette chambre était habitée; mais par qui? Le lendemain Vanina parvint à se procurer la clef d'une petite porte qui ouvrait sur la terrasse garnie d'orangers. Elle s'approcha à pas de loup de la fenêtre qui était encore ouverte. Une persienne servit à la cacher. Au fond de la chambre il y avait un lit et quelqu'un dans ce lit. Son premier mouvement fut de se retirer; mais elle aperçut une robe de femme jetée sur une chaise. En regardant mieux la personne qui était au lit, elle vit qu'elle était blonde, et apparemment fort jeune. Elle ne douta plus que ce ne fût une femme. La robe jetée sur une chaise était ensanglantée; il y avait aussi du sang sur des souliers de femme placés sur une table. L'inconnue fit un mouvement; Vanina s'aperçut qu'elle était blessée. Un grand linge taché de sang couvrait sa poitrine; ce linge n'était fixé que par des rubans; ce n'était pas la main d'un chirurgien qui l'avait placé ainsi. Vanina remarqua que chaque jour, vers les quatre heures, son père s'enfermait dans son appartement, et ensuite allait vers l'inconnue; il redescendait bientôt, et montait en voiture pour aller chez la comtesse Vitteleschi. Dès qu'il était sorti, Vanina montait à la petite terrasse, d'où elle pouvait apercevoir l'inconnue. Sa sensibilité était vivement excitée en faveur de cette jeune femme si malheureuse; elle cherchait à deviner son aventure. La robe ensanglantée jetée sur une chaise paraissait avoir été percée de coups de poignard. Vanina pouvait compter les déchirures. Un jour elle vit l'inconnue plus distinctement: ses yeux bleus étaient fixés dans le ciel; elle semblait prier. Bientôt des larmes remplirent ses beaux yeux; la jeune princesse eut bien de la peine à ne pas lui parler. Le lendemain Vanina osa se cacher sur la petite terrasse avant l'arrivée de son père. Elle vit don Asdrubale entrer chez l'inconnue; il portait un petit panier où étaient des provisions. Le prince avait l'air inquiet, et ne dit pas grand-chose. Il parlait si bas que, quoique la porte-fenêtre fût ouverte, Vanina ne put entendre ses paroles. Il partit aussitôt.

«Il faut que cette pauvre femme ait des ennemis bien terribles, se dit Vanina, pour que mon père, d'un caractère si insouciant, n'ose se confier à personne et se donne la peine de monter cent vingt marches chaque jour.»

Un soir, comme Vanina avançait doucement la tête vers la croisée de l'inconnue, elle rencontra ses yeux, et tout fut découvert. Vanina se jeta à genoux, et s'écria:

— Je vous aime, je vous suis dévouée.

L'inconnue lui fit signe d'entrer.

window she had espied was two paces away. Beyond a doubt, that room was occupied: but by whom? The following day Vanina managed to procure the key to a little door that opened onto the terrace with the orange trees.

Stealthily she approached the window, which was still open. A slatted shutter helped to conceal it. At the far end of the room there was a bed and someone in that bed. Her first impulse was to withdraw, but she caught sight of a woman's dress thrown over a chair. On looking more carefully at the person who was in the bed, she saw that the person was blonde and apparently very young. She no longer doubted that it was a woman. The dress thrown over a chair was bloodstained; there was also blood on a pair of women's shoes placed on a table. The unknown woman budged; Vanina noticed that she was injured. A large blood-spattered bandage covered her chest; that bandage was held in place by ribbons only; it was no surgeon's hand that had attached it that way. Vanina observed that every day about four her father secluded himself in his apartment and then headed for the unknown woman; he would come back down again before long and get in a carriage to visit Countess Vitelleschi. As soon as he went out, Vanina would ascend to the little terrace, from which she could see the unknown woman. Her feelings were strongly aroused on behalf of that most unfortunate young woman; she tried to guess at her adventure. The bloodstained dress thrown over a chair seemed to have been pierced by dagger blows. Vanina was able to count the rents. One day she saw the unknown woman more distinctly: her blue eyes were staring heavenward; she seemed to be praying. Soon tears filled her lovely eyes; it was all the young princess could do to refrain from addressing her. The next day, Vanina was bold enough to hide on the little terrace before her father arrived. She saw Don Asdrubale enter the unknown woman's room; he was carrying a small basket with a supply of food. The prince looked uneasy and didn't say much. He spoke so low that, even though the French door was open, Vanina couldn't hear his words. He left at once.

"This poor woman must have really terrible enemies," Vanina said to herself, "if my father, who's so easygoing by nature, doesn't dare trust anyone else and takes the trouble to climb a hundred twenty steps every day."

One evening, while Vanina was gently putting her face to the unknown woman's casement, their eyes met, and secrecy was at an end. Vanina fell to her knees and exclaimed:

"I love you, I'm at your service!"

The unknown woman beckoned to her to enter.

— Que je vous dois d'excuses, s'écria Vanina, et que ma sotte curiosité doit vous sembler offensante! Je vous jure le secret, et, si vous
l'exigez, jamais je ne reviendrai.

— Qui pourrait ne pas trouver du bonheur à vous voir? dit l'inconnue. Habitez-vous ce palais?

— Sans doute, répondit Vanina. Mais je vois que vous ne me con-
naissez pas: je suis Vanina, fille de don Asdrubale.

L'inconnue la regarda d'un air étonné, rougit beaucoup, puis ajouta:

— Daignez me faire espérer que vous viendrez me voir tous les
jours; mais je désirerais que le prince ne sût pas vos visites.

Le cœur de Vanina battait avec force; les manières de l'inconnue
lui semblaient remplies de distinction. Cette pauvre femme avait
dans doute offensé quelque homme puissant; peut-être dans un moment de jalousie avait-elle tué son amant? Vanina ne pouvait voir
une cause vulgaire à son malheur. L'inconnue lui dit qu'elle avait
reçu une blessure dans l'épaule, qui avait pénétré jusqu'à la poitrine
et la faisait beaucoup souffrir. Souvent elle se trouvait la bouche
pleine de sang.

— Et vous n'avez pas de chirurgien! s'écria Vanina.

— Vous savez qu'à Rome, dit l'inconnue, les chirurgiens doivent à
la police un rapport exact de toutes les blessures qu'ils soignent. Le
prince daigne lui-même serrer mes blessures avec le linge que vous
voyez.

L'inconnue évitait avec une grâce parfaite de s'apitoyer sur son ac-
cident; Vanina l'aimait à la folie. Une chose pourtant étonna beaucoup
la jeune princesse, c'est qu'au milieu d'une conversation assurément
fort sérieuse l'inconnue eut beaucoup de peine à supprimer une envie
subite de rire.

— Je serais heureuse, lui dit Vanina, de savoir votre nom.

— On m'appelle Clémentine.

— Eh bien! chère Clémentine, demain à cinq heures je viendrai
vous voir.

Le lendemain Vanina trouva sa nouvelle amie fort mal.

— Je veux vous amener un chirurgien, dit Vanina en l'embrassant.

— J'aimerais mieux mourir, dit l'inconnue. Voudrais-je compromettre mes bienfaiteurs?

— Le chirurgien de Mgr Savelli-Catanzara, le gouverneur de
Rome, est fils d'un de nos domestiques, reprit vivement Vanina; il
nous est dévoué, et par sa position ne craint personne. Mon père ne
rend pas justice à sa fidélité; je vais le faire demander.

— Je ne veux pas de chirurgien, s'écria l'inconnue avec une vivacité

"How many excuses I owe you," Vanina cried, "and how offensive my foolish curiosity must seem to you! I swear to keep your secret and, if you demand it, I'll never come back."

"Who could fail to find pleasure in seeing you?" said the unknown woman. "Do you live in this palace?"

"Of course," Vanina replied. "But I see that you don't know me: I'm Vanina, Don Asdrubale's daughter."

The unknown woman looked at her with an expression of surprise, blushed deeply, then added:

"Deign to let me hope that you'll come to see me every day; but I'd prefer not to have the prince know about your visits."

Vanina's heart was pounding; she found the unknown woman's manners filled with nobility. That poor woman had surely offended some powerful man; perhaps she had killed her lover in a fit of jealousy. Vanina couldn't imagine a commonplace reason for her misfortune. The unknown woman told her she had received a wound in the shoulder which had pierced her chest and was very painful. She frequently found her mouth full of blood.

"And you have no surgeon!" Vanina exclaimed.

"You know that in Rome," the unknown woman said, "surgeons must make an accurate report to the police of all the wounds they treat. The prince deigns to bandage my wounds himself with the cloth you see there."

With consummate grace the unknown woman avoided complaining about her mishap; Vanina loved her madly. But one thing greatly amazed the young princess: in the midst of a conversation that was certainly very serious the unknown woman had a lot of trouble repressing a sudden urge to laugh.

"I'd be happy," Vanina said to her, "to know your name."

"I'm called Clementina."

"Well, then, dear Clementina, tomorrow at five I'll come to see you."

The next day, Vanina found her new friend very low.

"I want to bring a surgeon for you," Vanina said while embracing her.

"I'd rather die," said the unknown woman. "Would I want to get my benefactors into trouble?"

"The surgeon of Monsignor Savelli-Catanzara, the governor of Rome, is the son of one of our servants," Vanina countered briskly. "He's devoted to us, and because of his position he fears no one. My father isn't doing justice to his loyalty; I'm going to send for him."

"I don't want any surgeon!" the unknown woman exclaimed with a

qui surprit Vanina. Venez me voir, et si Dieu doit m'appeler à lui, je mourrai heureuse dans vos bras.

Le lendemain l'inconnue était plus mal.

— Si vous m'aimez, dit Vanina en la quittant, vous verrez un chirurgien.

— S'il vient, mon bonheur s'évanouit.

— Je vais l'envoyer chercher, reprit Vanina.

Sans rien dire, l'inconnue la retint, et prit sa main qu'elle couvrit de baisers. Il y eut un long silence, l'inconnue avait les larmes aux yeux. Enfin, elle quitta la main de Vanina, et de l'air dont elle serait allée à la mort, lui dit:

— J'ai un aveu à vous faire. Avant-hier, j'ai menti en disant que je m'appelais Clémentine; je suis un malheureux carbonaro . . .

Vanina étonnée recula sa chaise et bientôt se leva.

— Je sens, continua le carbonaro, que cet aveu va me faire perdre le seul bien qui m'attache à la vie; mais il est indigne de moi de vous tromper. Je m'appelle Pietro Missirilli; j'ai dix-neuf ans; mon père est un pauvre chirurgien de Saint-Angelo-in-Vado, moi je suis carbonaro. On a surpris notre *vente;* j'ai été amené, enchaîné, de la Romagne à Rome. Plongé dans un cachot éclairé jour et nuit par une lampe, j'y ai passé treize mois. Une âme charitable a eu l'idée de me faire sauver. On m'a habillé en femme. Comme je sortais de prison et passais devant les gardes de la dernière porte, l'un d'eux a maudit les carbonari; je lui ai donné un soufflet. Je vous assure que ce ne fut pas une vaine bravade, mais tout simplement une distraction. Poursuivi la nuit dans les rues de Rome après cette imprudence, blessé de coups de baïonnette, perdant déjà mes forces, je monte dans une maison dont la porte était ouverte; j'entends les soldats qui montent après moi, je saute dans un jardin; je tombe à quelques pas d'une femme qui se promenait.

— La comtesse Vitteleschi! l'amie de mon père, dit Vanina.

— Quoi! vous l'a-t-elle dit? s'écria Missirilli. Quoi qu'il en soit, cette dame, dont le nom ne doit jamais être prononcé, me sauva la vie. Comme les soldats entraient chez elle pour me saisir, votre père m'en faisait sortir dans sa voiture. Je me sens fort mal: depuis quelques jours ce coup de baïonnette dans l'épaule m'empêche de respirer. Je vais mourir, et désespéré, puisque je ne vous verrai plus.

Vanina avait écouté avec impatience; elle sortit rapidement:

vivacity that surprised Vanina. "Come to see me, and if God must call me to him, I shall die happy in your arms."

The next day the unknown woman was in worse shape.

"If you love me," Vanina said on departing, "you'll see a surgeon."

"If he comes, my happiness will vanish."

"I'm going to send for him," Vanina countered.

Without speaking a word, the unknown woman held her back, taking her hand, which she covered with kisses. There was a long silence; the unknown woman had tears in her eyes. Finally she let go of Vanina's hand and, looking as if she were being led away to die, she said:

"I have a confession to make to you. The other day, I lied when I said I was called Clementina; I'm an unfortunate carbonaro . . ."

In amazement Vanina pushed back her chair, and soon stood up.

"I can tell," the carbonaro continued, "that this confession will make me lose the only good thing that makes me want to live; but it's unworthy of me to deceive you. My name is Pietro Missirilli; I'm nineteen; my father is an indigent surgeon from Sant'Angelo in Vado;[1] as for me, I'm a carbonaro. Our cell was detected; I was led in chains from Romagna to Rome. Thrust into a dungeon that was lit by a single lamp day and night, I spent thirteen months there. A charitable soul planned my escape. I was dressed as a woman. While I was leaving the prison and passing by the guards at the outermost door, one of them cursed the carbonari; I slapped his face. I assure you that it wasn't out of vain bravado but merely out of thoughtlessness. Pursued through the streets of Rome at night after that piece of imprudence, wounded by bayonet stabs, already losing my strength, I climbed the front stairs of a house with an open door; I heard the soldiers climbing the stairs after me, I leaped into a garden; I fell a few feet away from a lady who was strolling there."

"Countess Vitelleschi, my father's intimate friend!" said Vanina.

"What? She told you about it?" Missirilli exclaimed. "However that may be, that lady, whose name must never be uttered, saved my life. While the soldiers were entering her house to apprehend me, your father was taking me out of it in his carriage. I'm feeling very poorly; for a few days now, this bayonet wound in my shoulder is making it hard for me to breathe. I'm going to die, and in despair, because I won't see you any more."

Vanina had listened impatiently; she went out swiftly: Missirilli de-

1. Near Urbino.

Missirilli ne trouva nulle pitié dans ces yeux si beaux, mais seulement l'expression d'un caractère altier que l'on vient de blesser.

A la nuit, un chirurgien parut; il était seul, Missirilli fut au désespoir; il craignait de ne revoir jamais Vanina. Il fit des questions au chirurgien, qui le saigna et ne lui répondit pas. Même silence les jours suivants. Les yeux de Pietro ne quittaient pas la fenêtre de la terrasse par laquelle Vanina avait coutume d'entrer; il était fort malheureux. Une fois, vers minuit, il crut apercevoir quelqu'un dans l'ombre sur la terrasse: était-ce Vanina?

Vanina venait toutes les nuits coller sa joue contre les vitres de la fenêtre du jeune carbonaro.

«Si je lui parle, se disait-elle, je suis perdue! Non, jamais je ne dois le revoir!»

Cette résolution arrêtée, elle se rappelait, malgré elle, l'amitié qu'elle avait prise pour ce jeune homme, quand si sottement elle le croyait une femme. Après une intimité si douce, il fallait donc l'oublier! Dans ses moments les plus raisonnables, Vanina était effrayée du changement qui avait lieu dans ses idées. Depuis que Missirilli s'était nommé, toutes les choses auxquelles elle avait l'habitude de penser s'étaient comme recouvertes d'un voile, et ne paraissaient plus que dans l'éloignement.

Une semaine ne s'était pas écoulée, que Vanina, pâle et tremblante, entra dans la chambre du jeune carbonaro avec le chirurgien. Elle venait lui dire qu'il fallait engager le prince à se faire remplacer par un domestique. Elle ne resta pas dix secondes; mais quelques jours après elle revint encore avec le chirurgien, par humanité. Un soir, quoique Missirilli fût bien mieux, et que Vanina n'eût plus le prétexte de craindre pour sa vie, elle osa venir seule. En la voyant, Missirilli fut au comble du bonheur, mais il songea à cacher son amour; avant tout, il ne voulait pas s'écarter de la dignité convenable à un homme. Vanina, qui était entrée chez lui le front couvert de rougeur, et craignant des propos d'amour, fut déconcertée de l'amitié noble et dévouée, mais fort peu tendre, avec laquelle il la reçut. Elle partit sans qu'il essayât de la retenir.

Quelques jours après, lorsqu'elle revint, même conduite, mêmes assurances de dévouement respectueux et de reconnaissance éternelle. Bien loin d'être occupée à mettre un frein aux transports du jeune carbonaro, Vanina se demanda si elle aimait seule. Cette jeune fille, jusque-là si fière, sentit amèrement toute l'étendue de sa folie. Elle affecta de la gaieté et même de la froideur, vint moins souvent, mais ne put prendre sur elle de cesser de voir le jeune malade.

tected no pity in those extremely lovely eyes, only the look of a haughty temperament that has just been insulted.

At nightfall a surgeon arrived; he was alone, Missirilli was in despair; he feared he'd never see Vanina again. He asked a few questions of the surgeon, who bled him but made no answer. The same silence on the next few days. Pietro's eyes never left the terrace French door through which Vanina had been accustomed to enter; he was very unhappy. Once, around midnight, he thought he saw someone in the darkness on the terrace: was it Vanina?

Every night Vanina came and pressed her cheek against the panes of the young carbonaro's window.

"If I speak to him," she told herself, "I'm lost! No, I must never see him again!"

Having made that resolution, in spite of herself she recalled the warm feelings she had acquired for that young man when she had so foolishly believed him to be a woman. After so sweet an intimacy, she must now forget him! In her most rational moments Vanina was frightened by the change that had come about in her thinking. Ever since Missirilli had stated his name, all the things she normally thought about had been covered by a veil, as it were, and were only visible at a remote distance.

Before a full week had elapsed, Vanina, pale and trembling, entered the young carbonaro's room with the surgeon. She had come to tell him that it was necessary to urge the prince to have a servant take his place. She remained less than ten seconds; but a few days later she came back again with the surgeon, out of humane feelings. One evening, even though Missirilli was much better and Vanina no longer had the excuse that she feared for his life, she was bold enough to come alone. Seeing her, Missirilli reached the height of happiness, but he intentionally concealed his love; above all, he didn't want to depart from the dignity befitting a real man. Vanina, who had entered his room with a blushing-red brow, fearing love speeches, was disconcerted at the noble and devoted, but not very tender, friendship with which he received her. She left without any attempt on his part to detain her.

When she returned a few days later, the same behavior, the same profession of respectful devotion and eternal gratitude. Far from being busy curbing the young carbonaro's rapture, Vanina wondered whether she was the only one in love. That young woman, hitherto so proud, was bitterly aware of the full extent of her folly. She feigned merriment and even coldness, she came less often, but she couldn't take it upon herself to stop seeing the young patient.

Missirilli, brûlant d'amour, mais songeant à sa naissance obscure et à ce qu'il se devait, s'était promis de ne descendre à parler d'amour que si Vanina restait huit jours sans le voir. L'orgueil de la jeune princesse combattit pied à pied. «Eh bien! se dit-elle enfin, si je le vois, c'est pour moi, c'est pour me faire plaisir, et jamais je ne lui avouerai l'intérêt qu'il m'inspire.» Elle faisait de longues visites à Missirilli, qui lui parlait comme il eût pu faire si vingt personnes eussent été présentes. Un soir, après avoir passé la journée à le détester et à se bien promettre d'être avec lui encore plus froide et plus sévère qu'à l'ordinaire, elle lui dit qu'elle l'aimait. Bientôt elle n'eut plus rien à lui refuser.

Si sa folie fut grande, il faut avouer que Vanina fut parfaitement heureuse. Missirilli ne songea plus à ce qu'il croyait devoir à sa dignité d'homme; il aima comme on aime pour la première fois à dix-neuf ans et en Italie. Il eut tous les scrupules de l'amour-passion, jusqu'au point d'avouer à cette jeune princesse si fière la politique dont il avait fait usage pour s'en faire aimer. Il était étonné de l'excès de son bonheur. Quatre mois passèrent bien vite. Un jour, le chirurgien rendit la liberté à son malade. «Que vais-je faire? pensa Missirilli; rester caché chez une des plus belles personnes de Rome? Et les vils tyrans qui m'ont tenu treize mois en prison sans me laisser voir la lumière du jour croiront m'avoir découragé! Italie, tu es vraiment malheureuse, si tes enfants t'abandonnent pour si peu!»

Vanina ne doutait pas que le plus grand bonheur de Pietro ne fût de lui rester à jamais attaché; il semblait trop heureux; mais un mot du général Bonaparte retentissait amèrement dans l'âme de ce jeune homme, et influençait toute sa conduite à l'égard des femmes. En 1796, comme le général Bonaparte quittait Brescia, les municipaux qui l'accompagnaient à la porte de la ville lui disaient que les Bressans aimaient la liberté pardessus tous les autres Italiens. — Oui, répondit-il, ils aiment à en parler à leurs maîtresses.

Missirilli dit à Vanina d'un air assez contraint:

— Dès que la nuit sera venue, il faut que je sorte.

— Aie bien soin de rentrer au palais avant le point du jour; je t'attendrai.

— Au point du jour je serai à plusieurs milles du Rome.

— Fort bien, dit Vanina froidement, et où irez-vous?

— En Romagne, me venger.

— Comme je suis riche, reprit Vanina de l'air le plus tranquille, j'espère que vous accepterez de moi des armes et de l'argent.

Missirilli, aflame with love but cognizant of his humble birth and his duties to himself, had promised himself not to stoop to speak of love unless Vanina failed to see him for a week. The young princess's pride fought for every inch of ground. "Oh, well," she finally told herself, "if I see him, it will be for my sake, for my own pleasure, and I'll never confess to him the strong feelings he arouses in me." She paid long visits to Missirilli, who spoke to her as he might have done with twenty other people present. One evening, after spending the day detesting him and promising herself to be even colder and more severe to him than usual, she told him that she loved him. Soon there was nothing left for her to deny him.

If her folly was great, it must be admitted that Vanina was totally happy. Missirilli no longer thought about what he believed he owed to his manly dignity; he loved as one loves for the first time when one is nineteen and in Italy. He had all the scruples suggested by a love of true passion, so much so that he admitted to that most haughty young princess the system he had used to make her love him. He was amazed at the plethora of his happiness. Four months went by very quickly. One day the surgeon set his patient free. "What shall I do?" thought Missirilli. "Remain hidden in the house of one of the most beautiful women in Rome? And the base tyrants who kept me in prison for thirteen months, without letting me see the light of day, will think they've broken my spirit! Italy, you are truly unfortunate if your children desert you for as little as that!"

Vanina didn't doubt that Pietro's greatest happiness was to remain joined with her forever; he seemed too happy; but a saying of General Bonaparte echoed bitterly in that young man's soul, influencing his entire behavior toward women. In 1796, when General Bonaparte was leaving Brescia, the city councilors who escorted him to the city gate told him that Brescians loved liberty more than any other Italians did. "Yes," he replied, "they love to speak about it to their mistresses."

Missirilli said to Vanina in a rather forced way:

"As soon as night falls, I must go out."

"Be very careful to return to the palace before daybreak; I'll be waiting for you."

"By daybreak I'll be miles away from Rome."

"Very well," Vanina said coldly, "and where will you go?"

"To Romagna, to avenge myself."

"Since I'm wealthy," Vanina resumed with the calmest of expressions, "I hope you'll accept weapons and money from me."

Missirilli la regarda quelques instants sans sourciller; puis, se jetant dans ses bras:

— Ame de ma vie, tu me fais tout oublier, lui dit-il; et même mon devoir. Mais plus ton cœur est noble, plus tu dois me comprendre.

Vanina pleura beaucoup, et il fut convenu qu'il ne quitterait Rome que le surlendemain.

— Pietro, lui dit-elle le lendemain, souvent vous m'avez dit qu'un homme connu, qu'un prince romain, par exemple, qui pourrait disposer de beaucoup d'argent, serait en état de rendre les plus grands services à la cause de la liberté, si jamais l'Autriche est engagée loin de nous, dans quelque grande guerre.

— Sans doute, dit Pietro étonné.

— Eh bien! vous avez du cœur; il ne vous manque qu'une haute position; je viens vous offrir ma main et deux cent mille livres de rente. Je me charge d'obtenir le consentement de mon père.

Pietro se jeta à ses pieds; Vanina était rayonnante de joie.

— Je vous aime avec passion, lui dit-il; mais je suis un pauvre serviteur de la patrie; mais plus l'Italie est malheureuse, plus je dois lui rester fidèle. Pour obtenir le consentement de don Asdrubale, il faudra jouer un triste rôle pendant plusieurs années. Vanina, je te refuse.

Missirilli se hâta de s'engager par ce mot. Le courage allait lui manquer.

— Mon malheur, s'écria-t-il, c'est que je t'aime plus que la vie, c'est que quitter Rome est pour moi le pire des supplices. Ah! que l'Italie n'est-elle délivrée des barbares! Avec quel plaisir je m'embarquerais avec toi pour aller vivre en Amérique.

Vanina restait glacée. Ce refus de sa main avait étonné son orgueil; mais bientôt elle se jeta dans les bras de Missirilli.

— Jamais tu ne m'as semblé aussi aimable, s'écria-t-elle; oui, mon petit chirurgien de campagne, je suis à toi pour toujours. Tu es un grand homme comme nos anciens Romains.

Toutes les idées d'avenir, toutes les tristes suggestions du bon sens disparurent; ce fut un instant d'amour parfait. Lorsque l'on put parler raison:

— Je serai en Romagne presque aussitôt que toi, dit Vanina. Je vais me faire ordonner les bains de la *Poretta*. Je m'arrêterai au château que nous avons à San Nicolò près de Forli . . .

— Là, je passerai ma vie avec toi! s'écria Missirilli.

— Mon lot désormais est de tout oser, reprit Vanina avec un soupir.

Missirilli looked at her for a few moments without batting an eyelid; then, rushing into her arms, he said:

"Soul of my life, you make me forget everything, even my duty. But the nobler your heart is, the better you should understand me."

Vanina wept a great deal, and they agreed he wouldn't leave Rome for two more days.

"Pietro," she said to him the next day, "you've often told me that a well-known man, a Roman prince for example, who could put his hands on a lot of money, would be in a position to render the greatest services to the cause of liberty, if Austria is ever tied up far from us, in some major war."

"Very true," said Pietro in surprise.

"Well, then! You've got the courage; all you lack is a high position; I hereby offer you my hand and two hundred thousand francs of private income yearly. I take it on myself to obtain my father's consent."

Pietro fell at her feet; Vanina was radiant with joy.

"I love you passionately," he said, "but I'm a needy servant of my country; but the unhappier Italy is, the more I must remain loyal to her. To obtain Don Asdrubale's consent, I'd have to play a wretched part for several years. Vanina, I refuse you."

Missirilli hastened to commit himself by those words. His courage had been on the point of failing him.

"My misfortune," he exclaimed, "is that I love you more than life, and that leaving Rome is the worst of tortures for me. Ah, why isn't Italy freed from the barbarians? How glad I'll be to sail away with you and go live in the New World!"

Vanina was chilled. That refusal of her hand had taken her pride by surprise; but before long she dashed into Missirilli's arms.

"I've never found you more lovable!" she exclaimed. "Yes, my little country doctor, I'm yours forever. You're a great man, like our ancient Romans."

All thoughts of the future, every sad prompting of common sense, disappeared; for a moment their love was unalloyed. When they were able to talk rationally, Vanina said:

"I'll be in Romagna nearly as soon as you will. I'm going to have my doctor prescribe taking the waters at Porretta.[2] I'll stop at our country house at San Nicolò near Forlì . . ."

"There I'll spend my life with you!" Missirilli exclaimed.

"My fate from now on is to venture everything," Vanina replied with

2. Porretta Terme is between Bologna and Pistoia.

Je me perdrai pour toi, mais n'importe . . . Pourras-tu aimer une fille déshonorée?

— N'es-tu pas ma femme, dit Missirilli, et une femme à jamais adorée? Je saurai t'aimer et te protéger.

Il fallait que Vanina allât dans le monde. A peine eut-elle quitté Missirilli, qu'il commença à trouver sa conduite barbare. «Qu'est-ce que la *patrie?* se dit-il. Ce n'est pas un être à qui nous devions de la reconnaissance pour un bienfait, et qui soit malheureux et puisse nous maudire si nous y manquons. La *patrie* et la *liberté,* c'est comme mon manteau, c'est une chose qui m'est utile, que je dois acheter, il est vrai, quand je ne l'ai pas reçue en héritage de mon père; mais enfin j'aime la patrie et la liberté, parce que ces deux choses me sont utiles. Si je n'en ai que faire, si elles sont pour moi comme un manteau au mois d'août, à quoi bon les acheter, et à un prix énorme? Vanina est si belle! elle a un génie si singulier! On cherchera à lui plaire; elle m'oubliera. Quelle est la femme qui n'a jamais eu qu'un amant? Ces princes romains, que je méprise comme citoyens, ont tant d'avantages sur moi! Ils doivent être bien aimables! Ah! si je pars, elle m'oublie, et je la perds pour jamais.»

Au milieu de la nuit, Vanina vint le voir; il lui dit l'incertitude où il venait d'être plongé, et la discussion à laquelle, parce qu'il l'aimait, il avait livré ce grand mot de *patrie.* Vanina était bien heureuse.

«S'il devait choisir absolument entre la patrie et moi, se disait-elle, j'aurais la préférence.»

L'horloge de l'église voisine sonna trois heures; le moment des derniers adieux arrivait. Pietro s'arracha des bras de son amie. Il descendait déjà le petit escalier, lorsque Vanina, retenant ses larmes, lui dit en souriant:

— Si tu avais été soigné par une pauvre femme de la campagne, ne ferais-tu rien pour la reconnaissance? Ne chercherais-tu pas à la payer? L'avenir est incertain, tu vas voyager au milieu de tes ennemis: donne-moi trois jours par reconnaissance, comme si j'étais une pauvre femme, et pour me payer de mes soins.

Missirilli resta. Enfin il quitta Rome. Grâce à un passeport acheté d'une ambassade étrangère, il arriva dans sa famille. Ce fut une grande joie; on le croyait mort. Ses amis voulurent célébrer sa bienvenue en tuant un carabinier ou deux (c'est le nom que portent les gendarmes dans les Etats du pape).

— Ne tuons pas sans nécessité un Italien qui sait le maniement des armes, dit Missirilli; notre patrie n'est pas une île comme l'heureuse

a sigh. "I'll ruin myself for you, but what of it? Will you be able to love a girl who's lost her honor?"

"Aren't you my wife?" Missirilli said, "and a wife eternally adored? I'll be able to love you and protect you."

Vanina had to pay some social calls. The moment she left Missirilli, he began to find his behavior barbarous.

"What is one's country?" he asked himself. "It isn't a person to whom we owe gratitude for a benefit conferred, and who'd be unhappy and might curse us if we failed to do so. 'Country' and 'liberty' are like my coat, something useful to me, which I must buy (that's true) if I haven't received it as an inheritance from my father; but, at bottom, I love my country and liberty because those two things are useful to me. If I have no need of them, if to me they're like a coat in August, why buy them, and at a huge price? Vanina is so beautiful! Her nature is so rare! Other men will try to attract her; she'll forget me. What woman has ever had only one lover? These Roman princes, whom I scorn as citizens, have so many advantages over me! They must surely be worthy of love! Oh, if I leave, she'll forget me, and I'll lose her forever."

In the middle of the night, Vanina came to see him; he told her about the uncertainty he had just fallen into, and the examination to which, because he loved her, he had subjected that lofty term "one's country." Vanina was very happy.

"If he were forced to make a final choice between his country and me," she told herself, "I'd have the preference."

The clock in the nearby church struck three; the moment of last leave-taking was approaching. Pietro tore himself out of his sweetheart's arms. He was already descending the little staircase when Vanina, repressing her tears, said to him with a smile:

"If you had been tended by a poor rustic woman, wouldn't you do anything to show your gratitude? Wouldn't you try to repay her? The future is uncertain, you'll be traveling in the midst of your enemies: give me three days out of gratitude, as if I were a poor woman, to repay me for my care."

Missirilli stayed. Finally he left Rome. Thanks to a passport purchased at a foreign embassy, he reached his family. Their joy was great; they had thought he was dead. His friends wanted to celebrate his safe return by killing a carabiniere or two (that's what the constabulary are called in the Papal States).

"Let's not kill, without needing to, any Italian who knows how to use weapons," Missirilli said. "Our country isn't an island like fortunate

Angleterre: c'est de soldats que nous manquons pour résister à l'intervention des rois de l'Europe.

Quelque temps après, Missirilli, serré de près par les carabiniers, en tua deux avec les pistolets que Vanina lui avait donnés. On mit sa tête à prix.

Vanina ne paraissait pas en Romagne: Missirilli se crut oublié. Sa vanité fut choquée; il commençait à songer beaucoup à la différence de rang qui le séparait de sa maîtresse. Dans un moment d'attendrissement et de regret du bonheur passé, il eut l'idée de retourner à Rome voir ce que faisait Vanina. Cette folle pensée allait l'emporter sur ce qu'il croyait être son devoir, lorsqu'un soir la cloche d'une église de la montagne sonna l'*Angelus* d'une façon singulière, et comme si le sonneur avait une distraction. C'était un signal de réunion pour la *vente* de carbonari à laquelle Missirilli s'était affilié en arrivant en Romagne. La même nuit, tous se trouvèrent à un certain ermitage dans les bois. Les deux ermites, assoupis par l'opium, ne s'aperçurent nullement de l'usage auquel servait leur petite maison. Missirilli qui arrivait fort triste, apprit là que le chef de la *vente* avait été arrêté, et que lui, jeune homme à peine âgé de vingt ans, allait être élu chef d'une *vente* qui comptait des hommes de plus de cinquante ans, et qui étaient dans les conspirations depuis l'expédition de Murat en 1815. En recevant cet honneur inespéré, Pietro sentit battre son cœur. Dès qu'il fut seul, il résolut de ne plus songer à la jeune Romaine qui l'avait oublié, et de consacrer toutes ses pensées au devoir de *délivrer l'Italie des barbares*[a].

Deux jours après, Missirilli vit dans le rapport des arrivées et des départs qu'on lui adressait, comme chef de *vente*, que la princesse Vanina venait d'arriver à son château de San Nicolò. La lecture de ce nom jeta plus de trouble que de plaisir dans son âme. Ce fut en vain qu'il crut assurer sa fidélité à la patrie en prenant sur lui de ne pas voler le soir même au château de San Nicolò; l'idée de Vanina, qu'il négligeait, l'empêcha de remplir ses devoirs d'une façon raisonnable. Il la vit le lendemain; elle l'aimait comme à Rome. Son père, qui voulait la marier, avait retardé son départ. Elle apportait deux mille sequins. Ce secours imprévu servit merveilleusement à accréditer Missirilli dans sa nouvelle dignité. On fit fabriquer des poignards à Corfou; on gagna le secrétaire intime du légat, chargé de poursuivre

---

a. *Liberar l'Italia de' barbari*, c'est le mot de Pétrarque en 1350, répété depuis par Jules II, par Machiavel, par le comte Alfieri.

England; it's soldiers that we're lacking to resist intervention by the kings of Europe."

Not long afterward, Missirilli, closely pursued by the carabinieri, killed two of them with the pistols that Vanina had given him. A price was put on his head.

Vanina didn't show up in Romagna: Missirilli thought he had been forgotten. His vanity was wounded; he began to dwell on the difference in rank that separated him from his mistress. In a moment of tender feelings and yearning for his past happiness, he had the thought of returning to Rome to see what Vanina was doing. That madcap idea was about to win out over what he considered to be his duty, when one evening the bell of a mountain church rang the Angelus in an odd way, as if the ringer were distracted by something. It was the signal for a meeting of the carbonari cell which Missirilli had joined on returning to Romagna. That same night, they were all assembled at a certain hermitage in the woods. The two hermits, doped with opium, had no notion of the use being made of their little house. Missirilli, who was very sad when he arrived, learned there that the cell leader had been arrested, and that he, a young man of scarcely twenty, was going to be chosen as leader of a cell that included men of over fifty, and had been involved in conspiracies ever since Murat's expedition in 1815. When receiving that unexpected honor, Pietro felt his heart beating. As soon as he was alone, he resolved to think no longer about the young Roman woman who had forgotten him, but to devote all his thoughts to the duty of "freeing Italy from the barbarians."[a]

Two days later, Missirilli saw in the report of arrivals and departures that was supplied to him as cell leader that Princess Vanina had just arrived at her country house at San Nicolò. The reading of that name caused more disarray than pleasure to his mind. It was in vain that he believed he was assuring his loyalty to his country by compelling himself not to hasten that very evening to the country house at San Nicolò; the thought of Vanina, whom he was neglecting, kept him from carrying out his duties in a rational manner. He saw her the next day; she was just as much in love with him as in Rome. Her father, who wanted her to marry, had delayed her departure. She had brought with her two thousand gold sequins. This unlooked-for aid served wonderfully well to accredit Missirilli in his new standing. They ordered daggers made in Corfu; they suborned the private secretary of the papal legate who

---

a. [Footnote in the original text:] *Liberar l'Italia de' barbari*. Petrarch said this in 1350, and it was later repeated by Pope Julius II, Machiavelli, and Count [Vittorio] Alfieri [the playwright, 1749–1803].

les carbonari. On obtint ainsi la liste des curés qui servaient d'espions au gouvernement.

C'est à cette époque que finit de s'organiser l'une des moins folles conspirations qui aient été tentées dans la malheureuse Italie. Je n'entrerai point ici dans des détails déplacés. Je me contenterai de dire que si le succès eût couronné l'entreprise, Missirilli eût pu réclamer une bonne part de la gloire. Par lui, plusieurs milliers d'insurgés se seraient levés à un signal donné, et auraient attendu en armes l'arrivée des chefs supérieurs. Le moment décisif approchait, lorsque, comme cela arrive toujours, la conspiration fut paralysée par l'arrestation des chefs.

A peine arrivée en Romagne, Vanina crut voir que l'amour de la patrie ferait oublier à son amant tout autre amour. La fierté de la jeune Romaine s'irrita. Elle essaya en vain de se raisonner; un noir chagrin s'empara d'elle: elle se surprit à maudire la liberté. Un jour qu'elle était venue à Forli pour voir Missirilli, elle ne fut pas maîtresse de sa douleur, que toujours jusque-là son orgueil avait su maîtriser.

— En vérité, lui dit-elle, vous m'aimez comme un mari; ce n'est pas mon compte.

Bientôt ses larmes coulèrent; mais c'était de honte de s'être abaissée jusqu'aux reproches. Missirilli répondit à ces larmes en homme préoccupé. Tout à coup Vanina eut l'idée de le quitter et de retourner à Rome. Elle trouva une joie cruelle à se punir de la faiblesse qui venait de la faire parler. Au bout de peu d'instants de silence, son parti fut pris; elle se fût trouvée indigne de Missirilli si elle ne l'eût pas quitté. Elle jouissait de sa surprise douloureuse quand il la chercherait en vain auprès de lui. Bientôt l'idée de n'avoir pu obtenir l'amour de l'homme pour qui elle avait fait tant de folies l'attendrit profondément. Alors elle rompit le silence, et fit tout au monde pour lui arracher une parole d'amour. Il lui dit d'un air distrait des choses fort tendres; mais ce fut avec un accent bien autrement profond qu'en parlant de ses entreprises politiques, il s'écria avec douleur:

— *Ah! si cette affaire-ci ne réussit pas, si le gouvernement la découvre encore, je quitte la partie.*

Vanina resta immobile. Depuis une heure, elle sentait qu'elle voyait son amant pour la dernière fois. Le mot qu'il prononçait jeta une lumière fatale dans son esprit. Elle se dit:

«Les carbonari ont reçu de moi plusieurs milliers de sequins. On ne peut douter de mon dévouement à la conspiration.»

Vanina ne sortit de sa rêverie que pour dire à Pietro:

was responsible for pursuing the carbonari. In that way they obtained the list of priests who acted as government spies.

It was at that time that preparations ended for one of the least foolish conspiracies ever attempted in unfortunate Italy. I shall not enter here into details that would be out of place. I shall merely state that if the undertaking had been crowned by success, Missirilli would have been able to claim a large part of the glory. Through his doing, several thousand insurgents would have risen at a given signal and would have armed themselves while awaiting the arrival of the supreme leaders. The decisive moment was drawing near when, as always happens, the conspiracy was paralyzed by the arrest of its leaders.

As soon as she arrived in Romagna, Vanina felt sure that love of country would make her lover forget all other love. The young Roman woman's pride was chafed. She tried in vain to reason with herself; a dark gloom enveloped her: she caught herself cursing liberty. One day when she had come to Forlì to see Missirilli, she couldn't subdue her grief, which her pride had always been able to control till then.

"Truly," she told him, "you love me like a husband; that doesn't suit me."

Soon her tears flowed; but it was out of shame for having lowered herself to the point of reproaching him. Missirilli responded to those tears like a man with other things on his mind. Suddenly Vanina had the idea of leaving him and returning to Rome. She found a cruel joy in punishing herself for the weakness that had just made her speak out. After a few moments of silence, her mind was made up; she would have considered herself unworthy of Missirilli if she didn't leave him. She was already reveling in his painful surprise when he would seek her presence in vain. Soon the thought that she had been unable to win the love of the man for whose sake she had committed so many follies touched her deeply. Then she broke her silence and did everything possible to wrest one word of love from him. In an absent way he uttered many loving phrases, but his tone was much more sincere when, in speaking of his political undertaking, he exclaimed sorrowfully:

"Oh, if this business doesn't succeed, if the government detects this uprising as well, I'll give up the game."

Vanina remained motionless. For an hour she had felt that she was seeing her lover for the last time. The phrase he now uttered cast a fateful light on her mind. She said to herself:

"The carbonari have received several thousand sequins from me. They can't doubt my dedication to the conspiracy."

Vanina only emerged from her reverie to say to Pietro:

— Voulez-vous venir passer vingt-quatre heures avec moi au château de San Nicolò? Votre assemblée de ce soir n'a pas besoin de ta présence. Demain matin, à San Nicolò, nous pourrons nous promener; cela calmera ton agitation et te rendra tout le sang-froid dont tu as besoin dans ces grandes circonstances.

Pietro y consentit.

Vanina le quitta pour les préparatifs du voyage, en fermant à clef, comme de coutume, la petite chambre où elle l'avait caché.

Elle courut chez une de ses femmes de chambre qui l'avait quittée pour se marier et prendre un petit commerce à Forli. Arrivée chez cette femme, elle écrivit à la hâte à la marge d'un livre d'Heures qu'elle trouva dans sa chambre, l'indication exacte du lieu où la *vente* des carbonari devait se réunir cette nuit-là même. Elle termina sa dénonciation par ces mots: Cette *vente* est composée de dix-neuf membres; voici leurs noms et leurs adresses.» Après avoir écrit cette liste, très exacte à cela près que le nom de Missirilli était omis, elle dit à la femme, dont elle était sûre:

— Porte ce livre au cardinal-légat; qu'il lise ce qui est écrit, et qu'il te rende le livre. Voici dix sequins; si jamais le légat prononce ton nom, ta mort est certaine; mais tu me sauves la vie si tu fais lire au légat la page que je viens d'écrire.

Tout se passa à merveille. La peur du légat fit qu'il ne se conduisit point en grand seigneur. Il permit à la femme du peuple qui demandait à lui parler de ne paraître devant lui que masquée, mais à condition qu'elle aurait les mains liées. En cet état, la marchande fut introduite devant le grand personnage, qu'elle trouva retranché derrière une immense table, couverte d'un tapis vert.

Le légat lut la page du livre d'Heures, en le tenant fort loin de lui, de peur d'un poison subtil. Il le rendit à la marchande, et ne la fit point suivre. Moins de quarante minutes après avoir quitté son amant, Vanina, qui avait vu revenir son ancienne femme de chambre, reparut devant Missirilli, croyant que désormais il était tout à elle. Elle lui dit qu'il y avait un mouvement extraordinaire dans la ville; on remarquait des patrouilles de carabiniers dans des rues où ils ne venaient jamais.

— Si tu veux m'en croire, ajouta-t-elle, nous partirons à l'instant même pour San Nicolò.

Missirilli y consentit. Ils gagnèrent à pied la voiture de la jeune princesse, qui, avec sa dame de compagnie, confidente discrète et bien payée, l'attendait à une demi-lieue de la ville.

Arrivée au château de San Nicolò, Vanina, troublée par son étrange

"Would you like to come and spend twenty-four hours with me at the San Nicolò country house? Your meeting tonight doesn't need your presence. Tomorrow morning, at San Nicolò, we'll be able to take a walk; that will calm your nerves and restore all the composure you need in this weighty situation."

Pietro consented.

Vanina left him in order to prepare for traveling, locking up, as usual, the little room in which she had hidden him.

She dashed to the home of one of her chambermaids who had left her service to get married and set up a little store in Forlì. Reaching that woman's place, she hastily wrote in the margin of a book of hours that she found in her room the exact location of the meeting of the carbonari cell set for that very night. She ended her report with the words: "This cell is comprised of nineteen members; here are their names and addresses." After writing out that list, which was very accurate except for the omission of Missirilli's name, she told the woman, whom she knew she could count on:

"Take this book to the cardinal legate; he is to read what's written in it and to give the book back to you. Here are ten sequins; if the legate ever utters your name, you're certain to die; but you'll save my life if you make the legate read the page I've just written."

Everything came off perfectly. The legate's fear was such that he failed to act like a noble lord. He allowed the female commoner who was asking to speak to him to wear a mask in his presence, as long as her hands were tied. In that manner the shopkeeper was led before the high dignitary, whom she found entrenched behind a huge table that was covered with a green carpet.

The legate read the page in the book of hours, holding it at a great distance from his face, since he feared it had been coated with a pervasive poison. He gave it back to the shopkeeper and forbore to have her followed. Less than forty minutes after leaving her lover, Vanina, who had seen her former chambermaid return, reappeared before Missirilli, believing that henceforth he was completely hers. She told him that there had been an unusual stir in town; carabinieri patrols were being observed in streets they never frequented.

"If you take my word for it," she added, "we'll leave for San Nicolò this very minute."

Missirilli consented. On foot they reached the carriage of the young princess, who, with her lady companion, a discreet and well-paid confidante, was awaiting her a half-league outside of town.

After reaching the San Nicolò country house, Vanina, upset by her

démarche, redoubla de tendresse pour son amant. Mais en lui parlant d'amour, il lui semblait qu'elle jouait la comédie. La veille, en trahissant, elle avait oublié le remords. En serrant son amant dans ses bras, elle se disait:

«Il y a un certain mot qu'on peut lui dire, et ce mot prononcé, à l'instant et pour toujours, il me prend en horreur.»

Au milieu de la nuit, un des domestiques de Vanina entra brusquement dans sa chambre. Cet homme était carbonaro sans qu'elle s'en doutât. Missirilli avait donc des secrets pour elle, même pour ces détails. Elle frémit. Cet homme venait avertir Missirilli que dans la nuit, à Forli, les maisons de dix-neuf carbonari avaient été cernées, et eux arrêtés au moment où ils revenaient de la *vente*. Quoique pris à l'improviste, neuf s'étaient échappés. Les carabiniers avaient pu en conduire dix dans la prison de la citadelle. En y entrant, l'un d'eux s'était jeté dans le puits, si profond, et s'était tué. Vanina perdit contenance; heureusement Pietro ne le remarqua pas: il eût pu lire son crime dans ses yeux.

Dans ce moment, ajouta le domestique, la garnison de Forli forme une file dans toutes les rues. Chaque soldat est assez rapproché de son voisin pour lui parler. Les habitants ne peuvent traverser d'un côté de la rue à l'autre, que là où un officier est placé.

Après la sortie de cet homme, Pietro ne fut pensif qu'un instant:

— Il n'y a rien à faire pour le moment, dit-il enfin.

Vanina était mourante; elle tremblait sous les regards de son amant.

— Qu'avez-vous donc d'extraordinaire? lui dit-il.

Puis il pensa à autre chose, et cessa de la regarder.

Vers le milieu de la journée, elle se hasarda à lui dire:

— Voilà encore une *vente* de découverte; je pense que vous allez être tranquille pour quelque temps.

— *Très tranquille,* répondit Missirilli avec un sourire qui la fit frémir.

Elle alla faire une visite indispensable au curé du village de San Nicolò, peut-être espion des jésuites. En rentrant pour dîner à sept heures, elle trouva déserte la petite chambre où son amant était caché. Hors d'elle-même, elle courut le chercher dans toute la maison; il n'y était point. Désespérée, elle revint dans cette petite chambre, ce fut alors seulement qu'elle vit un billet; elle lut:

«Je vais me rendre prisonnier au légat; je désespère de notre cause; le ciel est contre nous. Qui nous a trahis? apparemment le misérable qui s'est jeté dans le puits. Puisque ma vie est inutile à la pauvre Italie, je ne veux pas que mes camarades, en voyant que, seul, je ne suis pas

strange actions, treated her lover with redoubled affection. But she felt that, when speaking to him of love, she was playing a role. The day before, when betraying him, she had forgotten about remorse. Clasping her lover in her arms, she said to herself:

"There's a certain thing which he may be told, and once that word is spoken, he will immediately and forever loathe me."

In the middle of the night, one of Vanina's servants burst into her room. This man was a carbonaro, though she never suspected it. So then, Missirilli had secrets from her, even such minor ones. She shuddered. The man had come to inform Missirilli that during the night, in Forlì, the houses of nineteen carbonari had been surrounded, and they themselves arrested just when they were coming home from the meeting. Though caught off guard, nine had escaped. The carabinieri had managed to lead ten to the prison in the citadel. As they entered, one of them had jumped into the very deep well and killed himself. Vanina lost her composure; fortunately Pietro didn't notice: he would have been able to read her crime in her eyes.

At that very moment, the servant added, the Forlì garrison was lining up in every street. Each soldier was near enough to his fellows to be able to speak with them. The townspeople were unable to cross from one side of the street to the other, except where an officer was stationed.

After that man left the room, Pietro meditated for only a moment, then finally said:

"There's nothing to be done right now."

Vanina felt as if she were dying; she trembled when her lover looked at her.

"Why are you acting so peculiarly?" he asked.

Then his thoughts were elsewhere, and he stopped looking at her.

Toward midday, she ventured to say to him:

"Here's yet another cell uncovered; I think you'll be inactive for some time."

"*Very* inactive," replied Missirilli, with a smile that made her shudder.

She went out on an unavoidable visit to the San Nicolò village priest, who might have been a spy for the Jesuits. On returning for dinner, which had been ordered for seven o'clock, she found that the little room where her lover had been hidden was empty. Beside herself, she ran all over the house looking for him; he wasn't there. In despair she returned to that little room; it was only then that she saw a note. She read:

"I'm going to give myself up to the legate; I despair of our cause; heaven is against us. Who betrayed us? To all appearances, that wretch who jumped into the well. Since my life is of no use to poor Italy, I

arrêté, puissent se figurer que je les ai vendus. Adieu; si vous m'aimez,
songez à me venger. Perdez, anéantissez l'infâme qui nous a trahis, fût-
ce mon père.»
Vanina tomba sur une chaise, à demi évanouie et plongée dans le
malheur le plus atroce. Elle ne pouvait proférer aucune parole; ses
yeux étaient secs et brûlants.
Enfin elle se précipita à genoux:
— Grand Dieu! s'écria-t-elle, recevez mon vœu; oui, je punirai l'infâme qui a trahi; mais auparavant il faut rendre la liberté à Pietro.
Une heure après, elle était en route pour Rome. Depuis longtemps
son père la pressait de revenir. Pendant son absence, il avait arrangé
son mariage avec le prince Livio Savelli. A peine Vanina fut-elle arrivée, qu'il lui en parla en tremblant. A son grand étonnement, elle
consentit dès le premier mot. Le soir même, chez la comtesse
Vitteleschi, son père lui présenta presque officiellement don Livio;
elle lui parla beaucoup. C'était le jeune homme le plus élégant et qui
avait les plus beaux chevaux; mais, quoiqu'on lui reconnût beaucoup
d'esprit, son caractère passait pour tellement léger, qu'il n'était nullement suspect au gouvernement. Vanina pensa qu'en lui faisant
d'abord tourner la tête, elle en ferait un agent commode. Comme il
était neveu de monsignor Savelli-Catanzara, gouverneur de Rome et
ministre de la police, elle supposait que les espions n'oseraient le
suivre.
Après avoir fort bien traité, pendant quelques jours, l'aimable don
Livio, Vanina lui annonça que jamais il ne serait son époux; il avait,
suivant elle, la tête trop légère.
— Si vous n'étiez pas un enfant, lui dit-elle, les commis de votre
oncle n'auraient pas de secrets pour vous. Par exemple, quel parti
prend-on à l'égard des carbonari découverts dernièrement à Forli?
Don Livio vint lui dire, deux jours après, que tous les carbonari pris
à Forli s'étaient évadés. Elle arrêta sur lui ses grands yeux noirs avec
le sourire amer du plus profond mépris, et ne daigna pas lui parler de
toute la soirée. Le surlendemain, don Livio vint lui avouer, en rougis-
sant, que d'abord on l'avait trompé.
— Mais, lui dit-il, je me suis procuré une clef du cabinet de mon
oncle; j'ai vu par les papiers que j'y ai trouvés qu'une *congrégation* (ou
commission), composée des cardinaux et des prélats les plus en crédit,
s'assemble dans le plus grand secret, et délibère sur la question de
savoir s'il convient de juger ces carbonari à Ravenne ou à Rome. Les
neuf carbonari pris à Forli, et leur chef, un nommé Missirilli, qui a eu

don't want my comrades, seeing that I alone wasn't arrested, to imagine that I sold them out. Farewell; if you love me, plan to avenge me. Ruin, destroy the base creature who betrayed us, even if it's my father."

Vanina dropped onto a chair, half-fainting and sunk in the most painful sorrow. She couldn't speak a word; her eyes were dry and burning.

Finally she fell hastily to her knees, exclaiming:

"Dear God! Receive my vow. Yes, I shall punish the ignoble traitor; but first Pietro must be set free."

An hour later, she was on the way to Rome. Her father had been urging her to return for some time. During her absence, he had arranged her marriage to Prince Livio Savelli. As soon as Vanina arrived he told her about it hesitantly. To his great amazement, she agreed as soon as he had spoken. That very evening, in the home of Countess Vitelleschi, her father presented Don Livio to her almost officially; she conversed with him at length. He was the most elegant young man, and the one with the finest horses; but, though people found he was very intelligent, his nature was considered to be so frivolous that the government had absolutely no suspicions on his account. Vanina thought that, after first turning his head, she'd make a handy agent out of him. Since he was the nephew of Monsignor Savelli-Catanzara, governor of Rome and minister of police, she supposed that spies wouldn't dare follow him.

After having treated the amiable Don Livio very well for several days, Vanina announced to him that he would never be her husband; according to her, he was too flighty and immature.

"If you weren't a mere child," she said, "your uncle's clerks wouldn't have any secrets from you. For example, what decision is being made about the carbonari recently detected in Forlì?"

Two days later Don Livio reported to her that all the carbonari captured in Forlì had escaped. She fixed her big dark eyes on him with the bitter smile of the deepest contempt, and didn't deign to speak to him for the rest of the evening. Two days later, Don Livio, blushing, admitted to her that he had been fooled at first.

"But," he said, "I have obtained a key to my uncle's office; in the papers I found there I saw that a 'congregation' (or panel) made up of the most highly regarded cardinals and prelates is meeting in the greatest secrecy and deliberating on the question of whether to try those carbonari in Ravenna or in Rome. At the moment, the nine carbonari captured in Forlì, and their leader, a man named Missirilli, who

la sottise de se rendre, sont en ce moment détenus au château de San Leo^a.

A ce mot de *sottise*, Vanina pinça le prince de toute sa force.

— Je veux moi-même, lui dit-elle, voir les papiers officiels et entrer avec vous dans le cabinet de votre oncle; vous aurez mal lu.

A ces mots, don Livio frémit; Vanina lui demandait une chose presque impossible; mais le génie bizarre de cette jeune fille redoublait son amour. Peu de jours après, Vanina, déguisée en homme et portant un joli petit habit à la livrée de la casa Savelli, put passer une demi-heure au milieu des papiers les plus secrets du ministre de la police. Elle eut un mouvement de vif bonheur, lorsqu'elle découvrit le rapport journalier du *prévenu Pietro Missirilli*. Ses mains tremblaient en tenant ce papier. En relisant ce nom, elle fut sur le point de se trouver mal. Au sortir du palais du gouverneur de Rome, Vanina permit à don Livio de l'embrasser.

— Vous vous tirez bien, lui dit-elle, des épreuves auxquelles je veux vous soumettre.

Après un tel mot, le jeune prince eût mis le feu au Vatican pour plaire à Vanina. Ce soir-là, il y avait bal chez l'ambassadeur de France; elle dansa beaucoup et presque toujours avec lui. Don Livio était ivre de bonheur, il fallait l'empêcher de réfléchir.

— Mon père est quelquefois bizarre, lui dit un jour Vanina, il a chassé ce matin deux de ses gens qui sont venus pleurer chez moi. L'un m'a demandé d'être placé chez votre oncle le gouverneur de Rome; l'autre qui a été soldat d'artillerie sous les Français, voudrait être employé au château Saint-Ange.

— Je les prends tous les deux à mon service, dit vivement le jeune prince.

— Est-ce là ce que je vous demande? répliqua fièrement Vanina. Je vous répète textuellement la prière de ces pauvres gens; ils doivent obtenir ce qu'ils ont demandé, et pas autre chose.

Rien de plus difficile. Monsignor Catanzara n'était rien moins qu'un homme léger, et n'admettait dans sa maison que des gens de lui bien connus. Au milieu d'une vie remplie, en apparence, par tous les plaisirs, Vanina, bourrelée de remords, était fort malheureuse. La lenteur des événements la tuait. L'homme d'affaires de son père lui avait procuré de l'argent. Devait-elle fuir la maison paternelle et aller en Romagne essayer de faire évader son amant? Quelque

a. Près de Rimini en Romagne. C'est dans ce château que périt le fameux Cagliostro; on dit dans le pays qu'il y fut étouffé.

was foolish enough to turn himself in, are imprisoned in the fortress of San Leo."[a]

At the words "foolish enough," Vanina pinched the prince with all her might.

She said: "I want to see the official papers myself and enter your uncle's office with you; you may have read them incorrectly."

Hearing this, Don Livio shuddered; Vanina was asking him for something all but impossible; but that young woman's odd nature made him love her all the more. Not many days later, Vanina, disguised as a man and wearing a pretty little livery of the casa Savelli, was able to spend a half hour amid the most secret papers of the minister of police. She jumped with keen happiness when she discovered the daily report on the prisoner Pietro Missirilli. As she held that paper her hands trembled. On rereading that name, she was on the verge of fainting. As they left the palace of the governor of Rome, Vanina allowed Don Livio to embrace her.

She said: "You're doing well on the tests I wish to subject you to."

After hearing something of that sort, the young prince would have set fire to the Vatican to please Vanina. That evening there was a ball at the French embassy; she danced a great deal and almost always with him. Don Livio was drunk with happiness; he had to be kept from reflecting on his actions.

"My father behaves oddly at times," Vanina said to him one day. "This morning he discharged two of his servants, who came crying to me. One of them asked me to find him a position with your uncle, the governor of Rome; the other, who was an artillerist with the French, would like to be employed at the Castel Sant'Angelo."

"I'll accept both of them in my service," the young prince said briskly.

"Is that what I'm asking of you?" was Vanina's haughty retort. "I've repeated to you literally the request of those poor men; they ought to get what they asked for, and nothing else."

There was nothing more difficult. Monsignor Catanzara was far from being a thoughtless man, and admitted to his household only people he was very familiar with. Amid a life apparently filled with all sorts of pleasure, Vanina, tormented by remorse, was very unhappy. The slow pace of events was killing her. Her father's business manager had obtained money for her. Should she run away from her father's house and go to Romagna to try to have her lover escape? As irrational

a. [Footnote in the original text:] Near Rimini in Romagna. It was in that fortress that the notorious [charlatan Alessandro] Cagliostro [1743–1795] died; the locals say he was smothered there.

déraisonnable que fût cette idée, elle était sur le point de la mettre à exécution, lorsque le hasard eut pitié d'elle.

Don Livio lui dit:

— Les dix carbonari de la *vente* Missirilli vont être transférés à Rome, sauf à être exécutés en Romagne, après leur condamnation. Voilà ce que mon oncle vient d'obtenir du pape ce soir. Vous et moi sommes les seuls dans Rome qui sachions ce secret. Etes-vous contente?

— Vous devenez un homme, répondit Vanina; faites-moi cadeau de votre portrait.

La veille du jour où Missirilli devait arriver à Rome, Vanina prit un prétexte pour aller à Città-Castellana. C'est dans la prison de cette ville que l'on fait coucher les carbonari que l'on transfère de la Romagne à Rome. Elle vit Missirilli le matin, comme il sortait de la prison: il était enchaîné seul sur une charrette; il lui parut fort pâle, mais nullement découragé. Une vieille femme lui jeta un bouquet de violettes, Missirilli sourit en la remerciant.

Vanina avait vu son amant, toutes ses pensées semblèrent renouvelées; elle eut un nouveau courage. Dès longtemps elle avait fait obtenir un bel avancement à M. l'abbé Cari, aumônier du château Saint-Ange, où son amant allait être enfermé; elle avait pris ce bon prêtre pour confesseur. Ce n'est pas peu de chose à Rome que d'être confesseur d'une princesse, nièce du gouverneur.

Le procès des carbonari de Forli ne fut pas long. Pour se venger de leur arrivée à Rome, qu'il n'avait pu empêcher, le parti ultra fit composer la commission qui devait les juger des prélats les plus ambitieux. Cette commission fut présidée par le ministre de la police.

La loi contre les carbonari est claire: ceux de Forli ne pouvaient conserver aucun espoir; ils n'en défendirent pas moins leur vie par tous les subterfuges possibles. Non seulement leurs juges les condamnèrent à mort, mais plusieurs opinèrent pour des supplices atroces, le poing coupé, etc. Le ministre de la police dont la fortune était faite (car on ne quitte cette place que pour prendre le chapeau), n'avait nul besoin de poing coupé: en portant la sentence au pape, il fit commuer en quelques années de prison la peine de tous les condamnés. Le seul Pietro Missirilli fut excepté. Le ministre voyait dans ce jeune homme un fanatique dangereux, et d'ailleurs il avait aussi été condamné à mort comme coupable de meurtre sur les deux carabiniers dont nous avons parlé. Vanina sut la sentence et la commu-

as that idea might be, she was on the brink of setting it in motion, when chance took pity on her.

Don Livio told her:

"The ten carbonari in Missirilli's unit are going to be transferred to Rome, though they're still subject to being executed in Romagna after being condemned. That's what my uncle has just learned from the pope this evening. You and I are the only ones in Rome who know that secret. Are you pleased?"

"You're becoming a man," Vanina replied. "Make me a present of your portrait."

On the day before the one when Missirilli was due to arrive in Rome, Vanina made up some excuse to go to Civita Castellana.[3] It is in that town's prison that the carbonari transferred from Romagna to Rome are lodged. She saw Missirilli in the morning as he left the prison: he was on a cart alone, in chains; he appeared to her to be very pale, but not at all downhearted. An old woman tossed him a bouquet of violets; Missirilli smiled as he thanked her.

Vanina had seen her lover; her whole mind seemed refreshed; her courage returned to her. For some time now, she had obtained a fine preferment for the abbé Cari, chaplain of the Castel Sant'Angelo, where her lover was to be confined; she had taken that kindly priest as her confessor. It's no small thing in Rome to be confessor to a princess and a niece of the governor.

The trial of the Forlì carbonari didn't last long. To take revenge for their arrival in Rome, which it had been unable to block, the reactionary party had the panel that was to judge them made up of the most ambitious prelates. This panel was presided over by the minister of police.

The law against carbonari is explicit: it was impossible for those from Forlì to harbor any hopes; nevertheless they defended their lives with every possible subterfuge. Not only did their judges condemn them to death, but several of them ruled for horrible tortures, cutting off their hands, and the like. The minister of police, whose fortune was made (because a man only leaves that position to become a cardinal), had no need of amputated hands: when reporting the sentence to the pope, he had the penalty of all the convicted men commuted to a few years in prison. Pietro Missirilli was the sole exception. The minister considered that young man to be a dangerous fanatic; moreover, he had also been condemned to death for killing the two carabinieri mentioned earlier. Vanina learned of the sentence and the commuta-

_____

3. Near Viterbo.

tation peu d'instants après que le ministre fut revenu de chez le pape.

Le lendemain, monsignor Catanzara rentra dans son palais vers le minuit, il ne trouva point son valet de chambre; le ministre, étonné, sonna plusieurs fois; enfin parut un vieux domestique imbécile: le ministre, impatienté, prit le parti de se déshabiller lui-même. Il ferma sa porte à clef; il faisait fort chaud: il prit son habit et le lança en paquet sur une chaise. Cet habit, jeté avec trop de force, passa pardessus la chaise, alla frapper le rideau de mousseline de la fenêtre, et dessina la forme d'un homme. Le ministre se jeta rapidement vers son lit et saisit un pistolet. Comme il revenait près de la fenêtre, un fort jeune homme, couvert de sa livrée, s'approcha de lui le pistolet à la main. A cette vue, le ministre approcha le pistolet de son œil; il allait tirer. Le jeune homme lui dit en riant:

— Eh quoi! Monseigneur, ne reconnaissez-vous pas Vanina Vanini?

— Que signifie cette mauvaise plaisanterie? répliqua le ministre en colère.

— Raisonnons froidement, dit la jeune fille. D'abord votre pistolet n'est pas chargé.

Le ministre, étonné, s'assura du fait; après quoi il tira un poignard de la poche de son gilet[a].

Vanina lui dit avec un petit air d'autorité charmant:

— Asseyons-nous, Monseigneur.

Et elle prit place tranquillement sur un canapé.

— Etes-vous seule au moins? dit le ministre.

— Absolument seule, je vous le jure! s'écria Vanina. C'est ce que le ministre eut soin de vérifier: il fit le tour de la chambre et regarda partout; après quoi il s'assit sur une chaise à trois pas de Vanina.

— Quel intérêt aurais-je, dit Vanina d'un air doux et tranquille, d'attenter aux jours d'un homme modéré, qui probablement serait remplacé par quelque homme faible à tête chaude, capable de se perdre soi et les autres?

---

a. Un prélat romain serait hors d'état sans doute de commander un corps d'armée avec bravoure, comme il est arrivé plusieurs fois à un général de division qui était ministre de la police à Paris, lors de l'entreprise de Malet; mais jamais il ne se laisserait arrêter chez lui aussi simplement. Il aurait trop de peur des plaisanteries de ses collègues. Un Romain qui se sait haï ne marche que bien armé. On n'a pas cru nécessaire de justifier plusieurs autres petites différences entre les façons d'agir et de parler de Paris et celles de Rome. Loin d'amoindrir ces différences, on a cru devoir les écrire hardiment. Les Romains que l'on peint n'ont pas l'honneur d'être Français.

tion only a few minutes after the minister had returned from his visit to the pope.

The next day, Monsignor Catanzara returned to his palace around midnight, and failed to find his valet; surprised, the minister of police rang several times; finally an idiotic old servant showed up: his patience exhausted, the minister decided to undress on his own. He locked his door; it was very warm: he took his robe and hurled it onto a chair, all bunched up. That robe, flung too forcefully, sailed over the chair and struck the muslin window curtain, where it outlined the shape of a man. The minister dashed over to his bed and seized a pistol. As he was returning to the window, a very young man, dressed in his livery, approached him, pistol in hand. Seeing this, the minister brought his own pistol up to the fellow's eye and was about to fire. The young man laughed and said:

"Come now, Monsignor, don't you recognize Vanina Vanini?"

"What's the meaning of this practical joke?" the minister retorted angrily.

"Let's think this out coolly," the young woman said. "First of all, your pistol isn't loaded."

The minister, astonished, verified the truth of this; then he drew a dagger from his vest pocket.[a]

Vanina said to him with a charming little tone of authority:

"Let us be seated, Monsignor."

And she sat down calmly on a couch.

"Are you alone, at least?" asked the minister.

"Completely alone, I swear!" Vanina exclaimed. The minister was careful to check on this: he made a circuit of the room, searching everywhere; then he sat down on a chair three paces away from Vanina.

"What benefit would I derive," asked Vanina in sweet, calm tones, "from trying to take the life of a moderate man, who'd probably be replaced by some weak man with a hot head, liable to ruin himself and everybody else?"

---

a. [Footnote in the original text:] A Roman prelate would no doubt be incapable of commanding an army corps bravely, as has happened several times to a lieutenant general who was chief of police in Paris at the time of Malet's undertaking [General Claude-François de Malet, 1754–1812, led an uprising in Paris while Napoleon was away in Russia in 1812]; but he'd never allow himself to be apprehended at home so simply. He'd be too afraid of his colleagues' jokes. A Roman who knows he's hated doesn't go about unarmed. We haven't felt it necessary to explain several other minor differences between the manners of acting and speaking in Paris and those in Rome. Far from softening those differences, we felt they should be stated boldly. The Romans depicted here don't have the honor of being Frenchmen.

— Que voulez-vous donc, Mademoiselle? dit le ministre avec humeur. Cette scène ne me convient point et ne doit pas durer.

— Ce que je vais ajouter, reprit Vanina avec hauteur, et oubliant tout à coup son air gracieux, importe à vous plus qu'à moi. On veut que le carbonaro Missirilli ait la vie sauve: s'il est exécuté, vous ne lui survivrez pas d'une semaine. Je n'ai aucun intérêt à tout ceci; la folie dont vous vous plaignez, je l'ai faite pour m'amuser d'abord, et ensuite pour servir une de mes amies. J'ai voulu, continua Vanina, en reprenant son air de bonne compagnie, j'ai voulu rendre service à un homme d'esprit, qui bientôt sera mon oncle, et doit porter loin, suivant toute apparence, la fortune de sa maison.

Le ministre quitta l'air fâché: la beauté de Vanina contribua sans doute à ce changement rapide. On connaissait dans Rome le goût de monseigneur Catanzara pour les jolies femmes, et, dans son déguisement en valet de pied de la casa Savelli, avec des bas de soie bien tirés, une veste rouge, son petit habit bleu de ciel galonné d'argent, et le pistolet à la main, Vanina était ravissante.

— Ma future nièce, dit le ministre en riant, vous faites là une haute folie, et ce ne sera pas la dernière.

— J'espère qu'un personnage aussi sage, répondit Vanina, me gardera le secret, et surtout envers don Livio, et pour vous y engager, mon cher oncle, si vous m'accordez la vie du protégé de mon amie, je vous donnerai un baiser.

Ce fut en continuant la conversation sur ce ton de demi-plaisanterie, avec lequel les dames romaines savent traiter les plus grandes affaires, que Vanina parvint à donner à cette entrevue, commencée le pistolet à la main, la couleur d'une visite faite par la jeune princesse Savelli à son oncle le gouverneur de Rome.

Bientôt monseigneur Catanzara, tout en rejetant avec hauteur l'idée de s'en laisser imposer par la crainte, en fut à raconter à sa nièce toutes les difficultés qu'il rencontrerait pour sauver la vie de Missirilli. En discutant, le ministre se promenait dans la chambre avec Vanina; il prit une carafe de limonade qui était sur sa cheminée et en remplit un verre de cristal. Au moment où il allait le porter à ses lèvres, Vanina s'en empara, et, après l'avoir tenu quelque temps, le laissa tomber dans le jardin comme par distraction. Un instant après, le ministre prit une pastille de chocolat dans une bonbonnière, Vanina la lui enleva, et lui dit en riant:

— Prenez donc garde, tout chez vous est empoisonné; car on voulait votre mort. C'est moi qui ai obtenu la grâce de mon oncle

"What, then, do you want, miss?" the minister asked crossly. "This scene is unpleasant to me and mustn't go on much longer."

"What I'm going to add," Vanina resumed haughtily, suddenly forgetting her gracious tone, "is more important to you than to me. It is wished that the life of the carbonaro Missirilli should be saved; if he's executed, you won't outlive him by a week. I have no interest in all this; the folly you complain of I have committed to amuse myself first of all, and then to be of use to one of my lady friends. I wanted," Vanina continued, resuming her social graces, "I wanted to do a favor to an intelligent man who will soon be my uncle and, from all appearances, will vastly improve the fortunes of his family."

The minister dropped his air of vexation: no doubt Vanina's beauty contributed to that rapid change. Monsignor Catanzara's taste for pretty women was well known in Rome, and, in her disguise as a footman of the casa Savelli, with tightly adjusted silk hose, a red waistcoat, a little sky-blue jacket with silver braid, and a pistol in her hand, Vanina was ravishing.

"My future niece," said the minister, laughing, "it's a capital folly you're now committing, and it won't be the last."

"I hope," Vanina replied, "that so discreet a person will keep my secret, especially from Don Livio, and to pledge you to it, my dear uncle, if you grant me the life of my lady friend's protégé, I'll give you a kiss."

By keeping up the conversation in this half-jocular tone in which Roman ladies know how to handle the weightiest matters, Vanina succeeded in lending this interview, begun pistol in hand, the aspect of a visit paid by the young Princess Savelli to her uncle, the governor of Rome.

Soon Monsignor Catanzara, though haughtily rejecting the idea of letting himself be imposed upon out of fear, was even telling his niece about all the difficulties he would encounter in trying to save Missirilli's life. During the discussion the minister walked up and down the room with Vanina; he took a carafe of lemonade that stood on his mantel and filled a crystal glass from it. Just as he was about to put it to his lips, Vanina seized it and, after holding it for a while, dropped it into the garden as if absentmindedly. A moment later, the minister took a chocolate drop out of a candy box; Vanina took it away from him and said, laughing:

"Be careful, won't you; everything in your house is poisoned, because people wanted your death. It was I who obtained a pardon for

futur, afin de ne pas entrer dans la famille Savelli absolument les mains vides.

Monseigneur Catanzara, fort étonné, remercia sa nièce, et donna de grandes espérances pour la vie de Missirilli.

— Notre marché est fait! s'écria Vanina, et la preuve, c'est qu'en voici la récompense, dit-elle en l'embrassant.

Le ministre prit la récompense.

— Il faut que vous sachiez, ma chère Vanina, ajouta-t-il, que je n'aime pas le sang, moi. D'ailleurs, je suis jeune encore, quoique peut-être je vous paraisse bien vieux, et je puis vivre à une époque où le sang versé aujourd'hui fera tache.

Deux heures sonnaient quand monseigneur Catanzara accompagna Vanina jusqu'à la petite porte de son jardin.

Le surlendemain, lorsque le ministre parut devant le pape, assez embarrassé de la démarche qu'il avait à faire, Sa Sainteté lui dit:

— Avant tout, j'ai une grâce à vous demander. Il y a un de ces carbonari de Forli qui est resté condamné à mort; cette idée m'empêche de dormir: il faut sauver cet homme.

Le ministre, voyant que le pape avait pris son parti, fit beaucoup d'objections, et finit par écrire un décret ou *motu proprio,* que le pape signa, contre l'usage.

Vanina avait pensé que peut-être elle obtiendrait la grâce de son amant, mais qu'on tenterait de l'empoisonner. Dès la veille, Missirilli avait reçu de l'abbé Cari, son confesseur, quelques petits paquets de biscuits de mer, avec l'avis de ne pas toucher aux aliments fournis par l'Etat.

Vanina ayant su après que les carbonari de Forli allaient être transférés au château de San Leo, voulut essayer de voir Missirilli à son passage à Città-Castellana; elle arriva dans cette ville vingt-quatre heures avant les prisonniers; elle y trouva l'abbé Cari, qui l'avait précédée de plusieurs jours. Il avait obtenu du geôlier que Missirilli pourrait entendre la messe, à minuit, dans la chapelle de la prison. On alla plus loin: si Missirilli voulait consentir à se laisser lier les bras et les jambes par une chaîne, le geôlier se retirerait vers la porte de la chapelle, de manière à voir toujours le prisonnier, dont il était responsable, mais à ne pouvoir entendre ce qu'il dirait.

Le jour qui devait décider du sort de Vanina parut enfin. Dès le matin, elle s'enferma dans la chapelle de la prison. Qui pourrait dire les pensées qui l'agitèrent durant cette longue journée? Missirilli

my future uncle, so that I wouldn't enter into the Savelli family altogether emptyhanded."

Monsignor Catanzara, greatly astonished, thanked his niece and
held out high hopes for Missirilli's life.

"Our deal is concluded!" Vanina exclaimed, "and, to prove it, here's
your reward," she said, kissing him.

The minister accepted the reward.

"You ought to know, dear Vanina," he added, "that personally I
don't like bloodshed. Besides, I'm still young, though I may seem very
old to you, and I may still be living at a time when blood spilled today
will leave a stain."

It was striking two when Monsignor Catanzara escorted Vanina all
the way to the little door to his garden.

Two days later, when the minister appeared before the pope,
greatly embarrassed by the measure he had to take, His Holiness said:

"Above all, I have a favor to ask of you. There's one of those carbonari from Forlì who is still condemned to death; the thought of that
keeps me from sleeping; the man must be saved."

The minister, seeing that the pope was determined, raised many
objections but finally wrote out a decree or *motu proprio*,[4] which the
pope signed, contrary to custom.

Vanina had imagined that she might obtain her lover's pardon, but
that there would be an attempt to poison him. Ever since the day before, Missirilli had received from the abbé Cari, her confessor, a few
small packages of ship's biscuit, with the warning not to touch the food
supplied by the government.

Having learned afterward that the Forlì carbonari were to be transferred to the fortress of San Leo, Vanina resolved to try to see
Missirilli when he passed through Civita Castellana; she arrived in
that town twenty-four hours before the prisoners did; there she found
the abbé Cari, who had preceded her by several days. He had gotten
the jailer to allow Missirilli to attend midnight mass in the prison
chapel. As a further concession, if Missirilli would consent to having
his arms and legs chained, the jailer would withdraw to the chapel
doorway, so that he could always see the prisoner, for whom he was
responsible, but couldn't hear what he said.

The day that was to decide Vanina's fate dawned at last. From
morning on, she shut herself in the prison chapel. Who could say what
thoughts agitated her during that long day? Did Missirilli love her

4. Strictly speaking, an ordinance formulated spontaneously by a pope!

l'aimait-il assez pour lui pardonner? Elle avait dénoncé sa *vente*, mais elle lui avait sauvé la vie. Quand la raison prenait le dessus dans cette âme bourrelée, Vanina espérait qu'il voudrait consentir à quitter l'Italie avec elle: si elle avait péché, c'était par excès d'amour. Comme quatre heures sonnaient, elle entendit de loin, sur le pavé, le pas des chevaux des carabiniers. Le bruit de chacun de ces pas semblait retentir dans son cœur. Bientôt elle distingua le roulement des charrettes qui transportaient les prisonniers. Elles s'arrêtèrent sur la petite place devant la prison; elle vit deux carabiniers soulever Missirilli, qui était seul sur une charrette, et tellement chargé de fers qu'il ne pouvait se mouvoir. «Du moins il vit, se dit-elle les larmes aux yeux, ils ne l'ont pas encore empoisonné!» La soirée fut cruelle; la lampe de l'autel, placée à une grande hauteur, et pour laquelle le geôlier épargnait l'huile, éclairait seule cette chapelle sombre. Les yeux de Vanina erraient sur les tombeaux de quelques grands seigneurs du Moyen Age morts dans la prison voisine. Leurs statues avaient l'air féroce.

Tous les bruits avaient cessé depuis longtemps; Vanina était absorbée dans ses noires pensées. Un peu après que minuit eut sonné, elle crut entendre un bruit léger comme le vol d'une chauve-souris. Elle voulut marcher, et tomba à demi évanouie sur la balustrade de l'autel. Au même instant, deux fantômes se trouvèrent tout près d'elle, sans qu'elle les eût entendus venir. C'étaient le geôlier et Missirilli chargé de chaînes, au point qu'il en était comme emmailloté. Le geôlier ouvrit une lanterne, qu'il posa sur la balustrade de l'autel, à côté de Vanina, de façon à ce qu'il pût bien voir son prisonnier. Ensuite il se retira dans le fond, près de la porte. A peine le geôlier se fut-il éloigné que Vanina se précipita au cou de Missirilli. En le serrant dans ses bras, elle ne sentit que ses chaînes froides et pointues. «Qui les lui a données ces chaînes»? pensa-t-elle. Elle n'eut aucun plaisir à embrasser son amant. A cette douleur en succéda une autre plus poignante; elle crut un instant que Missirilli savait son crime, tant son accueil fut glacé.

— Chère amie, lui dit-il enfin, je regrette l'amour que vous avez pris pour moi; c'est en vain que je cherche le mérite qui a pu vous l'inspirer. Revenons, croyez-m'en, à des sentiments plus chrétiens, oublions les illusions qui jadis nous ont égarés; je ne puis vous appartenir. Le malheur constant qui a suivi mes entreprises vient peut-être de l'état de péché mortel où je me suis constamment trouvé. Même à n'écouter que les conseils de la prudence humaine, pourquoi n'ai-je pas été arrêté avec mes amis, lors de la fatale nuit de Forli? Pourquoi, à l'instant du danger, ne me trouvais-je pas à mon poste?

enough to forgive her? She had informed on his group, but she had saved his life. Whenever reason gained the upper hand in her tormented soul, Vanina hoped that he'd agree to leave Italy with her: if she had sinned, it was from an excess of love. When the clock struck four, she heard in the distance, on the paving stones, the hoofbeats of the carabinieri's horses. The sound of each of those hoofbeats seemed to reverberate in her heart. Soon she could make out the rumbling of the carts carrying the prisoners. They stopped on the little square in front of the prison; she saw two carabinieri lifting Missirilli, who was alone on one cart, and so loaded down with chains that he couldn't move on his own. "At least he's alive," she said to herself with tears in her eyes; "they haven't poisoned him yet!" The evening was cruel; the altar lamp, hung very high and sparingly furnished with oil by the jailer, was the only light in that dark chapel. Vanina's eyes strayed over the tombs of some great medieval lords who had died in the adjoining prison. Their statues had a fierce appearance.

All sounds had ceased for some time; Vanina was sunk in gloomy thoughts. Shortly after midnight sounded, she thought she heard a slight noise like the flight of a bat. She tried to walk, and fell in a half-faint against the altar railing. At that very moment, two ghosts were right next to her, though she hadn't heard them come. They were the jailer and Missirilli, so loaded with chains that he seemed to be swaddled in them. The jailer opened a lantern, which he placed on the altar railing, beside Vanina, in such a way that he could keep a sharp eye on his prisoner. Then he withdrew into the background, near the door. Scarcely had the jailer moved away when Vanina hastened to embrace Missirilli. Clasping him in her arms, she felt only his cold, sharp-pointed chains. "Who put these chains on him?" she wondered. She found no pleasure in embracing her lover. That sorrow was followed by another, harsher one; for a moment she thought that Missirilli knew about her crime, his greeting was so frigid.

"Dear friend," he finally said, "I'm sorry you have fallen so in love with me; I fail to find any merit in myself that could inspire such love. Take my word for it, let us entertain more Christian sentiments, let us forget the illusions that once led us astray; I cannot belong to you. The constant misfortune that has dogged my undertakings may be a result of the state of mortal sin in which I have constantly lived. Merely heeding the counsel of human prudence, why wasn't I arrested with my friends on that fateful night in Forlì? Why wasn't I at my post in the moment of danger? Why has my absence been able to give rise to

Pourquoi mon absence a-t-elle pu autoriser les soupçons les plus cruels? J'avais une autre passion que celle de la liberté de l'Italie.

Vanina ne revenait pas de la surprise que lui causait le changement
de Missirilli. Sans être sensiblement maigri, il avait l'air d'avoir trente
ans. Vanina attribua ce changement aux mauvais traitements qu'il
avait soufferts en prison, elle fondit en larmes.

— Ah! lui dit-elle, les geôliers avaient tant promis qu'ils te trai-
teraient avec bonté.

Le fait est qu'à l'approche de la mort, tous les principes religieux
qui pouvaient s'accorder avec la passion pour la liberté de l'Italie
avaient reparu dans le cœur du jeune carbonaro. Peu à peu Vanina
s'aperçut que le changement étonnant qu'elle remarquait chez son
amant était tout moral, et nullement l'effet de mauvais traitements
physiques. Sa douleur, qu'elle croyait au comble, en fut encore aug-
mentée.

Missirilli se taisait; Vanina semblait sur le point d'être étouffée par
ses sanglots. Il ajouta d'un air un peu ému lui-même:

— Si j'aimais quelque chose sur la terre, ce serait vous, Vanina; mais
grâce à Dieu, je n'ai plus qu'un seul but dans ma vie: je mourrai en
prison, ou en cherchant à donner la liberté à l'Italie.

Il y eut encore un silence; évidemment Vanina ne pouvait parler:
elle l'essayait en vain. Missirilli ajouta:

— Le devoir est cruel, mon amie; mais s'il n'y avait pas un peu de
peine à l'accomplir, où serait l'héroïsme? Donnez-moi votre parole
que vous ne chercherez plus à me voir.

Autant que sa chaîne assez serrée le lui permettait, il fit un petit
mouvement du poignet, et tendit les doigts à Vanina.

— Si vous permettez un conseil à un homme qui vous fut cher,
mariez-vous sagement à l'homme de mérite que votre père vous des-
tine. Ne lui faites aucune confidence fâcheuse; mais, d'un autre côté,
ne cherchez jamais à me revoir; soyons désormais étrangers l'un à
l'autre. Vous avez avancé une somme considérable pour le service de
la patrie; si jamais elle est délivrée de ses tyrans, cette somme vous
sera fidèlement payée en biens nationaux.

Vanina était atterrée. En lui parlant, l'œil de Pietro n'avait brillé
qu'au moment où il avait nommé la *patrie*.

Enfin l'orgueil vint au secours de la jeune princesse; elle s'était
munie de diamants et de petites limes. Sans répondre à Missirilli, elle
les lui offrit.

— J'accepte par devoir, lui dit-il, car je dois chercher à m'échapper;
mais je ne vous verrai jamais, je le jure en présence de vos nouveaux

the cruelest suspicions? I was nurturing a passion other than the one for the liberty of Italy."

Vanina couldn't get over the surprise that the change in Missirilli occasioned her. Without having grown noticeably thinner, he looked thirty. Vanina attributed that change to the bad treatment he had suffered in prison; she burst into tears.

"Oh," she said, "the jailers made such promises that they'd treat you kindly!"

The fact is that, with death drawing near, all the religious principles that could accord with his passion for the liberty of Italy had reappeared in the young carbonaro's heart. Gradually Vanina realized that the surprising change she could observe in her lover was entirely mental, and in no way the result of bad treatment physically. Her grief, which she had thought was at its height, was increased even more by this.

Missirilli was taciturn; Vanina seemed about to choke on her sobs. He added in a tone that was slightly emotional on his side:

"If I loved anything on earth, it would be you, Vanina; but, thank God, I have only one aim left in life: I'll die either in prison or in an attempt to give Italy her liberty."

There was another silence; evidently Vanina was unable to speak: she tried to in vain. Missirilli added:

"Duty is cruel, my friend; but if there weren't a little sorrow in performing it, where would heroism be? Give me your word that you won't attempt to see me again."

To the extent that his very tight chains permitted, he made a slight wrist movement and held out his fingers to Vanina.

"If you allow a man who was dear to you to give you advice, make a prudent marriage to the worthy man your father has in mind for you. Don't confide in him anything that might harm you; but, on the other hand, never try to see me again; from now on let's be strangers to each other. You have advanced a considerable sum in the service of your country; if she is ever freed from her tyrants, that sum will be scrupulously repaid to you from the national funds."

Vanina was crushed. While he spoke to her, Pietro's eyes had only flashed at the moment he uttered the word "country."

Finally the young princess's pride came to her aid; she had brought along diamonds and small files. Without answering Missirilli, she offered them to him.

"I accept out of duty," he said, "because I must try to escape; but I'll never see you again, I swear it in the presence of your new benefac-

bienfaits. Adieu, Vanina; promettez-moi de ne jamais m'écrire, de ne jamais chercher à me voir; laissez-moi tout à la patrie, je suis mort pour vous: adieu.

— Non, reprit Vanina furieuse, je veux que tu saches ce que j'ai fait, guidée par l'amour que j'avais pour toi.

Alors elle lui raconta toutes ses démarches depuis le moment où Missirilli avait quitté le château de San Nicolò, pour aller se rendre au légat. Quand ce récit fut terminé:

— Tout cela n'est rien, dit Vanina: j'ai fait plus, par amour pour toi.

Alors elle lui dit sa trahison.

— Ah! monstre, s'écria Pietro furieux, en se jetant sur elle, et il cherchait à l'assommer avec ses chaînes.

Il y serait parvenu sans le geôlier qui accourut aux premiers cris. Il saisit Missirilli.

— Tiens, monstre, je ne veux rien te devoir, dit Missirilli à Vanina, en lui jetant, autant que ses chaînes le lui permettaient, les limes et les diamants, et il s'éloigna rapidement.

Vanina resta anéantie. Elle revint à Rome; et le journal annonce qu'elle vient d'épouser le prince don Livio Savelli.

tions. Farewell, Vanina; promise never to write to me, never to try to see me; leave me altogether to my country, I'm dead to you: farewell."

"No," Vanina replied in a fury, "I want you to know what I did, led on by the love I had for you."

Then she told him all her actions ever since the time Missirilli left the San Nicolò country house to turn himself in to the legate. When that narrative was finished, Vanina said:

"All of that is nothing. I did more, out of love for you."

Then she told him of her betrayal.

"Oh! Monster!" Pietro exclaimed furiously, flinging himself upon her and trying to fell her with his chains.

He would have succeeded if the jailer hadn't come running at her first cries. He seized Missirilli.

"Here, monster, I don't want to owe you a thing," said Missirilli to Vanina, while throwing the files and diamonds at her to the extent that his chains allowed; then he walked away rapidly.

Vanina was annihilated. She returned to Rome; and the newspaper announces that she has just married Prince Livio Savelli.

L'ABBESSE DE CASTRO

I

Le mélodrame nous a montré si souvent les brigands italiens du XVIe siècle, et tant de gens en ont parlé sans les connaître, que nous en avons maintenant les idées les plus fausses. On peut dire en général que ces brigands furent l'*opposition* contre les gouvernements atroces qui, en Italie, succédèrent aux républiques du Moyen Age. Le nouveau tyran fut d'ordinaire le citoyen le plus riche de la défunte république, et, pour séduire le bas peuple, il ornait la ville d'églises magnifiques et de beaux tableaux. Tels furent les Polentini de Ravenne, les Manfredi de Faenza, les Riario d'Imola, les Cane de Vérone, les Bentivoglio de Bologne, les Visconti de Milan, et enfin, les moins belliqueux et les plus hypocrites de tous, les Médicis de Florence. Parmi les historiens de ces petits Etats, aucun n'a osé raconter les empoisonnements et assassinats sans nombre ordonnés par la peur qui tourmentait ces petits tyrans; ces graves historiens étaient à leur solde. Considérez que chacun de ces tyrans connaissait personnellement chacun des républicains dont il savait être exécré (le grand-duc de Toscane, Côme, par exemple, connaissait Strozzi), que plusieurs de ces tyrans périrent par l'assassinat, et vous comprendrez les haines profondes, les méfiances éternelles qui donnèrent tant d'esprit et de courage aux Italiens du XVIe siècle, et tant de génie à leurs artistes. Vous verrez ces passions profondes empêcher la naissance de ce préjugé assez ridicule qu'on appelait l'*honneur*, du temps de Mme

THE ABBESS OF CASTRO

I

Stage melodramas have so often depicted sixteenth-century Italian brigands to us, and so many people have discussed them without knowing them, that we now have the most erroneous ideas about them. It may be said in general that those brigands were the political opposition to those horrible Italian governments which replaced the medieval republics. The new tyrant was usually the wealthiest citizen of the late republic and, to allure the populace, he would embellish the city with magnificent churches and beautiful paintings. Such families were the Polenta of Ravenna, the Manfredi of Faenza, the Riario of Imola, the Cangrande of Verona, the Bentivoglio of Bologna, the Visconti of Milan, and lastly, the least warlike and most hypocritical of all, the Medici of Florence. Among the historians of these small states, none dared to recount the innumerable poisonings and assassinations ordered by those fear-tormented petty tyrants; those grave historians were in their pay. Recall that each of those tyrants was personally acquainted with each of the republicans by whom he knew he was loathed (for example, Cosimo knew Strozzi),[1] and that several of those tyrants were killed by assassins, and you will understand the deep-seated hatreds and eternal distrust that lent such spirit and courage to the Italians of the sixteenth century, and so much genius to their artists. You will find those profound passions hindering the birth of that rather ridiculous prejudice that was called "honor" in the days of Madame de

---

1. Cosimo I de' Medici (1519–1574) and his opponent Filippo II Strozzi (1489–1538).

de Sévigné, et qui consiste surtout à sacrifier sa vie pour servir le maître dont on est né le sujet et pour plaire aux dames. Au XVIe siècle, l'activité d'un homme et son mérite réel ne pouvaient se montrer en France et conquérir l'admiration que par la bravoure sur le champ de bataille ou dans les duels; et, comme les femmes aiment la bravoure et surtout l'audace, elles devinrent les juges suprêmes du mérite d'un homme. Alors naquit l'*esprit de galanterie*, qui prépara l'anéantissement successif de toutes les passions et même de l'amour, au profit de ce tyran cruel auquel nous obéissons tous: la vanité. Les rois protégèrent la vanité et avec grande raison: de là l'empire des rubans.

En Italie, un homme se distinguait par *tous les genres* de mérite, par les grands coups d'épée comme par les découvertes dans les anciens manuscrits: voyez Pétrarque, l'idole de son temps; et une femme du XVIe siècle aimait un homme savant en grec autant et plus qu'elle n'eût aimé un homme célèbre par la bravoure militaire. Alors on vit des passions, et non pas l'habitude de la galanterie. Voilà la grande différence entre l'Italie et la France, voilà pourquoi l'Italie a vu naître les Raphaël, les Giorgione, les Titien, les Corrège, tandis que la France produisait tous ces braves capitaines du XVIe siècle, si inconnus aujourd'hui et dont chacun avait tué un si grand nombre d'ennemis.

Je demande pardon pour ces rudes vérités. Quoi qu'il en soit, les vengeances atroces et *nécessaires* des petits tyrans italiens du Moyen Age concilièrent aux brigands le cœur des peuples. On haïssait les brigands quand ils volaient des chevaux, du blé, de l'argent, en un mot, tout ce qui leur était nécessaire pour vivre; mais au fond le cœur des peuples était pour eux; et les filles du village préféraient à tous les autres le jeune garçon qui, une fois dans la vie, avait été forcé d'*andar alla macchia*, c'est-à-dire de fuir dans les bois et de prendre refuge auprès des brigands à la suite de quelque action trop imprudente.

De nos jours encore tout le monde assurément redoute la rencontre des brigands; mais subissent-ils des châtiments, chacun les plaint. C'est que ce peuple si fin, si moqueur, qui rit de tous les écrits publiés sous la censure de ses maîtres, fait sa lecture habituelle de petits poèmes qui racontent avec chaleur la vie des brigands les plus renommés. Ce qu'il trouve d'héroïque dans ces histoires ravit la fibre artiste qui vit toujours *dans les basses classes*, et d'ailleurs, il est tellement las des louanges officielles données à certaines gens, que tout ce qui n'est pas officiel en ce genre va droit à son cœur. Il faut savoir que le bas peuple, en Italie, souffre de certaines choses que le voyageur n'apercevrait jamais, vécût-il dix ans dans le pays. Par exemple, il y a quinze ans, avant que la sagesse des gouvernements n'eût supprimé

Sévigné, and which consists primarily in sacrificing one's life to serve the master of one's native land, and to please the ladies. In the sixteenth century, a man's activity and true merit couldn't be displayed in France and couldn't win admiration except through bravery on the battlefield or in duels; and, since women love bravery and especially boldness, they became the supreme judges of a man's merit. It was then that the "spirit of gallantry" arose, preparing the way for the gradual destruction of every passion, even love, for the benefit of that cruel tyrant we all obey: vanity. The kings fostered vanity and for excellent reasons: hence the sway of medals and decorations.

In Italy a man was distinguished by every kind of merit, by mighty sword strokes or by discoveries made in ancient manuscripts: take Petrarch, the idol of his day; and a sixteenth-century woman loved a scholar of Greek as much as, or more than, she might love a man famous for martial bravery. At that time you could observe passions, not merely habitual gallantry. That is the great difference between Italy and France; that is why Italy witnessed the birth of men like Raphael, Giorgione, Titian, and Correggio, while France was turning out all those brave sixteenth-century captains, so unknown today, each of whom had slain so great a number of enemies.

I ask forgiveness for these plain truths. However that may be, the atrocious but necessary acts of vengeance on the part of the petty medieval tyrants of Italy made the brigands gain the common people's affections. Brigands were hated when they stole horses, wheat, or money—in a word, anything the people needed to stay alive—but basically the people's heart was with them; and the village girls preferred before all others the young lad who, once in his life, had been compelled to *andar alla macchia;* that is, to flee to the woods and take refuge with brigands as a result of some action that was overly imprudent.

Even in our days everyone surely dreads an encounter with brigands; but if they're punished, everyone pities them. This is because these common folk, so subtle, so given to mockery, who laugh at all the writings published with the approval of their masters' censors, normally read short poems which vigorously narrate the life of the most famous brigands. The heroic stuff they find in these stories delights the artistic vein still alive among the "lower classes," and, besides, they're so weary of the official praise bestowed on certain individuals that whatever is not official in such matters speaks directly to their heart. You should know that the common folk in Italy suffer from certain things which a traveler would never notice even if he lived in the country for ten years. For example, fifteen years ago, before the wisdom of

les brigands[a], il n'était pas rare de voir certains de leurs exploits punir les iniquités des *gouverneus* de petites villes. Ces gouverneurs, magistrats absolus dont la paye ne s'élève pas à plus de vingt écus par mois, sont naturellement aux ordres de la famille la plus considérable du pays, qui, par ce moyen bien simple, opprime ses ennemis. Si les brigands ne réussissaient pas toujours à punir ces petits gouverneurs despotes, du moins ils se moquaient d'eux et les bravaient, ce qui n'est pas peu de chose aux yeux de ce peuple spirituel. Un sonnet satirique le console de tous ses maux, et jamais il n'oublia une offense. Voilà une autre des différences capitales entre l'Italien et le Français.

Au XVIe siècle, le gouverneur d'un bourg avait-il condamné à mort un pauvre habitant en butte à la haine de la famille prépondérante, souvent on voyait les brigands attaquer la prison et essayer de délivrer l'opprimé. De son côté, la famille puissante, ne se fiant pas trop aux huit ou dix soldats du gouvernement chargés de garder la prison, levait à ses frais une troupe de soldats temporaires. Ceux-ci, qu'on appelait des *bravi*, bivouaquaient dans les alentours de la prison, et se chargeaient d'escorter jusqu'au lieu du supplice le pauvre diable dont la mort avait été achetée. Si cette famille puissante comptait un jeune homme dans son sein, il se mettait à la tête de ces soldats improvisés. Cet état de la civilisation fait gémir la morale, j'en conviens; de nos jours on a le duel, l'ennui, et les juges ne se vendent pas; mais ces usages du XVIe siècle étaient merveilleusement propres à créer des hommes dignes de ce nom.

Beaucoup d'historiens, loués encore aujourd'hui par la littérature routinière des académies, ont cherché à dissimuler cet état de choses, qui, vers 1550, forma de si grands caractères. De leur temps, leurs prudents mensonges furent récompensés par tous les honneurs dont pouvaient disposer les Médicis de Florence, les d'Este de Ferrare, les vice-rois de Naples, etc. Un pauvre historien, nommé Giannone, a voulu soulever un coin du voile; mais, comme il n'a osé dire qu'une très petite partie de la vérité, et encore en employant des formes dubitatives et obscures, il est resté fort ennuyeux, ce qui ne l'a pas empêché de mourir en prison à quatre-vingt-deux ans, le 7 mars 1758.

La première chose à faire, lorsque l'on veut connaître l'histoire

---

a. Gasparone, le dernier brigand, traita avec le gouvernement en 1826; il est enfermé dans la citadelle de Civita-Vecchia avec trente-deux de ses hommes. Ce fut le manque d'eau sur les sommets des Apennins, où il s'était réfugié, qui l'obligea à traiter. C'est un homme d'esprit, d'une figure assez avenante.

the rulers had done away with banditry,[a] it wasn't unusual to find that some of their exploits punished the iniquities of the mayors of small towns. These mayors, absolute magistrates whose salary is no higher than sixty francs a month, are naturally at the beck and call of the wealthiest family in the area, who oppress their enemies by this very simple means. If the brigands didn't always succeed in punishing these little despotic mayors, at least they ridiculed and defied them, which is no small feat in the eyes of that witty nation. A satirical sonnet consoles them for all their woes, and they have never forgotten an offense. That is another major difference between the Italians and the French.

In the sixteenth century, if the mayor of a market town had sentenced to death a poor resident who was the prey of the leading family's hatred, frequently brigands were seen attacking the prison and trying to free the downtrodden man. For their part, the powerful family, not trusting overly in the eight or ten government soldiers responsible for guarding the prison, would levy a troop of temporary soldiers at their own expense. These men, called *bravi,* camped in the neighborhood of the prison and were responsible for escorting to his place of execution the poor devil whose death had been purchased. If that powerful family included a young man, he would place himself in command of those improvised soldiers. This state of civilization makes morality groan, I admit; in our day we have duels and boredom and judges can't be bought; but those sixteenth-century customs were excellently suited to producing men worthy of the name.

Many historians, still praised today by routine academic writers, have tried to disguise that state of affairs, which, around 1550, shaped such great natures. In their day, their prudent lies were rewarded by every honor at the disposal of the Medici of Florence, the Este of Ferrara, the viceroys of Naples, etc. A poor historian named Giannone[2] attempted to raise one corner of the veil; but since he dared to tell only a very small part of the truth, and, moreover, using ambiguous and obscure terms, he remained a great bore, which didn't prevent him from dying in prison at eighty-two, on March 7, 1758.

The first thing to do, therefore, if you want to know the history of

---

a. [Footnote in the original text:] Gasparone, the last brigand, negotiated with the government in 1826; he is imprisoned in the citadel of Civitavecchia with thirty-two of his men. It was the lack of water on the peaks of the Apennines, where he had taken refuge, that compelled him to make a deal. He's an intelligent man, of a quite pleasing appearance. [A famous 1884 operetta was named after him; the composer was Karl Millöcker (1842–1899); the locale, Sicily; the time, ca. 1820.]   2. Pietro Giannone (his actual dates were 1676–1748).

d'Italie, c'est donc de ne point lire les auteurs généralement approuvés; nulle part on n'a mieux connu le prix du mensonge, nulle part, il ne fut mieux payé[a].

Les premières histoires qu'on ait écrites en Italie, après la grande barbarie du IXe siècle, font déjà mention des brigands, et en parlent comme s'ils eussent existé de temps immémorial. Voyez le recueil de Muratori. Lorsque, par malheur pour la félicité publique, pour la justice, pour le bon gouvernement, mais par bonheur pour les arts, les républiques du Moyen Age furent opprimées, les républicains les plus énergiques, ceux qui aimaient la liberté plus que la majorité de leurs concitoyens, se réfugièrent dans les bois. Naturellement le peuple vexé par les Baglioni, par les Malatesti, par les Bentivoglio, par les Médicis, etc., aimait et respectait leurs ennemis. Les cruautés des petits tyrans qui succédèrent aux premiers usurpateurs, par exemple, les cruautés de Côme, premier grand-duc de Florence, qui faisait assassiner les républicains réfugiés jusque dans Venise, jusque dans Paris, envoyèrent des recrues à ces brigands. Pour ne parler que des temps voisins de ceux où vécut notre héroïne, vers l'an 1550, Alphonse Piccolomini, duc de Monte Mariano, et Marco Sciarra dirigèrent avec succès des bandes armées qui, dans les environs d'Albano, bravaient les soldats du pape alors fort braves. La ligne d'opération de ces fameux chefs que le peuple admire encore s'étendait depuis le Pô et les marais de Ravenne jusqu'aux bois qui alors couvraient le Vésuve. La forêt de la Faggiola, si célèbre par leurs exploits, située à cinq lieues de Rome, sur la route de Naples, était le quartier général de Sciarra, qui, sous le pontificat de Grégoire XIII, réunit quelquefois plusieurs milliers de soldats. L'histoire détaillée de cet illustre brigand serait incroyable aux yeux de la génération présente, en ce sens que jamais on ne voudrait comprendre les motifs de ses actes. Il ne fut vaincu qu'en 1592. Lorsqu'il vit ses affaires dans un état désespéré, il traita avec la république de Venise et passa à son service avec ses soldats les plus dévoués ou les plus coupables, comme on voudra. Sur les réclamations du gouvernement romain, Venise, qui avait signé un traité avec

---

a. Paul Jove, évêque de Côme, l'*Arétin* et cent autres moins amusants, et que l'ennui qu'ils distribuent a sauvés de l'infamie, Robertson, Roscoe, sont remplis de mensonges. Guichardin se vendit à Côme Ier, qui se moqua de lui. De nos jours, Colletta et Pignotti ont dit la vérité, ce dernier avec la peur constante d'être destitué, quoique ne voulant être imprimé qu'après sa mort.

Italy, is not to read the generally approved authors; nowhere else has the value of lying been better known, nowhere else has it been better paid for.[a]

The first histories written in Italy, after the great barbaric period in the ninth century, already make mention of brigands, and speak of them as if they had existed from time immemorial. See, for instance, Muratori's collection of source material.[3] When, to the misfortune of public happiness, justice, and good government, but to the good fortune of the arts, the medieval republics were suppressed, the most energetic republicans, those who loved liberty more than the majority of their fellow citizens did, took refuge in the woods. Naturally the people who were oppressed by the Baglioni,[4] by the Malatesta,[5] by the Bentivoglio, by the Medici, and so on, loved and respected the enemies of those families. The cruelties of the petty tyrants who succeeded the initial usurpers—for instance, the cruelties of Cosimo, the first grand duke of Florence, who ordered the assassinations of republicans who had fled as far as Venice and Paris—sent recruits to those brigands. To speak only of the years close to those in which our heroine lived, around 1550, Alfonso Piccolomini, duke of Monte Mariano, and Marco Sciarra were successful leaders of armed bands who, in the environs of Albano, stood up to the papal troops, who were quite valiant at the time. The line of operations of those famous leaders, who are still admired by the populace, extended from the Po and the marshes of Ravenna to the forests which then covered Vesuvius. The forest of La Faggiola, so famous thanks to their exploits, located five leagues from Rome, on the way to Naples, was the headquarters of Sciarra, who, during the reign of Pope Gregory XIII,[6] assembled several thousand soldiers at times. The details of the history of this renowned brigand would find no credence in the eyes of the present generation, because they would never be willing to understand the motives of his acts. He wasn't beaten until 1592. When he found his affairs in a desperate state, he negotiated with the Republic of Venice and entered its service with his most devoted soldiers (or, if

---

a. Paolo Giovio, bishop of Como [1483–1552], [Pietro] Aretino [1492–1536], and a hundred other less amusing writers who have been saved from infamy by the boredom they dispense, [William] Robertson [1721–1793], [William] Roscoe [1753–1831], are full of lies. [Francesco] Guicciardini [1483–1540] sold himself to Cosimo I [de' Medici], who laughed at him. In our time, [Pietro] Colletta [1775–1831] and [Lorenzo] Pignotti [1739–1812] have told the truth, Pignotti despite his constant fear of being discharged, even though he didn't want his work printed until after his death.
3. Ludovico Antonio Muratori (1672–1750).   4. Lords of Perugia.   5. Lords of Rimini.   6. 1572–1585.

Sciarra, le fit assassiner, et envoya ses braves soldats défendre l'île de Candie contre les Turcs. Mais la sagesse vénitienne savait bien qu'une peste meurtrière régnait à Candie, et en quelques jours les cinq cents soldats que Sciarra avait amenés au service de la république furent réduits à soixante-sept.

Cette forêt de la Faggiola, dont les arbres gigantesques couvrent un ancien volcan, fut le dernier théâtre des exploits de Marco Sciarra. Tous les voyageurs vous diront que c'est le site le plus magnifique de cette admirable campagne de Rome, dont l'aspect sombre semble fait pour la tragédie. Elle couronne de sa noire verdure les sommets du mont Albano.

C'est à une certaine irruption volcanique antérieure de bien des siècles à la fondation de Rome que nous devons cette magnifique montagne. A une époque qui a précédé toutes les histoires, elle surgit au milieu de la vaste plaine qui s'étendait jadis entre les Apennins et la mer. Le Monte Cavi, qui s'élève entouré par les sombres ombrages de la Faggiola, en est le point culminant; on l'aperçoit de partout, de Terracine et d'Ostie comme de Rome et de Tivoli, et c'est la montagne d'Albano, maintenant couverte de palais, qui, vers le midi, termine cet horizon de Rome si célèbre parmi les voyageurs. Un couvent de moines noirs a remplacé, au sommet du Monte Cavi, le temple de Jupiter Férétrien, où les peuples latins venaient sacrifier en commun et resserrer les liens d'une sorte de fédération religieuse. Protégé par l'ombrage de châtaigniers magnifiques, le voyageur parvient, en quelques heures, aux blocs énormes que présentent les ruines du temple de Jupiter; mais sous ces ombrages sombres, si délicieux dans ce climat, même aujourd'hui, le voyageur regarde avec inquiétude au fond de la forêt; il a peur des brigands. Arrivé au sommet du Monte Cavi, on allume du feu dans les ruines du temple pour préparer les aliments. De ce point, qui domine toute la campagne de Rome, on aperçoit, au couchant, la mer, qui semble à deux pas, quoique à trois ou quatre lieues; on distingue les moindres bateaux; avec la plus faible lunette, on compte les hommes qui passent à Naples sur le bateau à vapeur. De tous les autres côtés, la vue s'étend sur une plaine magnifique qui se termine, au levant, par l'Apennin, au-dessus de Palestrine et, au nord, par Saint-Pierre, et les autres grands édifices de Rome. Le Monte Cavi n'étant pas trop élevé, l'œil distingue les moindres détails de ce pays sublime qui pourrait se passer d'illustration historique, et cependant chaque bouquet de bois, chaque pan de mur en ruine, aperçu dans la plaine ou sur les pentes de la montagne,

you wish, the guiltiest ones). In response to the demands of the Roman government, Venice, which had signed a treaty with Sciarra, had him assassinated and sent off his brave soldiers to defend the island of Crete against the Turks. But the shrewd Venetians were well aware that a deadly pestilence was devastating Crete, and in a few days the five hundred soldiers whom Sciarra had brought into the service of the Republic were reduced to sixty-seven.

This forest of La Faggiola, whose gigantic trees cover an extinct volcano, was the last theater of Marco Sciarra's exploits. Any traveler will tell you that it's the most magnificent site in that admirable Roman campagna, its somber appearance seemingly made for tragedy. With its extremely dark greenery it crowns the peaks of the Alban hills.

We owe this magnificent range to a certain volcanic eruption which took place many centuries before the founding of Rome. In an era anterior to any written history it rose in the midst of the vast plain that once extended from the Apennines to the sea. Monte Cavo, whose heights are encircled by the somber shade of La Faggiola, is the highest point in the range; it can be seen from all over, from Terracina and Ostia as well as from Rome and Tivoli, and it's the Albano range, now covered with palaces, which forms the southern boundary of that Roman horizon so well known to travelers. A Dominican monastery, at the summit of Monte Cavo, has replaced the temple of Jupiter Feretrius, where the peoples of Latium came to perform joint sacrifices and to strengthen the bonds of a sort of religious federation. Protected by the shade of splendid chestnut trees, in a few hours the traveler reaches the enormous blocks that comprise the ruins of the temple of Jupiter; but even today, in that dark shade, so delightful in this climate, the traveler peers nervously into the heart of the forest; he fears brigands. Upon reaching the peak of Monte Cavo, you light a fire in the temple ruins to prepare a meal. From that point, which dominates the entire Roman campagna, you see in the west the sea, seemingly only two paces away, though really three or four leagues distant; you can make out the smallest boats; with the weakest spyglass you can count the people on their way to Naples by the steamboat. In every other direction, the view extends across a splendid plain which ends at the Apennines in the east, above Palestrina, and in the north at Saint Peter's and the other great buildings of Rome. Since Monte Cavo isn't too high, one's eyes discern the slightest details of this sublime countryside, which could do without historical elucidations, but in which every patch of woods, every stretch of ruined wall, seen in

rappelle une de ces batailles si admirables par le patriotisme et la bravoure que raconte Tite-Live.

Encore de nos jours l'on peut suivre, pour arriver aux blocs énormes, restes du temple de Jupiter Férétrien, et qui servent de mur au jardin des moines noirs, la *route triomphale* parcourue jadis par les premiers rois de Rome. Elle est pavée de pierres taillées fort régulièrement; et, au milieu de la forêt de la Faggiola, on en trouve de longs fragments.

Au bord du cratère éteint qui, rempli maintenant d'une eau limpide, est devenu le joli lac d'Albano de cinq à six milles de tour, si profondément encaissé dans le rocher de lave, était située Albe, la mère de Rome, et que la politique romaine détruisit dès le temps des premiers rois. Toutefois ses ruines existent encore. Quelques siècles plus tard, à un quart de lieue d'Albe, sur le versant de la montagne qui regarde la mer, s'est élevée Albano, la ville moderne; mais elle est séparée du lac par un rideau de rochers qui cachent le lac à la ville et la ville au lac. Lorsqu'on l'aperçoit de la plaine, ses édifices blancs se détachent sur la verdure noire et profonde de la forêt si chère aux brigands et si souvent nommée, qui couronne de toutes parts la montagne volcanique.

Albano, qui compte aujourd'hui cinq ou six mille habitants, n'en avait pas trois mille en 1540, lorsque florissait, dans les premiers rangs de la noblesse, la puissante famille Campireali, dont nous allons raconter les malheurs.

Je traduis cette histoire de deux manuscrits volumineux, l'un romain, et l'autre de Florence. A mon grand péril, j'ai osé reproduire leur style, qui est presque celui de nos vieilles légendes. Le style si fin et si mesuré de l'époque actuelle eût été, ce me semble, trop peu d'accord avec les actions racontées et surtout avec les réflexions des auteurs. Ils écrivaient vers l'an 1598. Je sollicite l'indulgence du lecteur et pour eux et pour moi.

II

«Après avoir écrit tant d'histoires tragiques, dit l'auteur du manuscrit florentin, je finirai par celle de toutes qui me fait le plus de peine à raconter. Je vais parler de cette fameuse abbesse du couvent de la Visitation à Castro, Hélène de Campireali, dont le procès et la mort donnèrent tant à parler à la haute société de Rome et de l'Italie. Déjà, vers 1555, les brigands régnaient dans les environs de Rome,

the plain or on the hillsides, recalls one of those battles, so admirable for their patriotism and bravery, recounted by Livy.

In our days, to arrive at the huge blocks remaining from the temple of Jupiter Feretrius, which now serve as a garden wall for the Dominican friars, one can still follow the triumphal way once traveled by the first kings of Rome. It is paved with very regularly cut stone, and lengthy stretches of it can be found in the middle of the forest of La Faggiola.

On the brink of the extinct crater which, now filled with clear water, has become the pretty lake Albano, with a perimeter of five or six miles, so deeply embedded in the lava rocks, was located Alba Longa, mother of Rome, which Roman politics destroyed as early as the first kings. But its ruins still exist. A few centuries later, a quarter-league from Alba, on the slope of the range that faces the sea, the modern town of Albano Laziale rose; but it's separated from the lake by a curtain of rock which conceals the lake from the town and the town from the lake. When seen from the plain, its white buildings stand out against the dense, dark greenery of that forest so dear to brigands and so often named, which crowns the volcanic mountain on all sides.

Albano, which now numbers five or six thousand inhabitants, had fewer than three thousand in 1540, when the powerful Campireali family, whose misfortunes we shall narrate, flourished in the first ranks of the nobility.

I am translating this story from two bulky manuscripts, one from Rome and the other from Florence. At a great risk, I have dared to reproduce their style, which is nearly that of our old legends. The style of the present day, so subtle and so measured, would have been (it seems to me) too inconsistent with the deeds recounted and especially with the authors' reflections. They were writing around the year 1598. I beg the reader's indulgence for them as well as for me.

II

"After writing so many tragic histories," says the author of the Florentine manuscript, "I shall end with the one I find it most painful of all to narrate. I shall speak of that notorious abbess of the Convent of the Visitation in Castro, Elena de' Campireali, whose trial and death gave so much fuel for conversation to the high society of Rome and Italy. Even that early, around 1555, brigands prevailed in the en-

les magistrats étaient vendus aux familles puissantes. En l'année
1572, qui fut celle du procès, Grégoire XIII, Buoncompagni, monta
sur le trône de saint Pierre. Ce saint pontife réunissait toutes les vertus apostoliques; mais on a pu reprocher quelque faiblesse à son gouvernement civil; il ne sut ni choisir des juges honnêtes, ni réprimer
les brigands; il s'affligeait des crimes et ne savait pas les punir. Il lui
semblait qu'en infligeant la peine de mort il prenait sur lui une
responsabilité terrible. Le résultat de cette manière de voir fut de
peupler d'un nombre presque infini de brigands les routes qui con-
duisent à la ville éternelle. Pour voyager avec quelque sûreté, il fallait être ami des brigands. La forêt de la Faggiola, à cheval sur la
route de Naples par Albano, était depuis longtemps le quartier
général d'un gouvernement ennemi de celui de Sa Sainteté, et
plusieurs fois Rome fut obligée de traiter, comme de puissance à
puissance, avec Marco Sciarra, l'un des rois de la forêt. Ce qui faisait
la force de ces brigands, c'est qu'ils étaient aimés des paysans leurs
voisins.

«Cette jolie ville d'Albano, si voisine du quartier général des brigands, vit naître, en 1542, Hélène de Campireali. Son père passait
pour le patricien le plus riche du pays, et, en cette qualité, il avait
épousé Victoire Carafa, qui possédait de grandes terres dans le royaume de Naples. Je pourrais citer quelques vieillards qui vivent encore, et ont fort bien connu Victoire Carafa et sa fille. Victoire fut un
modèle de prudence et d'esprit; mais, malgré tout son génie, elle ne
put prévenir la ruine de sa famille. Chose singulière! les malheurs affreux qui vont former le triste sujet de mon récit ne peuvent, ce me
semble, être attribués, en particulier, à aucun des acteurs que je vais
présenter au lecteur: je vois des malheureux, mais, en vérité, je ne
puis trouver des coupables. L'extrême beauté et l'âme si tendre de la
jeune Hélène étaient deux grands périls pour elle, et font l'excuse de
Jules Branciforte, son amant, tout comme le manque absolu d'esprit
de monsignor Cittadini, évêque de Castro, peut aussi l'excuser
jusqu'à un certain point. Il avait dû son avancement rapide dans la
carrière des honneurs ecclésiastiques à l'honnêteté de sa conduite, et
surtout à la mine la plus noble et à la figure la plus régulièrement
belle que l'on pût rencontrer. Je trouve écrit de lui qu'on ne pouvait
le voir sans l'aimer.

«Comme je ne veux flatter personne, je ne dissimulerai point qu'un
saint moine du couvent de Monte Cavi, qui souvent avait été surpris,
dans sa cellule, élevé à plusieurs pieds au-dessus du sol, comme saint
Paul, sans que rien autre que la grâce divine pût le soutenir dans cette

virons of Rome and the magistrates were in the pay of the powerful families. In 1572, the year of the trial, Gregory XIII Boncompagni ascended the throne of Saint Peter. In this holy pontiff all apostolic virtues were united; but it has been possible to charge his civil government with some amount of weakness; he was incapable of selecting honest judges or of suppressing the brigands; he grieved for their crimes but didn't punish them properly. He felt that if he inflicted a death penalty he would be assuming a terrible responsibility. The result of that viewpoint was to people the roads leading to the Eternal City with an almost infinite number of brigands. In order to travel in some safety one had to be a friend of the brigands. For some time the forest of La Faggiola, straddling the route to Naples by way of Albano, had been the headquarters of a government inimical to that of His Holiness, and several times Rome was compelled to negotiate with Marco Sciarra, one of the kings of the forest, as one great power with another. The strength of these brigands was based on the love their neighbors, the peasants, had for them.

"This pretty town of Albano, so close to the brigands' headquarters, was where Elena de' Campireali was born, in 1542. Her father was regarded as the wealthiest patrician in the area, and, as such, he had wed Vittoria Carafa, who owned extensive property in the Kingdom of Naples. I could name several old men, still living, who were quite well acquainted with Vittoria Carafa and her daughter. Vittoria was a model of prudence and intelligence; but, despite all her brilliance, she was unable to prevent the ruin of her family. An odd thing!—the terrible misfortunes that will comprise the sad subject of my narrative cannot (it seems to me) be particularly blamed on any of its actors, whom I shall present to the reader: I see unfortunate people but, in truth, I find no guilty ones. Young Elena's extreme beauty and very loving soul were two great dangers for her, and form an excuse for Giulio Branciforte, her lover, just as the total lack of intelligence of Monsignor Cittadini, bishop of Castro, may also excuse him to some extent. He had owed his rapid advancement in the career of Church honors to the respectability of his behavior and, above all, to the noblest appearance and most regularly handsome face to be found anywhere. I find it written of him that no one who saw him could fail to love him.

"Since I wish to flatter no one, I will not conceal the fact that a holy friar from the Monte Cavo monastery, who had frequently been discovered in his cell raised several feet above the ground, like Saint Paul, with nothing but divine grace being capable of maintaining him in that

position extraordinaire[a], avait prédit au seigneur de Campireali que sa famille s'éteindrait avec lui, et qu'il n'aurait que deux enfants, qui tous deux périraient de mort violente. Ce fut à cause de cette prédiction qu'il ne put trouver à se marier dans le pays et qu'il alla chercher fortune à Naples, où il eut le bonheur de trouver de grands biens et une femme capable, par son génie, de changer sa mauvaise destinée, si toutefois une telle chose eût été possible. Ce seigneur de Campireali passait pour fort honnête homme et faisait de grandes charités; mais il n'avait nul esprit, ce qui fit que peu à peu il se retira du séjour de Rome, et finit par passer presque toute l'année dans son palais d'Albano. Il s'adonnait à la culture de ses terres, situées dans cette plaine si riche qui s'étend entre la ville et la mer. Par les conseils de sa femme, il fit donner l'éducation la plus magnifique à son fils Fabio, jeune homme très fier de sa naissance, et à sa fille Hélène, qui fut un miracle de beauté, ainsi qu'on peut le voir encore par son portrait, qui existe dans la collection Farnèse. Depuis que j'ai commencé à écrire son histoire, je suis allé au palais Farnèse pour considérer l'enveloppe mortelle que le ciel avait donnée à cette femme, dont la fatale destinée fit tant de bruit de son temps, et occupe même encore la mémoire des hommes. La forme de la tête est un ovale allongé, le front est très grand, les cheveux sont d'un blond foncé. L'air de sa physionomie est plutôt gai; elle avait de grands yeux d'une expression profonde, et des sourcils châtains formant un arc parfaitement dessiné. Les lèvres sont fort minces, et l'on dirait que les contours de la bouche ont été dessinés par le fameux peintre Corrège. Considérée au milieu des portraits qui l'entourent à la galerie Farnèse, elle a l'air d'une reine. Il est bien rare que l'air gai soit joint à la majesté.

«Après avoir passé huit années entières, comme pensionnaire au couvent de la Visitation de la ville de Castro, maintenant détruite, où l'on envoyait, dans ce temps-là, les filles de la plupart des princes romains, Hélène revint dans sa patrie, mais ne quitta point le couvent sans faire offrande d'un calice magnifique au grand autel de l'église. A peine de retour dans Albano, son père fit venir de Rome, moyennant une pension considérable, le célèbre poète *Cechino,* alors fort âgé; il orna la mémoire d'Hélène des plus beaux vers du divin Virgile, de Pétrarque, de l'Arioste et du Dante, ses fameux élèves.»

---

a. Encore aujourd'hui, cette position singulière est regardée, par le peuple de la campagne de Rome, comme un signe certain de sainteté. Vers l'an 1826, un moine d'Albano fut aperçu plusieurs fois soulevé de terre par la grâce divine. On lui attribua de nombreux miracles; on accourait de vingt lieues à la ronde pour recevoir sa bénédiction; des femmes, appartenant aux premières classes de la société, l'avaient vu se tenant dans sa cellule, à trois pieds de terre. Tout à coup, il disparut.

unusual position,[a] had predicted to the lord of Campireali that his family would die out with him, and that he would have only two children, both of whom would die a violent death. Because of that prediction he was unable to find a wife locally and went to try his luck in Naples, where he was fortunate enough to find great wealth and a wife whose genius would have been able to change his evil destiny, had such a thing been possible. This lord of Campireali was regarded as a highly respectable man, and was very charitable; but he had no wit, so that gradually he withdrew from his residence in Rome and finally spent almost the whole year in his palace in Albano. He devoted his time to cultivating his land, which was located in that very fertile plain extending between the town and the sea. On his wife's advice, he had the most magnificent education given to his son Fabio, a young man very proud of his birth, and his daughter Elena, who was a miracle of beauty, as can still be seen from her portrait, preserved in the Farnese collection. After beginning to write her history, I went to the Palazzo Farnese to gaze at the mortal husk which heaven had bestowed on that woman, whose fateful destiny was so much discussed in her day and even now remains in people's memory. The shape of her head is a long oval, her forehead is very high, her hair is dark blonde. The cast of her features is rather cheerful; she had big eyes with a profound expression, and brown eyebrows forming a perfect arc. Her lips are very thin, and you'd say that the outline of her mouth was drawn by the famous painter Correggio. When viewed amid the portraits surrounding hers in the Farnese gallery, she looks like a queen. It's very unusual for a cheerful appearance to be combined with majesty.

"After spending eight full years as a boarder in the Convent of the Visitation in the town of Castro, a town now destroyed, where the daughters of most of the Roman princes were sent at that time, Elena returned to her home, but she didn't leave the convent without presenting a magnificent chalice for the high altar in the church. Scarcely had she returned to Albano when her father, offering a substantial subsidy, sent to Rome for the celebrated poet Cecchino, who was then very old; he adorned Elena's mind with the most beautiful verses of divine Vergil, and of Petrarch, Ariosto, and Dante, his famous disciples."

a. [Footnote in the original text:] Even today, this amazing posture is considered by the common folk in the Roman campagna as a sure sign of sanctity. About 1826, a monk from Albano was seen several times raised above the ground by divine grace. Numerous miracles were attributed to him; people came from twenty leagues around to receive his blessing; women from the highest rank in society had seen him in his cell uplifted three feet from the floor. All at once, he vanished.

Ici le traducteur est obligé de passer une longue dissertation sur les diverses parts de gloire que le XVIe siècle faisait à ces grands poètes. Il paraîtrait qu'Hélène savait le latin. Les vers qu'on lui faisait apprendre parlaient d'amour, et d'un amour qui nous semblerait bien ridicule, si nous le rencontrions en 1839; je veux dire l'amour passionné qui se nourrit de grands sacrifices, ne peut subsister qu'environné de mystère, et se trouve toujours voisin des plus affreux malheurs. Tel était l'amour que sut inspirer à Hélène, à peine âgée de dix-sept ans, Jules Branciforte. C'était un de ses voisins, fort pauvre; il habitait une chétive maison bâtie dans la montagne, à un quart de lieue de la ville, au milieu des ruines d'Albe et sur les bords du précipice de cent cinquante pieds, tapissé de verdure, qui entoure le lac. Cette maison, qui touchait aux sombres et magnifiques ombrages de la forêt de la Faggiola, a depuis été démolie, lorsqu'on a bâti le couvent de Palazzuola. Ce pauvre jeune homme n'avait pour lui que son air vif et leste, et l'insouciance non jouée avec laquelle il supportait sa mauvaise fortune. Tout ce que l'on pouvait dire de mieux en sa faveur, c'est que sa figure était expressive sans être belle. Mais il passait pour avoir bravement combattu sous les ordres du prince Colonne et parmi ses *bravi,* dans deux ou trois entreprises fort dangereuses. Malgré sa pauvreté, malgré l'absence de beauté, il n'en possédait pas moins, aux yeux de toutes les jeunes filles d'Albano, le cœur qu'il eût été le plus flatteur de conquérir. Bien accueilli partout, Jules Branciforte n'avait eu que des amours faciles, jusqu'au moment où Hélène revint du couvent de Castro. «Lorsque, peu après, le grand poète Cechino se transporta de Rome au palais Campireali, pour enseigner les belles-lettres à cette jeune fille, Jules, qui le connaissait, lui adressa une pièce de vers latins sur le bonheur qu'avait sa vieillesse de voir de si beaux yeux s'attacher sur les siens, et une âme si pure être parfaitement heureuse quand il daignait approuver ses pensées. La jalousie et le dépit des jeunes filles auxquelles Jules faisait attention avant le retour d'Hélène rendirent bientôt inutiles toutes les précautions qu'il employait pour cacher une passion naissante, et j'avouerai que cet amour entre un jeune homme de vingt-deux ans et une fille de dix-sept fut conduit d'abord d'une façon que la prudence ne saurait approuver. Trois mois ne s'étaient pas écoulés lorsque le seigneur de Campireali s'aperçut que Jules Branciforte passait trop souvent sous les fenêtres de son palais (que l'on voit encore vers le milieu de la grande rue qui monte vers le lac).»

La franchise et la rudesse, suites naturelles de la liberté que souffrent les républiques, et l'habitude des passions franches, non encore réprimées par les mœurs de la monarchie, se montrent à découvert

Here the translator is compelled to skip over a long dissertation on the various shares of glory which the sixteenth century allotted to those great poets. Apparently Elena knew Latin. The verses she was made to learn spoke of love, of a love we'd find quite laughable if we came across it in 1839; I mean that passionate love which is nurtured on great sacrifices, cannot exist except shrouded in secrecy, and is always on the brink of the most frightful misfortunes.

Such was the love which Giulio Branciforte was able to inspire in Elena when she was barely seventeen. He was a neighbor of hers, very poor; he lived in a wretched house built in the mountains, a quarter-league from town, amid the ruins of Alba and on the rim of the green-carpeted hundred-fifty-foot precipice that rings the lake. That house, which neighbored the splendid dark shade of the forest of La Faggiola, was later torn down, when the Palazzuola convent was built. That penniless young man's only assets were his lively, nimble ways and the unfeigned nonchalance with which he bore his misfortune. The best that could be said in his favor is that his face was expressive without being handsome. But he was considered to have fought bravely under the command of Prince Colonna, and among his *bravi,* in two or three very dangerous encounters. Despite his poverty, despite his lack of good looks, in the eyes of all the girls in Albano he nevertheless possessed the heart it would have flattered them most to win. Well received everywhere, Giulio Branciforte had enjoyed only lightly won loves until the moment when Elena returned from the convent in Castro. "When, shortly afterward, the great poet Cecchino moved from Rome to the Campireali palace to teach that girl literature, Giulio, who knew him, addressed a Latin poem to him about his good fortune as an old man to see such beautiful eyes looking into his, and a soul so pure filled with happiness whenever he deigned to approve her thoughts. Soon the jealousy and spite of the girls Giulio had been courting before Elena's return rendered useless all the precautions he was taking to conceal a budding passion, and I confess that this romance between a young man of twenty-two and a girl of seventeen was managed at first in a manner which prudence must frown upon. Before three months had gone by, the lord of Campireali observed that Giulio Branciforte was walking too frequently beneath the windows of his palace (which can still be seen nearly halfway down the main street which ascends to the lake)."

The frankness and rough manners which are natural consequences of the freedom allowed in republics, and the habit of candidly expressing one's emotions, not yet suppressed by monarchical customs,

dans la première démarche du seigneur de Campireali. Le jour même où il fut choqué des fréquentes apparitions du jeune Branciforte, il l'apostropha en ces termes:

«Comment oses-tu bien passer ainsi sans cesse devant ma maison, et lancer des regards impertinents sur les fenêtres de ma fille, toi qui n'as pas même d'habits pour te couvrir? Si je ne craignais que ma démarche ne fût mal interprétée des voisins, je te donnerais trois sequins d'or et tu irais à Rome acheter une tunique plus convenable. Au moins ma vue et celle de ma fille ne seraient plus si souvent offensées par l'aspect de tes haillons.»

Le père d'Hélène exagérait sans doute: les habits du jeune Branciforte n'étaient point des haillons, ils étaient faits avec des matériaux fort simples; mais, quoique fort propres et souvent brossés, il faut avouer que leur aspect annonçait un long usage. Jules eut l'âme si profondément navrée par les reproches du seigneur de Campireali, qu'il ne parut plus de jour devant sa maison.

Comme nous l'avons dit, les deux arcades, débris d'un aqueduc antique, qui servaient de murs principaux à la maison bâtie par le père de Branciforte, et par lui laissée à son fils, n'étaient qu'à cinq ou six cents pas d'Albano. Pour descendre de ce lieu élevé à la ville moderne, Jules était obligé de passer devant le palais Campireali; Hélène remarqua bientôt l'absence de ce jeune homme singulier, qui, au dire de ses amies, avait abandonné toute autre relation pour se consacrer en entier au bonheur qu'il semblait trouver à la regarder.

Un soir d'été, vers minuit, la fenêtre d'Hélène était ouverte, la jeune fille respirait la brise de mer qui se fait fort bien sentir sur la colline d'Albano, quoique cette ville soit séparée de la mer par une plaine de trois lieues. La nuit était sombre, le silence profond; on eût entendu tomber une feuille. Hélène appuyée sur sa fenêtre, pensait peut-être à Jules, lorsqu'elle entrevit quelque chose comme l'aile silencieuse d'un oiseau de nuit qui passait doucement tout contre sa fenêtre. Elle se retira effrayée. L'idée ne lui vint point que cet objet pût être présenté par quelque passant: le second étage du palais où se trouvait sa fenêtre était à plus de cinquante pieds de terre. Tout à coup, elle crut reconnaître un bouquet dans cette chose singulière qui, au milieu d'un profond silence, passait et repassait devant la fenêtre sur laquelle elle était appuyée; son cœur battit avec violence. Ce bouquet lui sembla fixé à l'extrémité de deux ou trois de ces *cannes,* espèce de grands joncs, assez semblables au bambou, qui croissent dans la campagne de Rome, et donnent des tiges de vingt à trente pieds. La faiblesse des cannes et la brise assez forte faisaient

are clearly displayed in the first measure taken by the lord of Campireali. On the very day when he was struck by the frequent appearances of young Branciforte, he gave him the following tongue-lashing:

"How do you dare to walk endlessly this way in front of my house,
casting impertinent glances at my daughter's windows, when you don't
even have clothes to cover your nakedness? If I didn't fear that my
neighbors would take my actions the wrong way, I'd give you three
gold sequins, and you'd go to Rome to buy a more decent tunic. At
least my eyes and my daughter's would no longer be insulted so often
by the sight of your rags."

Elena's father was surely exaggerating: young Branciforte's clothes
were by no means rags; they were made of very plain fabrics; but,
though they were very clean and frequently brushed, it must be admitted that they looked as if they had been worn for a long time. Giulio's
spirit was so deeply hurt by the reproaches of the lord of Campireali
that he no longer appeared in front of his house by daylight.

As we said, the two rows of arches, remains of an ancient aqueduct,
which formed the main walls of the house built by Branciforte's father,
and left by him to his son, were only five or six hundred paces from
Albano. To descend from that lofty spot to the modern town, Giulio
had to pass by the Campireali palace; Elena soon noticed the absence
of that odd young man who, to hear her girlfriends tell it, had given
up all other romances to devote himself entirely to the happiness he
seemed to find in beholding her.

One summer night, about midnight, Elena's window was open, and
the girl was inhaling the sea breeze, which is distinctly felt on the hill
of Albano, even though that town is separated from the sea by a plain
three leagues wide. The night was dark, the silence deep; you could
have heard a leaf drop. Elena, leaning against her window, was perhaps thinking of Giulio when she espied something like the silent
wing of a night bird brushing gently right against that window. She
withdrew in fright. It never entered her mind that that object might
be the offering of some passerby: the third floor of the palace, where
her window was located, was over fifty feet above the ground.
Suddenly she thought she could recognize a bouquet in that odd thing
which, amid a deep silence, was moving back and forth in front of the
window at which she had been leaning; her heart pounded violently.
That bouquet seemed to be attached to the end of two or three of
those *canne* (a sort of tall reed very similar to bamboo), which grow in
the Roman campagna and produce stalks twenty to thirty feet high.
The suppleness of the reeds and the rather strong breeze caused

que Jules avait quelque difficulté à maintenir son bouquet exactement
vis-à-vis la fenêtre où il supposait qu'Hélène pouvait se trouver, et
d'ailleurs, la nuit était tellement sombre, que de la rue l'on ne pouvait
rien apercevoir à une telle hauteur. Immobile devant sa fenêtre,
Hélène était profondément agitée. Prendre ce bouquet, n'était-ce pas
un aveu? Elle n'éprouvait d'ailleurs aucun des sentiments qu'une
aventure de ce genre ferait naître, de nos jours, chez une jeune fille
de la haute société, préparée à la vie par une belle éducation. Comme
son père et son frère Fabio étaient dans la maison, sa première pensée fut que le moindre bruit serait suivi d'un coup d'arquebuse dirigé
sur Jules; elle eut pitié du danger que courait ce pauvre jeune homme.
Sa seconde pensée fut que, quoiqu'elle le connût encore bien peu, il
était pourtant l'être au monde qu'elle aimait le mieux après sa famille.
Enfin, après quelques minutes d'hésitation, elle prit le bouquet, et, en
touchant les fleurs dans l'obscurité profonde, elle sentit qu'un billet
était attaché à la tige d'une fleur; elle courut sur le grand escalier pour
lire ce billet à la lueur de la lampe qui veillait devant l'image de la
Madone. «Imprudente! se dit-elle lorsque les premières lignes
l'eurent fait rougir de bonheur, si l'on me voit, je suis perdue, et ma
famille persécutera à jamais ce pauvre jeune homme.» Elle revint
dans sa chambre et alluma sa lampe. Ce moment fut délicieux pour
Jules, qui, honteux de sa démarche et comme pour se cacher même
dans la profonde nuit, s'était collé au tronc énorme d'un de ces chênes
verts aux formes bizarres qui existent encore aujourd'hui vis-à-vis le
palais Campireali.

Dans sa lettre, Jules racontait avec la plus parfaite simplicité la répri-
mande humiliante qui lui avait été adressée par le père d'Hélène. «Je
suis pauvre, il est vrai, continuait-il, et vous vous figureriez difficilement
tout l'excès de ma pauvreté. Je n'ai que ma maison que vous avez peut-
être remarquée sous les ruines de l'aqueduc d'Albe; autour de la maison se trouve un jardin que je cultive moi-même, et dont les herbes me
nourrissent. Je possède encore une vigne qui est affermée trente écus
par an. Je ne sais, en vérité, pourquoi je vous aime; certainement je ne
puis vous proposer de venir partager ma misère. Et cependant, si vous
ne m'aimez point, la vie n'a plus aucun prix pour moi; il est inutile de
vous dire que je la donnerais mille fois pour vous. Et cependant, avant
votre retour du couvent, cette vie n'était point infortunée: au contraire,
elle était remplie des rêveries les plus brillantes. Ainsi je puis dire que
la vue du bonheur m'a rendu malheureux. Certes, alors personne au
monde n'eût osé m'adresser les propos dont votre père m'a flétri; mon
poignard m'eût fait prompte justice. Alors, avec mon courage et mes

Giulio some difficulty in keeping his bouquet right in front of the window where he imagined Elena might be, and, moreover, the night was so dark that from the street nothing could be seen that high up. Motionless before her window, Elena was deeply troubled. Wouldn't accepting the bouquet amount to an avowal? Furthermore, she was experiencing none of those feelings which an adventure of this sort would arouse in a girl of high rank nowadays, a girl prepared for life by a proper upbringing. Since her father and her brother Fabio were in the house, her first thought was that the slightest sound would be followed by an arquebus shot aimed at Giulio; she had pity for the risk that poor young man was running. Her second thought was that, although she was still hardly acquainted with him, he was nevertheless the person she loved best in the world after her family. Finally, after a few minutes of hesitation, she took the bouquet and, touching its flowers in the deep darkness, she perceived that a note was attached to the stem of one flower; she ran to the main staircase to read that note by the light of a lamp burning in front of the image of the Madonna. "How careless of me!" she said to herself after the first lines had made her blush with happiness. "If anyone sees me, I'm lost, and my family will never stop hounding that poor young man." She returned to her room and lit her lamp. That was a delightful moment for Giulio, who, ashamed of his actions and, as it were, hiding even in the dead of night, had pressed himself against the huge trunk of one of those oddly shaped holm oaks which still stand today opposite the Campireali palace.

In his letter Giulio related with the utmost simplicity the humiliating reprimand addressed to him by Elena's father. "I'm poor, it's true," he went on, "and you'd have a hard time imagining how very much so. All I own is my house, which you may have noticed amid the ruins of the aqueduct at Alba; around the house is a vegetable garden, which I myself tend, living on its produce. I also own a vineyard, which I lease out for thirty scudi a year. To tell the truth, I don't know why I love you; certainly I can't suggest that you come and share my poverty. And yet, if you don't love me, life no longer has any value for me; it's needless to tell you that I'd sacrifice it for you a thousand times. And yet, before you returned from the convent, this life of mine wasn't at all unhappy: on the contrary, it was full of the most splendid daydreams. And so I can say that the sight of happiness has made me unhappy. Surely, at that time no one in the world would have dared to use the language to me with which your father belabored me; my dagger would have avenged me on the spot. In the past, with my courage

armes, je m'estimais l'égal de tout le monde; rien ne me manquait. Maintenant tout est bien changé: je connais la crainte. C'est trop écrire; peut-être me méprisez-vous. Si, au contraire, vous avez quelque pitié de moi, malgré les pauvres habits qui me couvrent, vous remarquerez que tous les soirs, lorsque minuit sonne au couvent des Capucins au sommet de la colline, je suis caché sous le grand chêne, vis-à-vis la fenêtre que je regarde sans cesse, parce que je suppose qu'elle est celle de votre chambre. Si vous ne me méprisez pas comme le fait votre père, jetez-moi une des fleurs du bouquet, mais prenez garde qu'elle ne soit entraînée sur une des corniches ou sur un des balcons de votre palais.»

Cette lettre fut lue plusieurs fois; peu à peu les yeux d'Hélène se remplirent de larmes; elle considérait avec attendrissement ce magnifique bouquet dont les fleurs étaient liées avec un fil de soie très fort. Elle essaya d'arracher une fleur mais ne put en venir à bout; puis elle fut saisie d'un remords. Parmi les jeunes filles de Rome, arracher une fleur, mutiler d'une façon quelconque un bouquet donné par l'amour, c'est s'exposer à faire mourir cet amour. Elle craignait que Jules ne s'impatientât, elle courut à sa fenêtre; mais, en y arrivant, elle songea tout à coup qu'elle était trop bien vue, la lampe remplissait la chambre de lumière. Hélène ne savait plus quel signe elle pouvait se permettre; il lui semblait qu'il n'en était aucun qui ne dît beaucoup trop.

Honteuse, elle rentra dans sa chambre en courant. Mais le temps se passait; tout à coup il lui vint une idée qui la jeta dans un trouble inexprimable: Jules allait croire que, comme son père, elle méprisait sa pauvreté! Elle vit un petit échantillon de marbre précieux déposé sur la table, elle le noua dans son mouchoir, et jeta ce mouchoir au pied du chêne vis-à-vis sa fenêtre. Ensuite, elle fit signe qu'on s'éloignât; elle entendit Jules lui obéir; car, en s'en allant, il ne cherchait plus à dérober le bruit de ses pas. Quand il eut atteint le sommet de la ceinture de rochers qui sépare le lac des dernières maisons d'Albano, elle l'entendit chanter des paroles d'amour; elle lui fit des signes d'adieu, cette fois moins timides, puis se mit à relire sa lettre.

Le lendemain et les jours suivants, il y eut des lettres et des entrevues semblables; mais, comme tout se remarque dans un village italien, et qu'Hélène était de bien loin le parti le plus riche du pays, le seigneur de Campireali fut averti que tous les soirs, après minuit, on apercevait de la lumière dans la chambre de sa fille; et, chose bien autrement extraordinaire, la fenêtre était ouverte, et même Hélène s'y tenait comme si elle n'eût éprouvé aucune crainte des *zanzare*

and my weapons, I considered myself anybody's equal; I lacked for nothing. Now everything is quite changed: I am acquainted with fear. That's too much to say; perhaps you feel contempt for me. If, on the contrary, you feel any pity for me, in spite of the poor clothes I wear, you will observe that every night, when midnight sounds at the Capuchin monastery on top of the hill, I will be hidden beneath the tall oak opposite the window I look at constantly because I imagine it's the window of your room. If you don't despise me as your father does, toss me one of the flowers from the bouquet, but make sure it isn't intercepted by one of the cornices or balconies of your palace."

That letter was read several times; gradually Elena's eyes filled with tears; with warm feelings she beheld that splendid bouquet, the flowers of which were tied with a very strong silk thread. She tried to detach one flower but couldn't manage it; then she was smitten with remorse. Among Roman girls, to tear out a flower, to mutilate in any way a bouquet offered by a lover, means risking the death of that love. She was afraid Giulio might grow impatient, and she ran to her window; but when she got there, it suddenly struck her that she was too visible, since the lamp was filling the room with light. Elena no longer knew what signal she could allow herself to give; she felt that there wasn't any that wouldn't convey far too much.

In her shame, she ran back into her room. But time was passing; suddenly she got an idea that caused her indescribable agitation: Giulio was going to think that, like her father, she scorned his poverty! She saw a small sample of precious marble that had been placed on the table; wrapping it in her handkerchief, she threw the handkerchief at the foot of the oak opposite her window. Next, she made a sign for him to move away; she heard Giulio obeying her, because, as he departed, he no longer tried to walk softly. When he had reached the top of the rocky belt separating the lake from the outermost houses of Albano, she heard him singing a love song; she waved good-bye to him, this time less timidly, then began to reread his letter.

The following day and the succeeding ones, there were similar letters and meetings; but, since everything in an Italian village is observed, and Elena was by far the richest match in the area, the lord of Campireali was alerted that every night after midnight a light could be seen in his daughter's room; and (something much more extraordinary) the window was open and yet Elena was standing at it as if she had no fear of the *zanzare*[7] (a sort of extremely annoying gnat which

---

7. Mosquitos.

(sorte de cousins, extrêmement incommodes et qui gâtent fort les belles soirées de la campagne de Rome. Ici je dois de nouveau solliciter l'indulgence du lecteur. Lorsque l'on est tenté de connaître les usages des pays étrangers, il faut s'attendre à des idées bien saugrenues, bien différentes des nôtres). Le seigneur de Campireali prépara son arquebuse et celle de son fils. Le soir, comme onze heures trois quarts sonnaient, il avertit Fabio, et tous les deux se glissèrent, en faisant le moins du bruit possible, sur un grand balcon de pierre qui se trouvait au premier étage du palais, précisément sous la fenêtre d'Hélène. Les piliers massifs de la balustrade en pierre les mettaient à couvert jusqu'à la ceinture des coups d'arquebuse qu'on pourrait leur tirer du dehors. Minuit sonna; le père et le fils entendirent bien quelque petit bruit sous les arbres qui bordaient la rue vis-à-vis leur palais; mais, ce qui les remplit d'étonnement, il ne parut pas de lumière à la fenêtre d'Hélène. Cette fille, si simple jusqu'ici et qui semblait un enfant à la vivacité de ses mouvements, avait changé de caractère depuis qu'elle aimait. Elle savait que la moindre imprudence compromettrait la vie de son amant; si un seigneur de l'importance de son père tuait un pauvre homme tel que Jules Branciforte, il en serait quitte pour disparaître pendant trois mois qu'il irait passer à Naples; pendant ce temps, ses amis de Rome arrangeraient l'affaire, et tout se terminerait par l'offrande d'une lampe d'argent de quelques centaines d'écus à l'autel de la Madone alors à la mode. Le matin, au déjeuner, Hélène avait vu à la physionomie de son père qu'il avait un grand sujet de colère, et, à l'air dont il la regardait quand il croyait n'être pas remarqué, elle pensa qu'elle entrait pour beaucoup dans cette colère. Aussitôt, elle alla jeter un peu de poussière sur les bois des cinq arquebuses magnifiques que son père tenait suspendues auprès de son lit. Elle couvrit également d'une légère couche de poussière ses poignards et ses épées. Toute la journée elle fut d'une gaieté folle, parcourait sans cesse la maison du haut en bas; à chaque instant, elle s'approchait des fenêtres, bien résolue de faire à Jules un signe négatif, si elle avait le bonheur de l'apercevoir. Mais elle n'avait garde: le pauvre garçon avait été si profondément humilié par l'apostrophe du riche seigneur de Campireali, que de jour il ne paraissait jamais dans Albano; le devoir seul l'y amenait le dimanche pour la messe de la paroisse. La mère d'Hélène, qui l'adorait et ne savait rien lui refuser, sortit trois fois avec elle ce jour-là, mais ce fut en vain: Hélène n'aperçut point Jules. Elle était au désespoir. Que devint-elle lorsque, allant visiter sur le soir les armes de son père, elle vit que deux arquebuses avaient été chargées, et que presque tous les poignards et

does much to spoil the lovely evenings of the Roman campagna. Here once again I must beg the reader's indulgence. When one is tempted to learn the customs of foreign countries, one must expect to hear very laughable ideas, much different from ours). The lord of Campireali prepared his arquebus and his son's. That night, as the clock was striking eleven forty-five, he alerted Fabio and both of them, making as little noise as possible, slipped onto a large stone balcony located on the second floor of the palace, directly below Elena's window. The massive pillars of the stone balustrade protected them up to the waist from any arquebus shots that might be fired from outside. Midnight sounded; both father and son distinctly heard a slight sound beneath the trees that edged the street opposite their palace; but what filled them with surprise is that no light appeared in Elena's window. That girl, so naïve up till then, whom you would have thought a child from the vivacity of her movements, had experienced a change in her nature ever since she was in love. She knew that the slightest carelessness might endanger her lover's life; if so high-ranking a lord as her father killed a poor man such as Giulio Branciforte, he would get off by merely disappearing for three months, which he'd spend in Naples; meanwhile, his friends in Rome would settle the matter, and it would all be concluded by the donation of a silver lamp worth a few hundred scudi to the altar of the Madonna that was currently in fashion. At breakfast that morning, Elena had seen from her father's face that something was making him very angry, and, from the way he looked at her when he thought no one was noticing, she could tell that she was closely associated with that anger. Immediately she went and sprinkled a little dust on the butts of the five splendid arquebuses her father kept hanging near his bed. She also spread a light layer of dust on his daggers and swords. All day long she acted wildly cheerful, constantly running up and down the house; every moment she would approach the windows, fully determined to make a sign to Giulio to keep away, should she have the good fortune to see him. But she had no occasion to: the poor boy had been so deeply humiliated by that tongue-lashing from the wealthy lord of Campireali that he never showed his face in Albano by daylight; duty alone brought him there on Sundays for the parochial mass. Elena's mother, who adored her and could refuse her nothing, went out with her three times that day, but in vain: Elena caught no sight of Giulio. She was in despair. What were her emotions when, checking on her father's weapons in the evening, she found that two arquebuses had been loaded, and that nearly all the daggers and swords had been handled! She was distracted from her

épées avaient été maniés! Elle ne fut distraite de sa mortelle inquiétude que par l'extrême attention qu'elle donnait au soin de paraître ne se douter de rien. En se retirant à dix heures du soir, elle ferma à clef la porte de sa chambre, qui donnait dans l'antichambre de sa mère, puis elle se tint collée à la fenêtre et couchée sur le sol, de façon à ne pouvoir pas être aperçue du dehors. Qu'on juge de l'anxiété avec laquelle elle entendit sonner les heures; il n'était plus question des reproches qu'elle se faisait souvent sur la rapidité avec laquelle elle s'était attachée à Jules, ce qui pouvait la rendre moins digne d'amour à ses yeux. Cette journée-là avança plus les affaires du jeune homme que six mois de constance et de protestations. «A quoi bon mentir? se disait Hélène. Est-ce que je ne l'aime pas de toute mon âme?»

A onze heures et demie, elle vit fort bien son père et son frère se placer en embuscade sur le grand balcon de pierre au-dessous de sa fenêtre. Deux minutes après que minuit eut sonné au couvent des Capucins, elle entendit fort bien aussi les pas de son amant, qui s'arrêta sous le grand chêne; elle remarqua avec joie que son père et son frère semblaient n'avoir rien entendu: il fallait l'anxiété de l'amour pour distinguer un bruit aussi léger.

«Maintenant, se dit-elle, ils vont me tuer, mais il faut à tout prix qu'ils ne surprennent pas la lettre de ce soir; ils persécuteraient à jamais ce pauvre Jules.» Elle fit un signe de croix et, se retenant d'une main au balcon de fer de sa fenêtre, elle se pencha au dehors, s'avançant autant que possible dans la rue. Un quart de minute ne s'était pas écoulé lorsque le bouquet, attaché comme de coutume à la longue canne, vint frapper sur son bras. Elle saisit le bouquet; mais, en l'arrachant vivement à la canne sur l'extrémité de laquelle il était fixé, elle fit frapper cette canne contre le balcon en pierre. A l'instant partirent deux coups d'arquebuse suivis d'un silence parfait. Son frère Fabio, ne sachant pas trop, dans l'obscurité, si ce qui frappait violemment le balcon n'était pas une corde à l'aide de laquelle Jules descendait de chez sa sœur, avait fait feu sur son balcon; le lendemain, elle trouva la marque de la balle, qui s'était aplatie sur le fer. Le seigneur de Campireali avait tiré dans la rue, au bas du balcon de pierre, car Jules avait fait quelque bruit en retenant la canne prête à tomber. Jules, de son côté, entendant du bruit au-dessus de sa tête, avait deviné ce qui allait suivre et s'était mis à l'abri sous la saillie du balcon.

Fabio rechargea rapidement son arquebuse, et, quoi que son père pût lui dire, courut au jardin de la maison, ouvrit sans bruit une petite

mortal nervousness only by the extreme care she took not to seem to suspect anything. Withdrawing at ten P.M., she locked the door to her room, which opened onto her mother's dressing room; then she remained glued to the window while lying on the floor,[8] so that she couldn't be seen from outside. Just imagine how anxious she was on hearing the hours strike; she was past renewing her earlier frequent self-reproaches for the quickness with which she had become attached to Giulio, something that might make her seem less worthy of love to him. That day did more for the young man's benefit than six months of constancy and declarations would have done. "What's the good of lying?" Elena told herself. "Don't I love him with all my heart?"

At eleven-thirty, she could distinctly see her father and brother hide in ambush on the big stone balcony below her window. Two minutes after the ringing of midnight at the Capuchin monastery, she also heard quite distinctly the footsteps of her lover, who took his stand beneath the tall oak; she noticed to her joy that her father and brother didn't seem to have heard anything: a lover's anxiety was needed to be able to make out so slight a sound.

"Now," she said to herself, "they'll kill me, but at all costs they mustn't find tonight's letter; they'd never stop hounding poor Giulio." She crossed herself and holding onto the iron balcony outside her window with one hand, she leaned out over the street as far as she could. Fifteen seconds hadn't elapsed when the bouquet, attached as usual to the long reed, struck against her arm. She seized the bouquet; but, on tearing it briskly away from the reed, to the end of which it was tied, she caused the reed to tap the stone balcony. That very moment, two arquebus shots rang out, followed by total silence. Her brother Fabio, very unsure in the darkness whether the thing that was violently striking the balcony wasn't a rope by which Giulio was descending from his sister's room, had fired at her balcony; the next day she found the mark of the bullet, which had been flattened against the iron. The lord of Campireali had fired into the street below the stone balcony, because Giulio had made a little noise while holding onto the reed, which was about to fall. For his part, Giulio, hearing sounds over his head, had guessed what was to come and had taken cover beneath the projecting balcony.

Fabio rapidly reloaded his arquebus and, despite all his father's warnings, ran to the garden of his house, noiselessly opened a little door that

---

8. It appears from this and what follows that the "window" is a French door.

porte qui donnait sur une rue voisine, et ensuite s'en vint, à pas de loup, examiner un peu les gens qui se promenaient sous le balcon du palais. A ce moment, Jules, qui ce soir-là était bien accompagné, se trouvait à vingt pas de lui, collé contre un arbre. Hélène, penchée sur son balcon et tremblante pour son amant, entama aussitôt une conversation à très haute voix avec son frère, qu'elle entendait dans la rue; elle lui demanda s'il avait tué les voleurs.

— Ne croyez pas que je sois dupe de votre ruse scélérate! lui cria celui-ci de la rue, qu'il arpentait en tous sens, mais préparez vos larmes, je vais tuer l'insolent qui ose s'attaquer à votre fenêtre.

Ces paroles étaient à peine prononcées, qu'Hélène entendit sa mère frapper à la porte de sa chambre.

Hélène se hâta d'ouvrir, en disant qu'elle ne concevait pas comment cette porte se trouvait fermée.

— Pas de comédie avec moi, mon cher ange, lui dit sa mère, ton père est furieux et te tuera peut-être: viens te placer avec moi dans mon lit; et, si tu as une lettre, donne-la-moi, je la cacherai.

Hélène lui dit:

— Voilà le bouquet, la lettre est cachée entre les fleurs.

A peine la mère et la fille étaient-elles au lit, que le seigneur Campireali rentra dans la chambre de sa femme, il revenait de son oratoire, qu'il était allé visiter, et où il avait tout renversé. Ce qui frappa Hélène, c'est que son père, pâle comme un spectre, agissait avec lenteur et comme un homme qui a parfaitement pris son parti. «Je suis morte!» se dit Hélène.

— Nous nous réjouissons d'avoir des enfants, dit son père en passant près du lit de sa femme pour aller à la chambre de sa fille, tremblant de fureur, mais affectant un sang-froid parfait; nous nous réjouissons d'avoir des enfants, nous devrions répandre des larmes de sang plutôt quand ces enfants sont des filles. Grand Dieu! est-ce bien possible! leur légèreté peut enlever l'honneur à tel homme qui, depuis soixante ans, n'a pas donné la moindre prise sur lui.

En disant ces mots, il passa dans la chambre de sa fille.

— Je suis perdue, dit Hélène à sa mère, les lettres sont sous le piédestal du crucifix, à côté de la fenêtre.

Aussitôt, la mère sauta hors du lit, et courut après son mari: elle se mit à lui crier les plus mauvaises raisons possibles, afin de faire éclater sa colère: elle y réussit complètement. Le vieillard devint furieux, il brisait tout dans la chambre de sa fille; mais la mère put enlever les lettres sans être aperçue. Une heure après, quand le seigneur de

led to an adjoining street, and then stealthily walked over to examine the people who were strolling below the balcony of the palace. At that moment, Giulio, who was well accompanied that night, found himself twenty paces away from him, pressed against a tree. Elena, leaning over her balcony and trembling for her lover's sake, immediately struck up a very loud conversation with her brother, whom she heard in the street; she asked him whether he had killed the burglars.

"Don't think I fall for your criminal trick!" he shouted to her from the street, which he was pacing in every direction. "Rather, prepare your tears; I'm going to kill the insolent man who has dared to assail your window."

Hardly had those words been uttered when Elena heard her mother knocking at the door to her room.

Elena hurried over to open it, saying she had no idea how that door happened to be locked.

"No playacting with me, my dear angel," her mother said; "your father is furious and he may kill you: come into bed with me, and, if you have a letter, give it to me, and I'll hide it."

Elena said to her:

"Here's the bouquet; the letter is hidden among the flowers."

Scarcely were mother and daughter in bed when the lord of Campireali entered his wife's room, on his way back from her chapel, where he had gone to search and had turned everything upside down. What struck Elena was that her father, pale as a ghost, was moving deliberately, like a man who has made a definite determination. "I'm a dead woman!" Elena said to herself.

"We rejoice when we have children," her father said as he passed by his wife's bed on his way to his daughter's room, trembling with rage but pretending to be perfectly calm, "we rejoice when we have children, but we ought to weep tears of blood when those children are girls. Good God! Can it be? Their frivolity is able to destroy the honor of a man who hasn't laid himself open to the slightest reproach for sixty years."

Saying this, he entered his daughter's room.

"I'm lost!" Elena said to her mother. "The letters are under the pedestal of the crucifix, next to the window."

Her mother immediately leaped out of bed and ran after her husband; she began to shout the most idiotic remarks at him, to make his anger break out: she succeeded completely. The old man became furious, he broke up everything in his daughter's room; but her mother was able to remove the letters without being seen. An hour later, when

Campireali fut rentré dans sa chambre à côté de celle de sa femme, et tout étant tranquille dans la maison, la mère dit à sa fille:

— Voilà tes lettres, je ne veux pas les lire, tu vois ce qu'elles ont failli nous coûter! A ta place, je les brûlerais. Adieu, embrasse-moi!

Hélène rentra dans sa chambre, fondant en larmes; il lui semblait que, depuis ces paroles de sa mère, elle n'aimait plus Jules. Puis elle se prépara à brûler ses lettres; mais avant de les anéantir, elle ne put s'empêcher de les relire. Elle les relut tant et si bien, que le soleil était déjà haut dans le ciel quand enfin elle se détermina à suivre un conseil salutaire.

Le lendemain, qui était un dimanche, Hélène s'achemina vers la paroisse avec sa mère; par bonheur, son père ne les suivit pas. La première personne qu'elle aperçut dans l'église, ce fut Jules Branciforte. D'un regard elle s'assura qu'il n'était point blessé. Son bonheur fut au comble; les événements de la nuit étaient à mille lieues de sa mémoire. Elle avait préparé cinq ou six petits billets tracés sur des chiffons de vieux papier souillés avec de la terre détrempée d'eau, et tels qu'on peut en trouver sur les dalles d'une église; ces billets contenaient tous le même avertissement:

«*Ils avaient tout découvert, excepté son nom. Qu'il ne reparaisse plus dans la rue; on viendra ici souvent.*»

Hélène laissa tomber un de ces lambeaux de papier; un regard avertit Jules, qui ramassa et disparut. En rentrant chez elle, une heure après, elle trouva sur le grand escalier du palais un fragment de papier qui attira ses regards par sa ressemblance exacte avec ceux dont elle s'était servie le matin. Elle s'en empara, sans que sa mère elle-même s'aperçût de rien; elle y lut:

«*Dans trois jours il reviendra de Rome, où il est forcé d'aller. On chantera en plein jour, les jours de marché, au milieu du tapage des paysans, vers dix heures.*»

Ce départ pour Rome parut singulier à Hélène. «Est-ce qu'il craint les coups d'arquebuse de mon frère?» se disait-elle tristement. L'amour pardonne tout, excepté l'absence volontaire; c'est qu'elle est le pire des supplices. Au lieu de se passer dans une douce rêverie et d'être tout occupée à peser les raisons qu'on a d'aimer son amant, la vie est agitée par des doutes cruels. «Mais, après tout, puis-je croire qu'il ne m'aime plus?» se disait Hélène pendant les trois longues journées que dura l'absence de Branciforte. Tout à coup ses chagrins furent remplacés par une joie folle: le troisième jour, elle le vit paraître en plein midi, se promenant dans la rue devant le palais de son père. Il avait des habillements neufs et presque magnifiques. Jamais la noblesse de sa démarche

the lord of Campireali had returned to his own room, next to his wife's, and all was quiet in the house, mother said to daughter:

"Here are your letters, I don't want to read them, you see what they nearly cost us! If I were you, I'd burn them. Good night, give me a kiss!"

Elena returned to her room, bursting into tears; she felt that, after those words from her mother, she no longer loved Giulio. Then she got ready to burn his letters; but before destroying them, she couldn't refrain from rereading them. She did such a good job of rereading them that the sun was already high in the sky when she finally resolved to follow a useful piece of advice.

The next day, which was a Sunday, Elena set out for the parish church with her mother; fortunately her father didn't follow them. The first person she saw in church was Giulio Branciforte. She verified at a glance that he wasn't wounded. Her happiness was complete; the events of the night before were a thousand miles from her mind. She had prepared five or six notes written on scraps of old paper that had been dirtied with water-soaked earth, the kind of scraps that can be found on church flagstones; each of those notes contained the same warning:

"They have found out everything, except your name. Don't show up in the street any more; I'll come here often."

Elena dropped one of those scraps of paper; a glance from her alerted Giulio, who picked it up and left. Returning home an hour later, she found on the front steps of the palace a piece of paper that attracted her attention by its exact resemblance to the ones she had used that morning. She seized it, without even her mother noticing anything; she read:

"In three days I'll be back from Rome, where I'm compelled to go. There will be singing in broad daylight on market days amid the racket of the peasants, around ten o'clock."

This departure for Rome seemed odd to Elena. "Is he afraid of my brother's arquebus shots?" she wondered sadly. Love pardons everything except voluntary absence, because that's the worst of tortures. Instead of going by in sweet daydreams, fully occupied with weighing one's reasons for loving one's lover, life is troubled by cruel suspicions. "But, after all, can I believe he no longer loves me?" Elena wondered during the three long days that Branciforte's absence lasted. Suddenly her griefs were replaced by wild joy: on the third day, she saw him appear at high noon, walking in the street in front of her father's palace. He had on new clothes that were nearly superb. Never had the nobility of his gait and the merry, brave simplic-

et la naïveté gaie et courageuse de sa physionomie n'avaient éclaté avec plus d'avantage; jamais aussi, avant ce jour-là, on n'avait parlé si souvent dans Albano de la pauvreté de Jules. C'étaient les hommes et surtout les jeunes gens qui répétaient ce mot cruel; les femmes et surtout les jeunes filles ne tarissaient pas en éloges de sa bonne mine.

Jules passa toute la tournée à se promener par la ville; il semblait se dédommager des mois de réclusion auxquels sa pauvreté l'avait condamné. Comme il convient à un homme amoureux, Jules était bien armé sous sa tunique neuve. Outre sa dague et son poignard, il avait mis son *giaco* (sorte de gilet long en mailles de fil de fer, fort incommode à porter, mais qui guérissait ces cœurs italiens d'une triste maladie, dont en ce siècle-là on éprouvait sans cesse les atteintes poignantes, je veux parler de la crainte d'être tué au détour de la rue par un des ennemis qu'on se connaissait). Ce jour-là, Jules espérait entrevoir Hélène, et d'ailleurs, il avait quelque répugnance à se trouver seul avec lui-même dans sa maison solitaire: voici pourquoi. Ranuce, un ancien soldat de son père, après avoir fait dix campagnes avec lui dans les troupes de divers *condottieri,* et, en dernier lieu, dans celles de Marco Sciarra, avait suivi son capitaine lorsque ses blessures forcèrent celui-ci à se retirer. Le capitaine Branciforte avait des raisons pour ne pas vivre à Rome: il était exposé à y rencontrer les fils d'hommes qu'il avait tués; même dans Albano, il ne se souciait pas de se mettre tout à fait à la merci de l'autorité régulière. Au lieu d'acheter ou de louer une maison dans la ville, il aima mieux en bâtir une située de façon à voir venir de loin les visiteurs. Il trouva dans les ruines d'Albe une position admirable: on pouvait sans être aperçu par les visiteurs indiscrets, se réfugier dans la forêt où régnait son ancien ami et patron, le prince Fabrice Colonna. Le capitaine Branciforte se moquait fort de l'avenir de son fils. Lorsqu'il se retira du service, âgé de cinquante ans seulement, mais criblé de blessures, il calcula qu'il pourrait vivre encore quelque dix ans, et, sa maison bâtie, dépensa chaque année le dixième de ce qu'il avait amassé dans les pillages des villes et villages auxquels il avait eu l'honneur d'assister.

Il acheta la vigne qui rendait trente écus de rente à son fils, pour répondre à la mauvaise plaisanterie d'un bourgeois d'Albano, qui lui avait dit, un jour qu'il disputait avec emportement sur les intérêts et l'honneur de la ville, qu'il appartenait, en effet, à un aussi riche propriétaire que lui de donner des conseils aux *anciens* d'Albano. Le capitaine acheta la vigne, et annonça qu'il en achèterait bien d'autres puis, rencontrant le mauvais plaisant dans un lieu solitaire, il le tua d'un coup de pistolet.

ity of his features shone forth to greater advantage; nor, before that day, had there been so much talk in Albano about Giulio's poverty. It was the men, especially the lads, who repeated that cruel word; the women, especially the lasses, couldn't heap enough praise on his good appearance.

Giulio spent the whole day strolling through town; he seemed to be making up for the months of seclusion to which his poverty had condemned him. As befits a man in love, Giulio was well armed beneath his new tunic. Besides his dirk and dagger, he had put on his *giaco* (a sort of long vest of iron mail, very uncomfortable to wear but a garment that cured those Italian hearts of a sad illness, whose painful attacks were constantly undergone in that era: I mean, the fear of being killed when turning the corner by one of the enemies you knew you had). On that day, Giulio hoped to catch sight of Elena, and, besides, he was somewhat reluctant to remain all alone in his lonely house: this is why. Ranuccio, a former soldier of his father's, after fighting ten campaigns with him in the bands of various condottieri, and lastly in Marco Sciarra's, had followed his captain when the latter's wounds forced him to retire. Captain Branciforte had good reasons not to live in Rome: there he risked meeting the sons of men he had killed; even in Albano he had no desire to place himself entirely at the mercy of the constituted authorities. Instead of buying or renting a house in town, he preferred to build one so situated that he could see visitors approaching from a distance. In the ruins of Alba he found a wonderful location: without being seen by indiscreet callers, he could hide in the forest in which his former friend and patron, Prince Fabrizio Colonna, reigned. Captain Branciforte didn't give a damn about his son's future. When he retired from service, only fifty years old but riddled with wounds, he calculated that he could live another ten years; and, after building his house, each year he spent a tenth of what he had amassed in the looting of towns and villages in which he had had the honor to participate.

He bought the vineyard, which now provided a yearly income of thirty scudi for his son, in response to a sarcastic joke by a townsman of Albano, who had told him one day, when he was heatedly discussing the interests and honor of the town, that it indeed befitted a rich landowner like him to give advice to old-time residents of Albano. The captain bought the vineyard and declared that he'd buy many more; then, coming across the sarcastic man in a lonely spot, he shot him dead with his pistol.

Après huit années de ce genre de vie, le capitaine mourut; son aide de camp Ranuce adorait Jules; toutefois, fatigué de l'oisiveté, il reprit du service dans la troupe du prince Colonna. Souvent il venait voir *son fils Jules,* c'était le nom qu'il lui donnait, et, à la veille d'un assaut périlleux que le prince devait soutenir dans la forteresse de la Petrella, il avait emmené Jules combattre avec lui. Le voyant fort brave:

— Il faut que tu sois fou, lui dit-il, et de plus bien dupe, pour vivre auprès d'Albano comme le dernier et le plus pauvre de ses habitants, tandis qu'avec ce que je te vois faire et le nom de ton père tu pourrais être parmi nous un brillant *soldat d'aventure,* et de plus faire ta fortune.

Jules fut tourmenté par ces paroles; il savait le latin montré par un prêtre; mais son père s'étant toujours moqué de tout ce que disait le prêtre au-delà du latin, il n'avait absolument aucune instruction. En revanche, méprisé pour sa pauvreté, isolé dans sa maison solitaire, il s'était fait un certain bon sens qui, par sa hardiesse, aurait étonné les savants. Par exemple, avant d'aimer Hélène, et sans savoir pourquoi, il adorait la guerre, mais il avait de la répugnance pour le pillage, qui, aux yeux de son père le capitaine et de Ranuce, était comme la petite pièce destinée à faire rire, qui suit la noble tragédie. Depuis qu'il aimait Hélène, ce bon sens acquis par ses réflexions solitaires faisait le supplice de Jules. Cette âme, si insouciante jadis, n'osait consulter personne sur ses doutes, elle était remplie de passion et de misère. Que ne dirait pas le seigneur de Campireali s'il le savait *soldat d'aventure?* Ce serait pour le coup qu'il lui adresserait des reproches fondés! Jules avait toujours compté sur le métier de soldat, comme sur une ressource assurée pour le temps où il aurait dépensé le prix des chaînes d'or et autres bijoux qu'il avait trouvés dans la caisse de fer de son père. Si Jules n'avait aucun scrupule à enlever, lui si pauvre, la fille du riche seigneur de Campireali, c'est qu'en ce temps-là les pères disposaient de leurs biens après eux comme bon leur semblait, et le seigneur de Campireali pouvait fort bien laisser mille écus à sa fille pour toute fortune. Un autre problème tenait l'imagination de Jules profondément occupée: 1° dans quelle ville établirait-il la jeune Hélène après l'avoir épousée et enlevée à son père? 2° Avec quel argent la ferait-il vivre?

Lorsque le seigneur de Campireali lui adressa le reproche sanglant auquel il avait été tellement sensible, Jules fut pendant deux jours en proie à la rage et à la douleur la plus vive: il ne pouvait se résoudre ni à tuer le vieillard insolent, ni à le laisser vivre. Il passait les nuits entières à pleurer; enfin il résolut de consulter Ranuce, le seul ami qu'il

After eight years of this kind of existence, the captain died; his aide-de-camp Ranuccio adored Giulio; all the same, tired of idleness, he took up arms again in the troop of Prince Colonna. He often came to see his "son Giulio," as he called him; and, on the eve of a dangerous attack the prince was to withstand in the fortress of La Petrella, he had brought Giulio to fight alongside him. Finding him very brave, he said:

"You must be crazy, and a gullible fool to boot, to live near Albano like the lowest and poorest of its inhabitants when, with what I see you can do, and with your father's name, you could join us as an outstanding soldier of fortune, and make a lot of money, as well."

Giulio was tormented by these words; he knew the Latin that a priest had taught him; but since his father had always shown contempt for whatever the priest said other than that Latin, he had absolutely no education. On the other hand, scorned for his poverty, isolated in his lonely house, he had acquired a certain common sense which would have amazed scholars by its boldness. For example, before he fell in love with Elena, he adored war, without knowing why, but he felt repugnance for looting, which in the eyes of his father the captain and Ranuccio was like the little humorous afterpiece that follows the noble tragedy. Ever since his love for Elena, that common sense acquired in lonely meditations was torture to Giulio. His mind, formerly so carefree, didn't dare to consult anyone about its doubts; it was filled with passion and wretchedness. What would the lord of Campireali say if he knew he was a "soldier of fortune"? That's when he'd begin hurling justified reproaches at him! Giulio had always counted on the military profession as a steady source of income after he had spent whatever he got for the golden chains and other jewelry he had found in his father's iron chest. If Giulio had no scruples in abducting the daughter of the wealthy lord of Campireali, though he himself was so poor, it's because in those days fathers willed their property however they chose to, and the lord of Campireali might very well leave his daughter with nothing but a thousand scudi. Another problem constantly occupied Giulio's thoughts: (1) In what town would he set up young Elena after marrying her and taking her away from her father? (2) How would he support her?

When the lord of Campireali flung that deadly reproach at him which had touched him to the quick, Giulio had been a prey to rage and extreme sorrow for two days: he couldn't resolve either to kill the insolent old man or to let him live. He spent entire nights weeping; finally he decided to consult Ranuccio, his only friend in the world; but

eût au monde; mais cet ami le comprendrait-il? Ce fut en vain qu'il
chercha Ranuce dans toute la forêt de la Faggiola, il fut obligé d'aller
sur la route de Naples, au-delà de Velletri, où Ranuce commandait
une embuscade: il y attendait, en nombreuse compagnie, Ruiz
d'Avalos, général espagnol, qui se rendait à Rome par terre, sans se
rappeler que naguère, en nombreuse compagnie, il avait parlé avec
mépris des soldats d'aventure de la compagnie Colonna. Son
aumônier lui rappela fort à propos cette petite circonstance, et Ruiz
d'Avalos prit le parti de faire armer une barque et de venir à Rome par
mer.

Dès que le capitaine Ranuce eut entendu le récit de Jules:

— Décris-moi exactement, lui dit-il, la personne de ce seigneur de
Campireali, afin que son imprudence ne coûte pas la vie à quelque
bon habitant d'Albano. Dès que l'affaire qui nous retient ici sera terminée par oui ou par non, tu te rendras à Rome, où tu auras soin de
te montrer dans les hôtelleries et autres lieux publics, à toutes les
heures de la journée; il ne faut pas que l'on puisse te soupçonner à
cause de ton amour pour la fille.

Jules eut beaucoup de peine à calmer la colère de l'ancien compagnon de son père. Il fut obligé de se fâcher.

— Crois-tu que je demande ton épée? lui dit-il enfin. Apparemment que, moi aussi, j'ai une épée! Je te demande un conseil sage.

Ranuce finissait tous ses discours par ces paroles:

— Tu es jeune, tu n'as pas de blessures; l'insulte a été publique: or,
un homme déshonoré est méprisé même des femmes.

Jules lui dit qu'il désirait réfléchir encore sur ce que voulait son
cœur, et, malgré les instances de Ranuce, qui prétendait absolument
qu'il prît part à l'attaque de l'escorte du général espagnol, où, disait-
il, il y aurait de l'honneur à acquérir, sans compter les doublons, Jules
revint seul à sa petite maison. C'est là que la veille du jour où le
seigneur de Campireali lui tira un coup d'arquebuse, il avait reçu
Ranuce et son caporal, de retour des environs de Velletri. Ranuce em-
ploya la force pour voir la petite caisse de fer où son patron, le capitaine Branciforte, enfermait jadis les chaînes d'or et autres bijoux dont
il ne jugeait pas à propos de dépenser la valeur aussitôt après une expédition. Ranuce y trouva deux écus.

— Je te conseille de te faire moine, dit-il à Jules, tu en as toutes les
vertus: l'amour de la pauvreté, en voici la preuve; l'humilité, tu
laisses vilipender en pleine rue par un richard d'Albano; il ne te
manque plus que l'hypocrisie et la gourmandise.

Ranuce mit de force cinquante doublons dans la cassette de fer.

would that friend understand him? It was in vain that he searched for Ranuccio throughout the forest of La Faggiola; he was compelled to take the road to Naples, beyond Velletri, where Ranuccio was commanding an ambush party; there with a numerous troop he was awaiting Ruiz d'Avalos, a Spanish general, who was heading to Rome by land, having forgotten that, with many people present, he had once spoken scornfully of the soldiers of fortune in the Colonna troop. His chaplain reminded him of that little matter most opportunely, and Ruiz d'Avalos decided to fit out a vessel and reach Rome by sea.

As soon as Captain Ranuccio had heard Giulio's story, he said:

"Give me an exact physical description of this lord of Campireali, so that his imprudence won't cost the life of any good townsman of Albano. As soon as the matter that keeps us here is over one way or another, you are to go to Rome, where you'll take good care to show your face in the hostelries and other public places, at all hours of the day; no one must be able to suspect you because of your love for the girl."

It cost Giulio many pains to calm the anger of his father's former comrade. He was forced to get annoyed.

"Do you think I'm asking for your sword?" he finally said. "Obviously I've got a sword, too! I'm asking you for wise advice."

Ranuccio terminated all his statements with the words:

"You're young, you have no wounds; the insult was public: now, a dishonored man is held in contempt even by women."

Giulio told him that he wanted to reflect further on his heart's true wishes, and, despite the urging of Ranuccio, who absolutely insisted he take part in the attack on the Spanish general's escort, in which, as he said, there would be honor to be gained, not to mention doublons, Giulio returned alone to his little house. It was there that, the day before that on which the lord of Campireali fired an arquebus shot at him, he had received Ranuccio and his corporal, on their way back from the neighborhood of Velletri. Ranuccio used force to get a look at the little iron chest in which his patron, Captain Branciforte, used to lock away the golden chains and other jewelry which he considered it inopportune to turn into cash immediately after a campaign. Ranuccio found two scudi in it.

"I advise you to become a monk," he said to Giulio, "you have all their virtues: a love of poverty (here's the proof of it), humility (you let yourself be vilified out in the street by an Albano plutocrat); all you still need are hypocrisy and gluttony."

Ranuccio insisted on putting fifty doublons in the iron chest.

— Je te donne ma parole, dit-il à Jules, que si d'ici à un mois le seigneur de Campireali n'est pas enterré avec tous les honneurs dus à sa noblesse et à son opulence, mon caporal ici présent viendra avec trente hommes démolir ta petite maison et brûler tes pauvres meubles. Il ne faut pas que le fils du capitaine Branciforte fasse une mauvaise figure en ce monde, sous prétexte d'amour.

Lorsque le seigneur de Campireali et son fils tirèrent les deux coups d'arquebuse, Ranuce et le caporal avaient pris position sous le balcon de pierre, et Jules eut toutes les peines du monde à les empêcher de tuer Fabio, ou du moins de l'enlever, lorsque celui-ci fit une sortie imprudente en passant par le jardin, comme nous l'avons raconté en son lieu. La raison qui calma Ranuce fut celle-ci: il ne faut pas tuer un jeune homme qui peut devenir quelque chose et se rendre utile, tandis qu'il y a un vieux pêcheur plus coupable que lui, et qui n'est plus bon qu'à enterrer.

Le lendemain de cette aventure, Ranuce s'enfonça dans la forêt, et Jules partit pour Rome. La joie qu'il eut d'acheter de beaux habits avec les doublons que Ranuce lui avait donnés était cruellement altérée par cette idée bien extraordinaire pour son siècle, et qui annonçait les hautes destinées auxquelles il parvint dans la suite; il se disait: «*Il faut qu'Hélène connaisse qui je suis*». Tout autre homme de son âge et de son temps n'eût songé qu'à jouir de son amour et à enlever Hélène, sans penser en aucune façon à ce qu'elle deviendrait six mois après, pas plus qu'à l'opinion qu'elle pourrait garder de lui.

De retour dans Albano, et l'après-midi même du jour où Jules étalait à tous les yeux les beaux habits qu'il avait rapportés de Rome, il sut par le vieux Scotti, son ami, que Fabio était sorti de la ville à cheval, pour aller à trois lieues de là à une terre que son père possédait dans la plaine, sur le bord de la mer. Plus tard, il vit le seigneur Campireali prendre, en compagnie de deux prêtres, le chemin de la magnifique allée de chênes verts qui couronne le bord du cratère au fond duquel s'étend le lac d'Albano. Dix minutes après, une vieille femme s'introduisait hardiment dans le palais de Campireali, sous prétexte de vendre de beaux fruits; la première personne qu'elle rencontra fut la petite camériste Marietta, confidente intime de sa maîtresse Hélène, laquelle rougit jusqu'au blanc des yeux en recevant un beau bouquet. La lettre que cachait le bouquet était d'une longueur démesurée: Jules racontait tout ce qu'il avait éprouvé depuis la nuit des coups d'arquebuse; mais, par une pudeur bien singulière, il n'osait pas avouer ce dont tout autre jeune homme de son temps eût été si fier, savoir: qu'il était fils d'un capitaine célèbre par ses aventures, et que lui-même

"I give you my word," he said to Giulio, "that if a month from now the lord of Campireali isn't buried with every honor due to his nobility and wealth, my corporal here will come with thirty men to demolish your little house and burn your rotten furniture. The son of Captain Branciforte mustn't cut a bad figure in the world, on the pretext that he's in love."

When the lord of Campireali and his son fired the two arquebus shots, Ranuccio and the corporal had taken their stand beneath the stone balcony, and Giulio had all the trouble in the world to prevent them from killing Fabio, or at least kidnapping him, when he sallied out heedlessly through the garden, as we have recounted on that occasion. The reason that calmed Ranuccio was this: it's wrong to kill a young man who might turn out well and make himself useful, while an old sinner exists who is more guilty than he, and good for nothing but to bury.

The day after that adventure, Ranuccio hid himself in the forest, and Giulio left for Rome. The pleasure he felt in buying fine clothes with the doubloons Ranuccio had given him was cruelly spoiled by a thought which was most unusual in that era, and prefigured the lofty destiny he later attained to: he said to himself, "Elena must know who I am." Any other man of his age and in his day would have thought solely of enjoying his love and abducting Elena without the slightest care about what would become of her six months later, let alone the opinion of him that she might come away with.

Back in Albano, on the very afternoon of the day when Giulio was displaying to all eyes the fine clothes he had brought back from Rome, he learned from his friend, old Scotti, that Fabio had left town on horseback to visit a property owned by his father in the plain three leagues away, on the seacoast. Later he saw the lord of Campireali, accompanied by two priests, heading for the magnificent avenue of holm oaks that crowns the rim of the crater at the bottom of which lake Albano lies. Ten minutes later, an old woman boldly entered the Campireali palace, on the pretext of selling some lovely fruit; the first person she met was the little chambermaid Marietta, the intimate confidante of her mistress Elena. Marietta blushed to the whites of her eyes on receiving a beautiful bouquet. The letter hidden in the bouquet was inordinately long: Giulio recounted everything he had experienced since the night of the arquebus shots; but, out of a most unusual modesty, he didn't dare confess something that any other young man of that day would have been quite proud of: that he was the son of a captain renowned for his exploits, and that he himself

avait déjà marqué par sa bravoure dans plus d'un combat. Il croyait toujours entendre les réflexions que ces faits inspireraient au vieux Campireali. Il faut savoir qu'au quinzième siècle les jeunes filles, plus voisines du bon sens républicain, estimaient beaucoup plus un homme pour ce qu'il avait fait lui-même que pour les richesses amassées par ses pères ou par les actions célèbres de ceux-ci. Mais c'étaient surtout les jeunes filles du peuple qui avaient ces pensées. Celles qui apparte-naient à la classe riche ou noble avaient peur des brigands, et, comme il est naturel, tenaient en grande estime la noblesse et l'opulence. Jules finissait sa lettre par ces mots: «Je ne sais si les habits convenables que j'ai rapportés de Rome vous auront fait oublier la cruelle injure qu'une personne que vous respectez m'adressa naguère, à l'occasion de ma chétive apparence; j'ai pu me venger, je l'aurais dû, mon honneur le commandait; je ne l'ai point fait en considération des larmes que ma vengeance aurait coûtées à des yeux que j'adore. Ceci peut vous prou-ver, si, pour mon malheur, vous en doutiez encore, qu'on peut être très pauvre et avoir des sentiments nobles. Au reste, j'ai à vous révéler un secret terrible; je n'aurais assurément aucune peine à le dire à toute autre femme; mais je ne sais pourquoi je frémis en pensant à vous l'ap-prendre. Il peut détruire, en un instant, l'amour que vous avez pour moi; aucune protestation ne me satisferait de votre part. Je veux lire dans vos yeux l'effet que produira cet aveu. Un de ces jours, à la tombée de la nuit, je vous verrai dans le jardin situé derrière le palais. Ce jour-là, Fabio et votre père seront absents: lorsque j'aurai acquis la certitude que, malgré leur mépris pour un pauvre jeune homme mal vêtu, ils ne pourront nous enlever trois quarts d'heure ou une heure d'entretien, un homme paraîtra sous les fenêtres de votre palais, qui fera voir aux enfants du pays un renard apprivoisé. Plus tard, lorsque l'*Ave Maria* sonnera, vous entendrez tirer un coup d'arquebuse dans le lointain; à ce moment approchez-vous du mur de votre jardin, et, si vous n'êtes pas seule, chantez. S'il y a du silence, votre esclave paraîtra tout tremblant à vos pieds, et vous racontera des choses qui peut-être vous feront horreur. En attendant ce jour décisif et terrible pour moi, je ne me hasarderai plus à vous présenter de bouquet à minuit; mais vers les deux heures de nuit je passerai en chantant, et peut-être, placée au grand balcon de pierre, vous laisserez tomber une fleur cueillie par vous dans votre jardin. Ce sont peut-être les dernières mar-ques d'affection que vous donnerez au malheureux Jules.»

Trois jours après, le père et le frère d'Hélène étaient allés à cheval à la terre qu'ils possédaient sur le bord de la mer; ils devaient en partir un peu avant le coucher du soleil, de façon à être de retour chez eux vers

had already stood out for his bravery in more than one combat. He still imagined he could hear the reflections these facts would inspire in old Campireali. You must know that in the Cinquecento the girls, retaining more of the common sense of republican times, had much higher regard for what a man had accomplished on his own than for the riches accumulated by his ancestors or for their famous doings. But it was especially the lower-class girls who thought that way. Those who belonged to the rich or noble class were afraid of brigands and, as only natural, greatly esteemed nobility and wealth. Giulio ended his letter with these words: "I don't know whether the decent clothes I brought back from Rome have made you forget the cruel insult which a person whom you respect flung at me recently because of my wretched appearance; I was able to take revenge, I should have done so, my honor demanded it; I refrained from doing so when I thought about the tears which my revenge would have wrung from eyes that I adore. Let this prove to you (if, to my misfortune, you still doubt it) that a man may be very poor and still have noble sentiments. Moreover, I have a terrible secret to reveal to you; I would surely have no trouble telling it to any other woman, but for some reason I shudder when I think about informing you of it. It may destroy in a moment the love you feel for me; no protestation on your part would satisfy me. I want to read in your eyes the effect produced by that confession. One day soon, at nightfall, I will see you in the garden located behind the palace. That day, Fabio and your father will be away; when I am certain that, despite their contempt for a poor, badly dressed young man, they won't be able to rob us of an hour's or forty-five minutes' conversation, a man will appear below the windows of your palace and will exhibit a tame fox to the local children. Later, when the Angelus sounds, you'll hear an arquebus shot in the distance; at that moment, approach the wall of your garden and, if you're not alone, sing. If there's silence, your slave will appear at your feet all a-tremble, and will tell you things which may horrify you. While awaiting that day, so decisive and fearful for me, I will no longer venture to offer you bouquets at midnight; but around two A.M. I'll pass by singing, and perhaps, you may be standing on the big stone balcony and you may drop a flower you picked in your garden. Those may be the last tokens of affection you give to unhappy Giulio."

Three days later, Elena's father and brother had ridden out to the estate they owned by the sea; they were due to leave it shortly before sunset, in order to be back home around two A.M. But, at the

les deux heures de nuit. Mais, au moment de se mettre en route, non seulement leurs deux chevaux, mais tous ceux qui étaient dans la ferme, avaient disparu. Fort étonnés de ce vol audacieux, ils cherchèrent leurs chevaux, qu'on ne retrouva que le lendemain dans la forêt de haute futaie qui borde la mer. Les deux Campireali, père et fils, furent obligés de regagner Albano dans une voiture champêtre tirée par des bœufs.

Ce soir-là, lorsque Jules fut aux genoux d'Hélène, il était presque tout à fait nuit, et la pauvre fille fut bien heureuse de cette obscurité; elle paraissait pour la première fois devant cet homme qu'elle aimait tendrement, qui le savait fort bien, mais enfin auquel elle n'avait jamais parlé.

Une remarque qu'elle fit lui rendit un peu de courage; Jules était plus pâle et plus tremblant qu'elle. Elle le voyait à ses genoux: «En vérité, je suis hors d'état de parler», lui dit-il. Il y eut quelques instants apparemment fort heureux; ils se regardaient, mais sans pouvoir articuler un mot, immobiles comme un groupe de marbre assez expressif. Jules était à genoux, tenant une main d'Hélène; celle-ci, la tête penchée, le considérait avec attention.

Jules savait bien que, suivant les conseils de ses amis, les jeunes débauchés de Rome, il aurait dû tenter quelque chose; mais il eut horreur de cette idée. Il fut réveillé de cet état d'extase et peut-être du plus vif bonheur que puisse donner l'amour, par cette idée: le temps s'envole rapidement; les Campireali s'approchent de leur palais. Il comprit qu'avec une âme scrupuleuse comme la sienne, il ne pouvait trouver de bonheur durable, tant qu'il n'aurait fait à sa maîtresse cet aveu terrible qui eût semblé une si lourde sottise à ses amis de Rome.

— Je vous ai parlé d'un aveu que peut-être je ne devrais pas vous faire, dit-il enfin à Hélène.

Jules devint fort pâle; il ajouta avec peine et comme si la respiration lui manquait:

— Peut-être je vais voir disparaître ces sentiments dont l'espérance fait ma vie. Vous me croyez pauvre; ce n'est pas tout: *je suis brigand et fils de brigand.*

A ces mots, Hélène, fille d'un homme riche et qui avait toutes les peurs de sa caste, sentit qu'elle allait se trouver mal; elle craignit de tomber. «Quel chagrin ne sera-ce pas pour ce pauvre Jules! pensait-elle: il se croira méprisé.» Il était à ses genoux. Pour ne pas tomber, elle s'appuya sur lui, et, peu après, tomba dans ses bras, comme sans connaissance. Comme on voit, au XVIᵉ siècle, on aimait l'exactitude dans les histoires d'amour. C'est que l'esprit ne jugeait pas ces histoires-là, l'imagination les sentait, et la passion du lecteur s'identifiait

moment of setting out, not only their two horses but also all the
ones on the farm had disappeared. Astonished at that daring theft,
they looked for their horses, which were only found the next day in
the high-timber forest beside the sea. The two Campireali, father
and son, were forced to return to Albano in a rustic cart drawn by
oxen.

That evening, when Giulio knelt before Elena, night had closed in
almost entirely, and the poor girl was very grateful for that darkness;
for the first time she was face to face with that man whom she loved
tenderly, and who was well aware of it, but to whom, after all, she had
never spoken.

A remark she made restored some of his courage; Giulio was paler
and shakier than she was. She saw him at her feet. "Truly, I'm unable
to speak," he said. There were a few instants of apparently great happiness; they looked at each other, but were unable to utter a word,
motionless as a quite expressive group of marble statuary. Giulio was
on his knees, holding one of Elena's hands; her head inclined, she was
studying him attentively.

Giulio was well aware that, in accordance with the advice of his
friends, the young rakes of Rome, he should have been bolder; but the
thought repelled him. He was aroused from that state of ecstasy, and
perhaps the keenest happiness that love can grant, by this thought:
time is flying swiftly; the Campireali are drawing near their palace. He
understood that, with a soul as scrupulous as his, he couldn't find last-
ing happiness until he had made to his sweetheart that awful confession which would have seemed such a clumsy bit of folly to his friends
in Rome.

"I spoke to you of a confession that perhaps I shouldn't make to
you," he finally said to Elena.

Giulio turned very pale; painfully, as if short of breath, he added:

"Perhaps I shall see disappear those feelings which fill my life with
hope. You believe I'm poor; that's not all: I'm a brigand and the son of
a brigand."

At these words, Elena, daughter of a wealthy man and prey to all
the fears of her class, thought she was going to faint; she was afraid of
falling. "What grief it will be for my poor Giulio!" she thought. "He'll
imagine I scorn him." He was at her feet. To keep from falling, she
leaned on him and shortly afterward fell into his arms as if unconscious. As you can see, in the sixteenth century people liked precise
details in love stories. This is because those stories weren't judged by
the intellect, they were felt by the imagination, and the reader's pas-

avec celle des héros. Les deux manuscrits que nous suivons, et surtout celui qui présente quelques tournures de phrases particulières au dialecte florentin, donnent dans le plus grand détail l'histoire de tous les rendez-vous qui suivirent celui-ci. Le péril ôtait le remords à la jeune fille. Souvent les périls furent extrêmes; mais ils ne firent qu'enflammer ces deux cœurs pour qui toutes les sensations provenant de leur amour étaient du bonheur. Plusieurs fois Fabio et son père furent sur le point de les surprendre. Ils étaient furieux, se croyant bravés: le bruit public leur apprenait que Jules était l'amant d'Hélène, et cependant ils ne pouvaient rien voir. Fabio, jeune homme impétueux et fier de sa naissance, proposait à son père de faire tuer Jules.

— Tant qu'il sera dans ce monde, lui disait-il, les jours de ma sœur courent les plus grands dangers. Qui nous dit qu'au premier moment notre honneur ne nous obligera pas à tremper les mains dans le sang de cette obstinée? Elle est arrivée à ce point d'audace, qu'elle ne nie plus son amour; vous l'avez vue ne répondre à vos reproches que par un silence morne; eh bien! ce silence est l'arrêt de mort de Jules Branciforte.

— Songez quel a été son père, répondait le seigneur de Campireali. Assurément il ne nous est pas difficile d'aller passer six mois à Rome, et, pendant ce temps, ce Branciforte disparaîtra. Mais qui nous dit que son père qui, au milieu de tous ses crimes, fut brave et généreux, généreux au point d'enrichir plusieurs de ses soldats et de rester pauvre lui-même, qui nous dit que son père n'a pas encore des amis, soit dans la compagnie du duc de Monte Mariano, soit dans la compagnie Colonna, qui occupe souvent les bois de la Faggiola, à une demi-lieue de chez nous? En ce cas, nous sommes tous massacrés sans rémission, vous, moi, et peut-être aussi votre malheureuse mère.

Ces entretiens du père et du fils, souvent renouvelés, n'étaient cachés qu'en partie à Victoire Carafa, mère d'Hélène, et la mettaient au désespoir. Le résultat des discussions entre Fabio et son père fut qu'il était inconvenant pour leur honneur de souffrir paisiblement la continuation des bruits qui régnaient dans Albano. Puisqu'il n'était pas prudent de faire disparaître ce jeune Branciforte qui, tous les jours, paraissait plus insolent, et, de plus, maintenant revêtu d'habits magnifiques, poussait la suffisance jusqu'à adresser la parole dans les lieux publics, soit à Fabio, soit au seigneur de Campireali lui-même, il y avait lieu de prendre l'un des deux partis suivants, ou peut-être même tous les deux: il fallait que la famille entière revînt habiter Rome, il fallait ramener Hélène au couvent de la Visitation de Castro, où elle resterait jusqu'à ce qu'on lui eût trouvé un parti convenable.

sion was identified with that of the heroes. The two manuscripts that we are following, especially the one that exhibits several turns of phrase peculiar to the Florentine dialect, recount in the greatest detail all the trysts that followed this one. Danger made the girl forget remorse. Often the dangers were extreme; but they merely ignited the two hearts for whom every sensation arising from their love was happiness. Several times Fabio and his father were on the point of catching them off guard. They were furious, thinking themselves defied: town gossip informed them that Giulio was Elena's lover, and yet they were unable to detect anything. Fabio, an impetuous young man proud of his birth, suggested to his father to have Giulio killed.

"As long as he lives," he'd say to him, "my sister's life will run the greatest risks. Who's to say that, at any moment, our honor won't compel us to stain our hands with that stubborn girl's blood? She has reached such a height of boldness that she no longer denies being in love; you've seen her respond to your reproaches by nothing but sullen silence. Well, then! That silence is Giulio Branciforte's death warrant."

"Remember what his father was," the lord of Campireali would reply. "It's surely not hard for us to spend six months in Rome, and during that time this Branciforte would disappear. But who's to say that his father—who, despite all his crimes, was brave and generous, so generous that he enriched several of his soldiers while remaining poor himself—who's to say that his father doesn't still have friends, either in the troop of the Duke of Monte Mariano or in the troop of Colonna, which frequently occupies the forest of La Faggiola, only a half-league away from our home? In that case, we'd all be massacred without mercy, you, I, and perhaps your unfortunate mother as well."

Those conversations between father and son, frequently renewed, were only partially hidden from Vittoria Carafa, Elena's mother, and they drove her to despair. The result of the discussions between Fabio and his father was that it was unbefitting for their honor to endure quietly the continuation of the gossip that pervaded Albano. Since it wasn't prudent to cause the disappearance of that young man, who seemed more insolent daily, and who furthermore, now clad in splendid garb, was becoming so conceited as to speak in public either to Fabio or to the lord of Campireali himself, they had occasion to choose one of the two following courses, or perhaps even both: the whole family had to return to Rome and live there; Elena had to be brought back to the Convent of the Visitation in Castro, where she'd remain until a suitable match had been found for her.

Jamais Hélène n'avait avoué son amour à sa mère: la fille et la mère s'aimaient tendrement, elles passaient leur vie ensemble, et pourtant jamais un seul mot sur ce sujet, qui les intéressait presque également toutes les deux, n'avait été prononcé. Pour la première fois le sujet presque unique de leurs pensées se trahit par des paroles, lorsque la mère fit entendre à sa fille qu'il était question de transporter à Rome l'établissement de la famille, et peut-être même de la renvoyer passer quelques années au couvent de Castro.

Cette conversation était imprudente de la part de Victoire Carafa, et ne peut être excusée que par la tendresse folle qu'elle avait pour sa fille. Hélène, éperdue d'amour, voulut prouver à son amant qu'elle n'avait pas honte de sa pauvreté et que sa confiance en son honneur était sans bornes. «Qui le croirait? s'écrie l'auteur florentin, après tant de rendez-vous hardis et voisins d'une mort horrible, donnés dans le jardin et même une fois ou deux dans sa propre chambre, Hélène était pure! Forte de sa vertu, elle proposa à son amant de sortir du palais, vers minuit, par le jardin, et d'aller passer le reste de la nuit dans sa petite maison construite sur les ruines l'Albe, à plus d'un quart de lieue de là. Ils se déguisèrent en moines de saint François. Hélène était d'une taille élancée, et, ainsi vêtue, semblait un jeune frère novice de dix-huit ou vingt ans. Ce qui est incroyable, et marque bien le doigt de Dieu, c'est que, dans l'étroit chemin taillé dans le roc, et qui passe encore contre le mur du couvent des Capucins, Jules et sa maîtresse, déguisés en moines, rencontrèrent le seigneur de Campireali et son fils Fabio, qui, suivis de quatre domestiques bien armés, et précédés d'un page portant une torche allumée, revenaient de Castel Gandolfo, bourg situé sur les bords du lac assez près de là. Pour laisser passer les deux amants, les Campireali et leurs domestiques se placèrent à droite et à gauche de ce chemin taillé dans le roc et qui peut avoir huit pieds de large. Combien n'eût-il pas été plus heureux pour Hélène d'être reconnue en ce moment! Elle eût été tuée d'un coup de pistolet par son père ou son frère, et son supplice n'eût duré qu'un instant: mais le ciel en avait ordonné autrement (*superis aliter visum*).

«On ajoute encore une circonstance sur cette singulière rencontre, et que la signora de Campireali, parvenue à une extrême vieillesse et presque centenaire, racontait encore quelquefois à Rome devant des personnages graves qui, bien vieux eux-mêmes, me l'ont redite lorsque mon insatiable curiosité les interrogeait sur ce sujet-là et sur bien d'autres.

Elena had never confessed her love to her mother: mother and daughter loved each other dearly, and spent their life together, and yet not a single word on that subject, which concerned them both almost equally, had been spoken. The topic that occupied their thoughts almost exclusively was formulated in speech for the first time when Vittoria informed her daughter that there was talk of moving the family seat to Rome, and perhaps even of sending her back to the convent in Castro for a few years.

That conversation was imprudent on the part of Vittoria Carafa, and can only be excused by the extreme affection she felt for her daughter. Elena, hopelessly in love, wanted to prove to her lover that she wasn't ashamed of his poverty and that her trust in his honor was unbounded. "Who would believe it?" exclaims the Florentine author. "After so many daring trysts, in which she risked a horrible death, and which took place in the garden and even once or twice in her own room, Elena was pure! Trusting to her virtue, she suggested to her lover that they leave the palace around midnight and spend the rest of the night in his little house built in the ruins of Alba, more than a quarter-league away. They disguised themselves as Franciscan friars. Elena was tall and, dressed that way, looked like a young novice of eighteen or twenty. What is truly unbelievable, and points to the direct intervention of God, is that, on the narrow path cut into the rock, which still passes alongside the wall of the Capuchin monastery, Giulio and his sweetheart, disguised as friars, met the lord of Campireali and his son Fabio, who, followed by four well-armed servants and preceded by a page carrying a lighted torch, were returning from Castel Gandolfo, a town located on the lake shore not far from there. To let the two lovers pass, the Campireali and their servants moved to the right and left of that rock-hewn path, which is about eight feet wide. How much more fortunate it would have been for Elena to have been recognized just then! She would have been killed by a pistol shot by her father or her brother, and her torment would have lasted only an instant: but heaven had ordained otherwise (*superis aliter visum*).[9]

"Another circumstance about that unusual encounter is added, one which the Signora de' Campireali, when she had become very old, nearly a hundred, would still sometimes recount to serious people in Rome, who, themselves very old, repeated it to me when in my insatiable curiosity I questioned them about that matter and many others.

---

9. [Latin:] "The gods made a different decision."

«Fabio de Campireali, qui était un jeune homme fier de son courage et plein de hauteur, remarquant que le moine le plus âgé ne saluait ni son père, ni lui, en passant si près d'eux, s'écria:

«— Voilà un fripon de moine bien fier! Dieu sait ce qu'il va faire hors du couvent, lui et son compagnon, à cette heure indue! Je ne sais ce qui me tient de lever leurs capuchons; nous verrions leurs mines.

«A ces mots, Jules saisit sa dague sous sa robe de moine, et se plaça entre Fabio et Hélène. En ce moment il n'était pas à plus d'un pied de distance de Fabio; mais le ciel en ordonna autrement, et calma par un miracle la fureur de ces deux jeunes gens, qui bientôt devaient se voir de si près.»

Dans le procès que par la suite on intenta à Hélène de Campireali, on voulut présenter cette promenade nocturne comme une preuve de corruption. C'était le délire d'un jeune cœur enflammé d'un fol amour, mais ce cœur était pur.

III

Il faut savoir que les Orsini, éternels rivaux des Colonna, et tout-puissants alors dans les villages les plus voisins de Rome, avaient fait condamner à mort, depuis peu, par les tribunaux du gouvernement, un riche cultivateur nommé Balthazar Bandini, né à la Petrella. Il serait trop long de rapporter ici les diverses actions que l'on reprochait à Bandini: la plupart seraient des crimes aujourd'hui, mais ne pouvaient pas être considérées d'une façon aussi sévère en 1559. Bandini était en prison dans un château appartenant aux Orsini, et situé dans la montagne du côté de Valmontone, à six lieues d'Albano. Le barigel de Rome, suivi de cent cinquante de ses sbires, passa une nuit sur la grande route; il venait chercher Bandini pour le conduire à Rome dans les prisons de Tordinona; Bandini avait appelé à Rome de la sentence qui le condamnait à mort. Mais, comme nous l'avons dit, il était natif de la Petrella, forteresse appartenant aux Colonna, la femme de Bandini vint dire publiquement à Fabrice Colonna, qui se trouvait à la Petrella:

— Laisserez-vous mourir un de vos fidèles serviteurs?

Colonna répondit:

— A Dieu ne plaise que je m'écarte jamais du respect que je dois aux décisions des tribunaux du pape mon seigneur!

"Fabio de' Campireali, who was a young man proud of his courage and full of haughtiness, noticing that the elder friar greeted neither his father nor him when they passed so close to them, exclaimed:

"'Here's a rascally friar that's very proud! God knows what he's doing outside the monastery, he and his companion, at this ungodly hour! I don't know what's keeping me from lifting up their hoods; we'd see their faces.'

"Hearing this, Giulio clutched his dirk beneath his friar's habit and stepped between Fabio and Elena. At that moment he was no more than a foot away from Fabio; but heaven ordained otherwise, and miraculously calmed the fury of those two young men, who were soon to meet each other at such close range."

In the legal action later brought against Elena de' Campireali, an attempt was made to depict that nocturnal escapade as a proof that she was corrupt. It was the mad act of a young heart ignited by an insane love, but that heart was pure.

III

It must be told that the Orsini, eternal rivals of the Colonna, and at the time all-powerful in the villages nearest to Rome, had recently caused the government courts to sentence to death a rich farmer, born in La Petrella, named Baldassarre Bandini. It would take too long to cite here all the different misdeeds charged against Bandini: most of them would be crimes today, but couldn't be considered so harshly in 1559. Bandini was imprisoned in a castle belonging to the Orsini, located in the hills not far from Valmontone, six leagues from Albano. The Roman chief of police,[10] followed by a hundred fifty of his constables, spent a night by the highway; he was on his way to pick up Bandini and take him to the prisons of Tordinona in Rome; Bandini had appealed his death sentence in Rome. But, as we've said, he was a native of La Petrella, a fortified place belonging to the Colonna, and Bandini's wife publicly asked Fabrizio Colonna, who was at La Petrella:

"Are you going to let one of your faithful servants die?"

Colonna replied:

"God forbid that I should ever swerve from the respect I owe to the decisions made in the courts of my lord the Pope!"

---

10. *Bargello* in Italian.

Aussitôt ses soldats reçurent des ordres, et il fit donner avis de se tenir prêts à tous ses partisans. Le rendez-vous était indiqué dans les environs de Valmontone, petite ville bâtie au sommet d'un rocher peu élevé, mais qui a pour rempart un précipice continu et presque vertical de soixante à quatre-vingts pieds de haut. C'est dans cette ville appartenant au pape que les partisans des Orsini et les sbires du gouvernement avaient réussi à transporter Bandini. Parmi les partisans les plus zélés du pouvoir, on comptait le seigneur de Campireali et Fabio, son fils, d'ailleurs un peu parents des Orsini. De tout temps, au contraire, Jules Branciforte et son père avaient été attachés aux Colonna.

Dans les circonstances où il ne convenait pas aux Colonna d'agir ouvertement, ils avaient recours à une précaution fort simple: la plupart des riches paysans romains, alors comme aujourd'hui, faisaient partie de quelque compagnie de pénitents. Les pénitents ne paraissent jamais en public que la tête couverte d'un morceau de toile qui cache leur figure et se trouve percé de deux trous vis-à-vis les yeux. Quand les Colonna ne voulaient pas avouer une entreprise, ils invitaient leur partisans à prendre leur habit de pénitent pour venir les joindre.

Après de longs préparatifs, la translation de Bandini, qui depuis quinze jours faisait la nouvelle du pays, fut indiquée pour un dimanche. Ce jour-là, à deux heures du matin, le gouverneur de Valmontone fit sonner le tocsin dans tous les villages de la forêt de la Faggiola. On vit des paysans sortir en assez grand nombre de chaque village. (Les mœurs des républiques du Moyen Age, du temps desquelles on se battait pour obtenir une certaine chose que l'on désirait, avaient conservé beaucoup de bravoure dans le cœur des paysans; de nos jours, personne ne bougerait.)

Ce jour-là on put remarquer une chose assez singulière: à mesure que la petite troupe de paysans armés sortie de chaque village s'enfonçait dans la forêt, elle diminuait de moitié; les partisans des Colonna se dirigeaient vers le lieu du rendez-vous désigné par Fabrice. Leurs chefs paraissaient persuadés qu'on ne se battrait pas ce jour-là: ils avaient eu ordre le matin de répandre ce bruit. Fabrice parcourait la forêt avec l'élite de ses partisans, qu'il avait montés sur les jeunes chevaux à demi sauvages de son haras. Il passait une sorte de revue des divers détachements de paysans; mais il ne leur parlait point, toute parole pouvant compromettre. Fabrice était un grand homme maigre, d'une agilité et d'une force incroyables: quoique à peine âgé de quarante-cinq ans, ses cheveux et sa moustache étaient d'une blancheur éclatante, et qui le contrariait fort: à ce signe on pouvait le reconnaître en des lieux où il eût mieux aimé passer incognito. A mesure que les

Immediately his soldiers received orders, and he had all his followers alerted to be in readiness. Their meeting place was to be on the outskirts of Valmontone, a small town built on top of a fairly low crag, but possessing for a rampart an unbroken, nearly vertical precipice sixty to eighty feet high. It was to that town belonging to the Pope that the followers of the Orsini and the government constables had succeeded in transferring Bandini. Among the most zealous partisans of the authorities were the lord of Campireali and his son Fabio, who were also distantly related to the Orsini. On the other hand, Giulio Branciforte and his father had always been adherents of the Colonna.

In situations where it didn't behoove the Colonna to act openly, they resorted to a very simple precaution: most of the wealthy Roman peasants, then as now, belonged to some society of penitents. Penitents never appear in public unless their head is covered by a piece of linen that hides their face but contains two eyeholes. Whenever the Colonna preferred not to avow an undertaking, they invited their followers to don their penitential robes and join them.

After long preparations the transfer of Bandini, which had been a regular topic of local talk for two weeks, was set for one Sunday. That day, at two in the morning, the governor of Valmontone had the alarm sounded in every village in the forest of La Faggiola. Peasants could be seen issuing in great numbers from every village. (The customs of the republics of the Middle Ages, when people fought to get something they wanted, had maintained a great deal of courage in the heart of the peasants; today, no one would stir.)

On that day a most unusual thing could be seen: as the little band of armed peasants issuing from each village entered the depths of the forest, it lost half its members; the Colonna's followers headed for the meeting place designated by Fabrizio. Their leaders seemed convinced that there would be no fighting that day: they had received orders in the morning to spread that information. Fabrizio rode up and down the forest with his choicest followers, whom he had mounted on young, half-tamed horses from his stud. He was making a sort of review of the various detachments of peasants; but he didn't speak to them, since each word might be counted against him. Fabrizio was a tall, slim man of unbelievable agility and strength; though scarcely forty-five, his hair and mustache were of a brilliant white. This vexed him enormously: he could thereby be recognized in places where he would have preferred to remain incognito. As soon as each group of

paysans le voyaient, ils criaient: *Vive Colonna!* et mettaient leurs capuchons de toile. Le prince lui-même avait son capuchon sur la poitrine,
de façon à pouvoir le passer dès qu'on apercevrait l'ennemi.

Celui-ci ne se fit point attendre: le soleil se levait à peine lorsqu'un
millier d'hommes à peu près, appartenant au parti des Orsini, et venant
du côté de Valmontone, pénétrèrent dans la forêt et vinrent passer à
trois cents pas environ des partisans de Fabrice Colonna, que celui-ci
avait fait mettre ventre à terre. Quelques minutes après que les derniers
des Orsini formant cette avant-garde eurent défilé, le prince mit ses
hommes en mouvement: il avait résolu d'attaquer l'escorte de Bandini
un quart d'heure après qu'elle serait entrée dans le bois. En cet endroit,
la forêt est semée de petites roches hautes de quinze ou vingt pieds; ce
sont des coulées de lave plus ou moins antiques sur lesquelles les châtaigniers viennent admirablement et interceptent presque entièrement
le jour. Comme ces coulées, plus ou moins attaquées par le temps, ren-
dent le sol fort inégal, pour épargner à la grande route une foule de petites montées et descentes inutiles, on a creusé dans la lave, et fort souvent la route est à trois ou quatre pieds en contrebas de la forêt.

Vers le lieu de l'attaque projetée par Fabrice, se trouvait une clairière
couverte d'herbes et traversée à l'une de ses extrémités par la grande
route. Ensuite la route rentrait dans la forêt, qui, en cet endroit, remplie de ronces et d'arbustes entre les troncs des arbres, était tout à fait
impénétrable. C'est à cent pas dans la forêt et sur les bords de la route
que Fabrice plaçait ses fantassins. A un signe du prince, chaque paysan
arrangea son capuchon, et prit poste avec son arquebuse derrière un
châtaignier; les soldats du prince se placèrent derrière les arbres les plus
voisins de la route. Les paysans avaient l'ordre précis de ne tirer
qu'après les soldats et ceux-ci ne devaient faire feu que lorsque l'ennemi serait à vingt pas. Fabrice fit couper à la hâte une vingtaine d'arbres, qui, précipités avec leurs branches sur la route, assez étroite en ce
lieu-là et en contrebas de trois pieds, l'interceptaient entièrement. Le
capitaine Ranuce, avec cinq cents hommes, suivit l'avant-garde; il avait
l'ordre de ne l'attaquer que lorsqu'il entendrait les premiers coups d'arquebuse qui seraient tirés de l'abatis qui interceptait la route. Lorsque
Fabrice Colonna vit ses soldats et ses partisans bien placés chacun derrière son arbre et pleins de résolution, il partit au galop avec tous ceux
des siens qui étaient montés, et parmi lesquels on remarquait Jules
Branciforte. Le prince prit un sentier à droite de la grande route et qui
le conduisait à l'extrémité de la clairière la plus éloignée de la route.

Le prince s'était à peine éloigné depuis quelques minutes,
lorsqu'on vit venir de loin, par la route de Valmontone, une troupe

peasants saw him, they'd shout "Hurrah for Colonna!" and they'd put on their linen cowls. The prince himself had his cowl hanging on his chest so he could slip it on as soon as the enemy was sighted.

The foe soon appeared: the sun had scarcely begun to rise when about a thousand men belonging to the Orsini party, and coming from the direction of Valmontone, entered the forest and came within some three hundred paces from the followers of Fabrizio Colonna, whom he had ordered to lie on their stomachs. A few minutes after the last of this Orsini vanguard had marched past, the prince set his men in motion: he had decided to attack Bandini's escort fifteen minutes after it entered the woods. In that spot in the forest there is a scattering of boulders some fifteen to twenty feet high; they are more or less ancient lava flows on which chestnut trees thrive, practically cutting off all daylight. Since these flows, more or less eroded by time, make the ground very uneven, in order to avoid numerous needless ups and downs on the highway the lava has been dug into, and very often the road is three or four feet below the level of the forest floor.

Near the place of the attack planned by Fabrizio was a clearing covered with grass and crossed at one end by the highway. Then the road reentered the forest, which, in that spot, was filled with brambles and brush between the tree trunks, and thus quite impenetrable. It was a hundred paces into the forest and alongside the road that Fabrizio stationed his infantry. At a sign from the prince, each peasant put on his cowl and took a stand with his arquebus behind a chestnut tree; the prince's soldiers positioned themselves behind the trees nearest to the road. The peasants had strict orders not to fire until the soldiers did, and the soldiers were not to fire until the enemy was at twenty paces. Fabrizio hastily had some twenty trees cut down; falling with their branches onto the road, which was rather narrow at that spot and three feet below forest-floor level, they cut off the road entirely. Captain Ranuccio, with five hundred men, followed the vanguard; he had orders not to attack it before hearing the first arquebus shots fired from the tangled branches cutting off the road. When Fabrizio Colonna saw his soldiers and followers in good positions, each behind his tree, and full of resolve, he galloped away with all his men who had horses, among whom Giulio Branciforte was to be seen. The prince took a path to the right of the highway; it led him to the end of the clearing that was farthest away from the road.

The prince had scarcely been away from there a few minutes when, on the road from Valmontone, coming from afar, could be seen a nu-

nombreuse d'hommes à cheval, c'étaient les sbires et le barigel, escortant Bandini, et tous les cavaliers des Orsini. Au milieu d'eux se trouvait Balthazar Bandini, entouré de quatre bourreaux vêtus de rouge; ils avaient l'ordre d'exécuter la sentence des premiers juges et de mettre Bandini à mort, s'ils voyaient les partisans des Colonna sur le point de le délivrer.

La cavalerie de Colonna arrivait à peine à l'extrémité de la clairière ou prairie la plus éloignée de la route, lorsqu'il entendit les premiers coups d'arquebuse de l'embuscade par lui placée sur la grande route en avant de l'abatis. Aussitôt il mit sa cavalerie au galop, et dirigea sa charge sur les quatre bourreaux vêtus de rouge qui entouraient Bandini.

Nous ne suivrons point le récit de cette petite affaire, qui ne dura pas trois quarts d'heure; les partisans des Orsini, surpris, s'enfuirent dans tous les sens; mais, à l'avant-garde, le brave capitaine Ranuce fut tué, événement qui eut une influence funeste sur le destinée de Branciforte. A peine celui-ci avait donné quelques coups de sabre, toujours en se rapprochant des hommes vêtus de rouge, qu'il se trouva vis-à-vis de Fabio Campireali.

Monté sur un cheval bouillant d'ardeur et revêtu d'un *giaco* doré (cotte de mailles), Fabio s'écriait:

— Quels sont ces misérables masqués? Coupons leur masque d'un coup de sabre; voyez la façon dont je m'y prends!

Presque au même instant, Jules Branciforte reçut de lui un coup de sabre horizontal sur le front. Ce coup avait été lancé avec tant d'adresse, que la toile qui lui couvrait le visage tomba en même temps qu'il se sentit les yeux aveuglés par le sang qui coulait de cette blessure, d'ailleurs fort peu grave. Jules éloigna son cheval pour avoir le temps de respirer et de s'essuyer le visage. Il voulait, à tout prix, ne point se battre avec le frère d'Hélène; et son cheval était déjà à quatre pas de Fabio, lorsqu'il reçut sur la poitrine un furieux coup de sabre qui ne pénétra point, grâce à son *giaco,* mais lui ôta la respiration pour le moment. Presque au même instant, il s'entendit crier aux oreilles:

— *Ti conosco, porco!* Canaille, je te connais! C'est comme cela que tu gagnes de l'argent pour remplacer tes haillons!

Jules, vivement piqué, oublia sa première résolution et revint sur Fabio:

— *Ed in mal punto tu venisti!*[a] s'écria-t-il.

A la suite de quelques coups de sabre précipités, le vêtement qui couvrait leur cotte de mailles tombait de toutes parts. La cotte de

---

a. Malheur à toi! tu arrives dans un moment fatal!

merous troop of riders; they were the constables and the police chief, escorting Bandini, and the entire Orsini cavalry. In their midst was Baldassarre Bandini, surrounded by four executioners dressed in red, who had orders to carry out the first judges' sentence and execute Bandini if they saw the followers of the Colonna on the point of setting him free.

Colonna's cavalry had barely reached the end of the clearing or meadow that was farthest from the road when he heard the first arquebus shots from the ambush he had laid on the highway in front of the felled trees. Immediately he galloped off with his cavalry, directing his charge at the four red-clad executioners surrounding Bandini.

We shall not narrate at length this little encounter, which lasted less than forty-five minutes; the followers of the Orsini, taken off guard, fled in every direction; but, at the vanguard, the brave Captain Ranuccio was killed, an event that had a direful influence on Branciforte's fate. Scarcely had Giulio meted out a few saber blows, coming ever nearer to the men dressed in red, when he found himself face to face with Fabio Campireali.

Mounted on an extremely high-mettled horse, and wearing a gilded *giaco* (coat of mail), Fabio was shouting:

"Who are these miserable masked men? Let's cut through their masks with our sabers; just see how I go about it!"

Almost at the same instant, Giulio Branciforte received from him a horizontal saber cut on the forehead. That blow had been so skillfully aimed that the linen covering his face fell away at the same time that he felt his eyes blinded by the blood streaming from that wound, which wasn't very serious. Giulio pulled back his horse to have time to catch his breath and wipe his face. He wanted to avoid at all costs a fight with Elena's brother, and his horse was already four paces away from Fabio, when he received on his chest a furious saber blow which didn't penetrate, thanks to his *giaco,* but which winded him for the moment. Almost at the same instant, he heard this shout in his ears:

"*Ti conosco, porco!* I know you, you lowlife! This is how you earn money to replace your rags!"

Giulio, stung to the quick, forgot his earlier resolution and charged Fabio, exclaiming:

"*Ed in mal punto tu venisti!*"[a]

After a few hasty saber cuts, the clothing that covered their mail

---

a. [Footnote in the original text:] "Woe to you! You have arrived at a bad time!"

mailles de Fabio était dorée et magnifique, celle de Jules des plus communes.

— Dans quel égout as-tu ramassé ton *giaco?* lui cria Fabio.

Au même moment, Jules trouva l'occasion qu'il cherchait depuis une demi-minute: la superbe cotte de mailles de Fabio ne serrait pas assez le cou, et Jules lui porta au cou, un peu découvert, un coup de pointe qui réussit. L'épée de Jules entra d'un demi-pied dans la gorge de Fabio et en fit jaillir un énorme jet de sang.

— Insolent! s'écria Jules.

Et il galopa vers les hommes habillés de rouge, dont deux étaient encore à cheval à cent pas de lui. Comme il approchait d'eux, le troisième tomba; mais, au moment où Jules arrivait tout près du quatrième bourreau, celui-ci, se voyant environné de plus de dix cavaliers, déchargea un pistolet à bout portant sur le malheureux Balthazar Bandini, qui tomba.

— Mes chers seigneurs, nous n'avons plus que faire ici! s'écria Branciforte, sabrons ces coquins de sbires qui s'enfuient de toutes parts.

Tout le monde le suivit.

Lorsque, une demi-heure après, Jules revint auprès de Fabrice Colonna, ce seigneur lui adressa la parole pour la première fois de sa vie. Jules le trouva ivre de colère; il croyait le voir transporté de joie, à cause de la victoire, qui était complète et due tout entière à ses bonnes dispositions; car les Orsini avaient près de trois mille hommes, et Fabrice, à cette affaire, n'en avait pas réuni plus de quinze cents.

— Nous avons perdu votre brave ami Ranuce! s'écria le prince en parlant à Jules, je viens moi-même de toucher son corps; il est déjà froid. Le pauvre Balthazar Bandini est mortellement blessé. Ainsi, au fond, nous n'avons pas réussi. Mais l'ombre du capitaine Ranuce paraîtra bien accompagnée devant Pluton. J'ai donné l'ordre que l'on pende aux branches des arbres tous ces coquins de prisonniers. N'y manquez pas, messieurs! s'écria-t-il en haussant la voix.

Et il repartit au galop pour l'endroit où avait eu lieu le combat d'avant-garde. Jules commandait à peu près en second la compagnie de Ranuce; il suivit le prince, qui, arrivé près du cadavre de ce brave soldat, qui gisait entouré de plus de cinquante cadavres ennemis, descendit une seconde fois de cheval pour prendre la main de Ranuce. Jules l'imita, il pleurait.

— Tu es bien jeune, dit le prince à Jules, mais je te vois couvert de sang, et ton père fut un brave homme, qui avait reçu plus de vingt blessures au service des Colonna. Prends le commandement de ce qui

coats fell away on all sides. Fabio's coat of mail was gilded and magnificent, Giulio's of the most ordinary sort.

"In what sewer did you pick up your *giaco?*" Fabio shouted to him.

At that very moment, Giulio found the opportunity he had been seeking for half a minute: Fabio's superb coat of mail was insufficiently tight around the neck, and Giulio aimed a successful thrust at that slightly exposed neck. Giulio's sword entered six inches into Fabio's throat, causing an enormous spurt of blood to gush forth.

"Insolent fellow!" Giulio exclaimed.

And he galloped over to the men in red, two of whom were still mounted a hundred paces away from him. As he drew near them, the third one fell; but, just as Giulio got very close to the fourth executioner, that man, finding himself surrounded by over ten horsemen, fired a pistol point blank at the unfortunate Baldassarre Bandini, who fell.

"Gentlemen, we have no further business here!" Branciforte shouted. "Let's cut down those damned constables who are running in every direction!"

Everybody followed him.

When, a half-hour later, Giulio returned to where Fabrizio Colonna was, that lord addressed him for the first time in his life. Giulio found him raving with anger; he had expected to find him in joyous raptures because of the victory, which was complete and due entirely to his excellent tactics; because the Orsini had nearly three thousand men and, in that encounter, Fabrizio hadn't assembled more than fifteen hundred.

"We've lost your brave friend Ranuccio!" cried the prince, addressing Giulio. "I myself have just touched his body; it's already cold. Poor Baldassarre Bandini is mortally wounded. And so, after all, we haven't succeeded. But the shade of Captain Ranuccio will appear before Pluto with plenty of company. I've given orders to hang all these damned prisoners from the boughs of the trees. Don't fail to do so, gentlemen!" he exclaimed, raising his voice.

And he galloped away to the place where the fight with the vanguard had occurred. Giulio was more or less the second in command of Ranuccio's company; he followed the prince, who, on reaching the corpse of that brave soldier, which was lying surrounded by over fifty enemy corpses, dismounted again to take Ranuccio's hand. Giulio, weeping, did the same.

"You're very young," the prince said to Giulio, "but I see you covered with blood, and your father was a brave man who had received over twenty wounds in the service of the Colonna. Take command of

reste de la compagnie de Ranuce, et conduis son cadavre à notre église de la Petrella; songe que tu seras peut-être attaqué sur la route.

Jules ne fut point attaqué, mais il tua d'un coup d'épée un de ses soldats, qui lui disait qu'il était trop jeune pour commander. Cette imprudence réussit, parce que Jules était encore couvert du sang de Fabio. Tout le long de la route, il trouvait les arbres chargés d'hommes que l'on pendait. Ce spectacle hideux, joint à la mort de Ranuce et surtout à celle de Fabio, le rendait presque fou. Son seul espoir était qu'on ne saurait pas le nom du vainqueur de Fabio.

Nous sautons les détails militaires. Trois jours après celui du combat, il put revenir passer quelques heures à Albano; il racontait à ses connaisances qu'une fièvre violente l'avait retenu dans Rome, où il avait été obligé de garder le lit toute la semaine.

Mais on le traitait partout avec un respect marqué; les gens les plus considérables de la ville le saluaient les premiers; quelques imprudents allèrent même jusqu'à l'appeler *seigneur capitaine*. Il avait passé plusieurs fois devant le palais Campireali, qu'il trouva entièrement fermé, et, comme le nouveau capitaine était fort timide lorsqu'il s'agissait de faire certaines questions, ce ne fut qu'au milieu de la journée qu'il put prendre sur lui de dire à Scotti, vieillard qui l'avait toujours traité avec bonté:

— Mais où sont donc les Campireali? je vois leur palais fermé.

— Mon ami, répondit Scotti avec une tristesse subite, c'est là un nom que vous ne devez jamais prononcer. Vos amis sont bien convaincus que c'est lui qui vous a cherché, et ils le diront partout; mais enfin, il était le principal obstacle à votre mariage; mais enfin sa mort laisse une sœur immensément riche, et qui vous aime. On peut même ajouter, et l'indiscrétion devient vertu en ce moment, on peut même ajouter qu'elle vous aime au point d'aller vous rendre visite la nuit dans votre petite maison d'Albe. Ainsi l'on peut dire, dans votre intérêt, que vous étiez mari et femme avant le fatal combat des *Ciampi* (c'est le nom qu'on donnait dans le pays au combat que nous avons décrit).

Le vieillard s'interrompit, parce qu'il s'aperçut que Jules fondait en larmes.

— Montons à l'auberge, dit Jules.

Scotti le suivit; on leur donna une chambre où ils s'enfermèrent à clef, et Jules demanda au vieillard la permission de lui raconter tout ce qui s'était passé depuis huit jours. Ce long récit terminé:

— Je vois bien à vos larmes, dit le vieillard, que rien n'a été prémédité dans votre conduite; mais la mort de Fabio n'en est pas

the survivors of Ranuccio's company, and bring his body to our church in La Petrella; remember that you may be attacked on the way."

Giulio wasn't attacked, but he killed with a sword blow one of his soldiers, who told him he was too young to take command. This foolhardy act had no bad consequences because Giulio was still covered with Fabio's blood. All along the road he found trees laden with men being hanged. That hideous sight, together with Ranuccio's death and especially Fabio's, was driving him almost crazy. His only hope was that the name of Fabio's conqueror would remain unknown.

We omit the military details. Three days after the combat, he was able to return and spend a few hours in Albano; he told his acquaintances that a violent fever had kept him in Rome, where he had been compelled to stay in bed all week.

But he was treated everywhere with conspicuous respect; the most well-to-do townspeople greeted him of their own accord; a few careless people even went so far as to call him "captain." Several times he had walked past the Campireali palace, which he found completely shut up, and, since the new captain was very shy when it came to asking certain questions, it was only in the middle of the day that he found the courage to ask Scotti, an old man who had always treated him kindly:

"But where are the Campireali? I find their palace shut up."

"My friend," Scotti replied with sudden sadness, "that's a name you must never pronounce. Your friends are fully convinced that it was he who sought you out, and they'll state as much on all occasions; but, after all, he was the principal obstacle to your marriage and, after all, his death leaves his sister, who loves you, immensely wealthy. It could even be added (and at such a time indiscretion becomes a virtue), it could even be added that she loves you so much that she visited you at night at your little house in Alba. Therefore it can be said, in your favor, that you were man and wife before the fateful battle of I Ciampi." (This was the name the locals gave to the battle we've described.)

The old man broke off because he saw Giulio burst into tears.

"Let's go up to the inn," Giulio said.

Scotti followed him; they were given a room where they locked themselves in, and Giulio asked the old man permission to tell him everything that had happened in the past week. When that long narrative was over, the old man said:

"I can see clearly from your tears that none of your conduct was premeditated, but nevertheless Fabio's death is a very cruel event for

moins un événement bien cruel pour vous. Il faut absolument qu'Hélène déclare à sa mère que vous êtes son époux depuis longtemps.

Jules ne répondit pas, ce que le vieillard attribua à une louable discrétion. Absorbé dans une profonde rêverie, Jules se demandait si Hélène, irritée par la mort d'un frère, rendrait justice à sa délicatesse; il se repentit de ce qui s'était passé autrefois. Ensuite, à sa demande, le vieillard lui parla franchement de tout ce qui avait eu lieu dans Albano le jour du combat. Fabio ayant été tué sur les six heures et demie du matin, à plus de six lieues d'Albano, chose incroyable! dès neuf heures on avait commencé à parler de cette mort. Vers midi on avait vu le vieux Campireali, fondant en larmes et soutenu par ses domestiques, se rendre au couvent des Capucins. Peu après, trois de ces bons pères, montés sur les meilleurs chevaux de Campireali, et suivis de beaucoup de domestiques, avaient pris la route du village des *Ciampi*, près duquel le combat avait eu lieu. Le vieux Campireali voulait absolument les suivre; mais on l'en avait dissuadé, par la raison que Fabrice Colonna était furieux (on ne savait trop pourquoi) et pourrait bien lui faire un mauvais parti s'il était fait prisonnier.

Le soir, vers minuit, la forêt de la Faggiola avait semblé en feu: c'étaient tous les moines et tous les pauvres d'Albano qui, portant chacun un gros cierge allumé, allaient à la rencontre du corps du jeune Fabio.

— Je ne vous cacherai point, continua le vieillard en baissant la voix comme s'il eût craint d'être entendu, que la route qui conduit à Valmontone et aux *Ciampi* . . .

— Eh bien? dit Jules.

— Eh bien, cette route passe devant votre maison, et l'on dit que lorsque le cadavre de Fabio est arrivé à ce point, le sang a jailli d'une plaie horrible qu'il avait au cou.

— Quelle horreur! s'écria Jules en se levant.

— Calmez-vous, mon ami, dit le vieillard, vous voyez bien qu'il faut que vous sachiez tout. Et maintenant je puis vous dire que votre présence ici aujourd'hui, a semblé un peu prématurée. Si vous me faisiez l'honneur de me consulter, j'ajouterais, capitaine, qu'il n'est pas convenable que d'ici à un mois vous paraissiez dans Albano. Je n'ai pas besoin de vous avertir qu'il ne serait point prudent de vous montrer à Rome. On ne sait point encore quel parti le Saint-Père va prendre envers les Colonna; on pense qu'il ajoutera foi à la déclaration de Fabrice, qui prétend n'avoir appris le combat des Ciampi que par la voix publique; mais le gouverneur de Rome, qui est tout Orsini, enrage et serait enchanté de faire pendre quelqu'un des braves soldats de

you. Elena must absolutely declare to her mother that you've been her husband for some time."

Giulio didn't reply; the old man attributed this to praiseworthy discretion. Sunk in a deep reverie, Giulio wondered whether Elena, angry at the death of a brother, would do justice to the delicacy of his feelings; he regretted what had occurred earlier. Then, at his request, the old man spoke to him frankly about all that had taken place in Albano on the day of the battle. Fabio had been killed about six-thirty in the morning, more than six leagues away from Albano, and amazingly, people had begun to discuss his death by nine! Around noon, old Campireali had been seen in tears, supported by his servants, on his way to the Capuchin monastery. Shortly afterward, three of those good Fathers, riding Campireali's best horses and followed by numerous servants, had set out for the village of I Ciampi, near which the battle had taken place. Old Campireali had insisted on joining them, but had been dissuaded by being told that Fabrizio Colonna was furious (no one knew exactly why) and might do him a real injury if he were taken prisoner.

That night, around midnight, the forest of La Faggiola had seemed to be on fire: it was all the friars and all the poor people in Albano who, each carrying a tall lighted taper, were out to retrieve young Fabio's body.

"I won't conceal from you," the old man went on, lowering his voice as if fearing to be heard, "that the road leading to Valmontone and I Ciampi . . ."

"Yes?" said Giulio.

"Well, that road passes by your house, and people say that when Fabio's corpse reached that spot, the blood gushed from a horrible wound in his neck."

"How horrible!" Giulio exclaimed, rising to his feet.

"Calm yourself, my friend," said the old man. "You realize that you must be informed of everything. And now I can tell you that your presence here today seemed a bit overhasty. If you did me the honor of asking my advice, captain, I'd add that it behooves you not to show your face in Albano for a month. I don't need to warn you that it wouldn't be prudent to be seen in Rome. No one knows yet how the Holy Father is going to handle the Colonna; it's thought that he'll lend credence to the declaration by Fabrizio, who claims he heard about the battle at I Ciampi only by hearsay; but the governor of Rome, who is all for the Orsini, is furious and would be delighted to hang one of Fabrizio's brave soldiers; and Fabrizio wouldn't be able to complain

Fabrice, ce dont celui-ci ne pourrait se plaindre raisonnablement, puisqu'il jure n'avoir point assisté au combat. J'irai plus loin, et, quoique vous ne me le demandiez pas, je prendrai la liberté de vous donner un avis militaire: vous êtes aimé dans Albano, autrement vous n'y seriez pas en sûreté. Songez que vous vous promenez par la ville depuis plusieurs heures, que l'un des partisans des Orsini peut se croire bravé, ou tout au moins songer à la facilité de gagner une belle récompense. Le vieux Campireali a répété mille fois qu'il donnera sa plus belle terre à qui vous aura tué. Vous auriez dû faire descendre dans Albano quelques-uns des soldats que vous avez dans votre maison . . .

— Je n'ai point de soldats dans ma maison.

— En ce cas, vous êtes fou, capitaine. Cette auberge a un jardin, nous allons sortir par le jardin, et nous échapper à travers les vignes. Je vous accompagnerai; je suis vieux et sans armes; mais, si nous rencontrons des malintentionnés, je leur parlerai, et je pourrais du moins vous faire gagner du temps.

Jules eut l'âme navrée. Oserons-nous dire quelle était sa folie? Dès qu'il avait appris que le palais Campireali était fermé et tous ses habitants partis pour Rome, il avait formé le projet d'aller revoir ce jardin où si souvent il avait eu des entrevues avec Hélène. Il espérait même revoir sa chambre, où il avait été reçu quand sa mère était absente. Il avait besoin de se rassurer contre sa colère, par la vue des lieux où il l'avait vue si tendre pour lui.

Branciforte et le généreux vieillard ne firent aucune mauvaise rencontre en suivant les petits sentiers qui traversent les vignes et montent vers le lac.

Jules se fit raconter de nouveau les détails des obsèques du jeune Fabio. Le corps de ce brave jeune homme, escorté par beaucoup de prêtres, avait été conduit à Rome, et enseveli dans la chapelle de sa famille, au couvent de Saint-Onuphre, au sommet du Janicule. On avait remarqué, comme une circonstance fort singulière, que, la veille de la cérémonie, Hélène avait été reconduite par son père au couvent de la Visitation, à Castro; ce qui avait confirmé le bruit public qui voulait qu'elle fût mariée secrètement avec le soldat d'aventure qui avait eu le malheur de tuer son frère.

Quand il fut près de sa maison, Jules trouva le caporal de sa compagnie et quatre de ses soldats; ils lui dirent que jamais leur ancien capitaine ne sortait de la forêt sans avoir auprès de lui quelques-uns de ses hommes. Le prince avait dit plusieurs fois, que lorsqu'on voulait se faire tuer par imprudence, il fallait auparavant donner sa démission, afin de ne pas lui jeter sur les bras une mort à venger.

about that legitimately because he swears he wasn't present at the battle. I'll go further, and even though you aren't asking me for it, I'll take the liberty of giving you a piece of military advice: you're well liked in Albano, or else you wouldn't be safe here. Remember that you've been strolling through town for several hours, that one of the followers of the Orsini might think he was being defied or at least think about how easy it would be to gain a handsome reward. Old Campireali has repeated a thousand times that he'll give his finest estate to whoever kills you. You should have brought down to Albano some of the soldiers you have in your house . . ."

"I have no soldiers in my house."

"In that case, you're crazy, captain. This inn has a garden, let's leave by way of the garden and escape through the vineyards. I'll accompany you; I'm old and unarmed, but if we run into hostile people, I'll talk to them and at least allow you to gain time."

Giulio's soul was crushed. Do we dare to say how foolish he had been? As soon as he had learned that the Campireali palace was locked up, and all its residents had left for Rome, he had formulated the plan of revisiting that garden where he had enjoyed such frequent trysts with Elena. He even hoped to see her room again, where she had received him when her mother was out. He needed to reassure himself that she wasn't angry by viewing the places where he had found her so affectionate toward him.

Branciforte and the generous old man had no hostile encounters as they followed the narrow pathways that cross the vineyards and ascend toward the lake.

Giulio made him recount again the details of young Fabio's funeral. The body of that brave young man, escorted by many priests, had been brought to Rome and buried in his family chapel at the monastery of Sant'Onofrio at the top of the Janiculum. It had been observed, as a very odd circumstance, that on the eve of the ceremony Elena had been brought back by her father to the Convent of the Visitation in Castro. This had confirmed the rumors according to which she had been secretly married to the soldier of fortune who had been so unlucky as to kill her brother.

When he was near his house, Giulio found the corporal of his company and four of his soldiers; they told him that their former captain had never left the forest without having a few of his men with him. The prince had said several times that, if a man wanted to get himself killed out of carelessness, he should first resign his commission, so as not to burden him with a death to be avenged.

Jules Branciforte comprit la justesse de ces idées, auxquelles jusqu'ici il avait été parfaitement étranger. Il avait cru, ainsi que les peuples enfants, que la guerre ne consiste qu'à se battre avec courage. Il obéit sur-le-champ aux intentions du prince; il ne se donna que le temps d'embrasser le sage vieillard qui avait eu la générosité de l'accompagner jusqu'à sa maison.

Mais, peu de jours après, Jules, à demi fou de mélancolie, revint voir le palais Campireali. A la nuit tombante, lui et trois de ses soldats, déguisés en marchands napolitains, pénétrèrent dans Albano. Il se présenta seul dans la maison de Scotti; il apprit qu'Hélène était toujours reléguée au couvent de Castro. Son père, qui la croyait mariée à celui qu'il appelait l'assassin de son fils, avait juré de ne jamais la revoir. Il ne l'avait pas vue même en la ramenant au couvent. La tendresse de sa mère semblait, au contraire, redoubler, et souvent elle quittait Rome pour aller passer un jour ou deux avec sa fille.

IV

«Si je ne me justifie pas auprès d'Hélène, se dit Jules en regagnant, pendant la nuit, le quartier que sa compagnie occupait dans la forêt, elle finira par me croire un assassin. Dieu sait les histoires qu'on lui aura faites sur ce fatal combat!»

Il alla prendre les ordres du prince dans son château fort de la Petrella, et lui demanda la permission d'aller à Castro. Fabrice Colonna fronça le sourcil:

— L'affaire du petit combat n'est point encore arrangée avec Sa Sainteté. Vous devez savoir que j'ai déclaré la vérité, c'est-à-dire que j'étais resté parfaitement étranger à cette rencontre, dont je n'avais même su la nouvelle que le lendemain, ici, dans mon château de la Petrella. J'ai tout lieu de croire que Sa Sainteté finira par ajouter foi à ce récit sincère. Mais les Orsini sont puissants, mais tout le monde dit que vous vous êtes distingué dans cette échauffourée. Les Orsini vont jusqu'à prétendre que plusieurs prisonniers ont été pendus aux branches des arbres. Vous savez combien ce récit est faux; mais on peut prévoir des représailles.

Le profond étonnement qui éclatait dans les regards naïfs du jeune capitaine amusait le prince, toutefois il jugea, à la vue de tant d'innocence, qu'il était utile de parler plus clairement.

— Je vois en vous, continua-t-il, cette bravoure complète qui a fait connaître dans toute l'Italie le nom de Branciforte. J'espère que vous

Giulio understood the soundness of these ideas, which heretofore had been completely foreign to him. He had believed, as very young nations do, that war means simply fighting bravely. He immediately obeyed the prince's wishes; he merely took the time to embrace the wise old man who had had the generosity to accompany him home.

But, not many days later, Giulio, half-insane with melancholy, returned for a sight of the Campireali palace. At nightfall he and three of his soldiers, disguised as Neapolitan merchants, entered Albano. He showed up alone in Scotti's house; he heard that Elena was still packed off in the Castro convent. Her father, who thought she was married to the man he called his son's assassin, had sworn never to set eyes on her again. He hadn't even looked at her when taking her back to the convent. On the other hand, her mother's affection seemed to be redoubling, and she frequently left Rome to spend a day or two with her daughter.

IV

"If I don't clear my name with Elena," Giulio said to himself when returning during the night to the quarters his company was occupying in the forest, "she'll end up by believing I'm an assassin. God knows what stories she's been told about that damned battle!"

He went to receive the prince's orders in his fortress at La Petrella, and asked his permission to go to Castro. Fabrizio Colonna wrinkled his brow:

"The matter of that little fight is not yet settled with His Holiness. I'll have you know that I made a true declaration; that is, that I was a perfect stranger to that encounter, even the news of which only reached me the next day, here in my castle of La Petrella. I have every reason to believe that His Holiness will finally lend credence to that sincere narrative. But the Orsini are powerful, and everyone says you distinguished yourself in that scrap. The Orsini go so far as to claim that several prisoners were hanged from tree limbs. You know how wrong that report is; but we can foresee reprisals."

The great astonishment obvious in the naïve expression of the young captain amused the prince; all the same, seeing so much innocence, he deemed it needful to speak more clearly.

"I find in you," he went on, "that unalloyed bravery which has made the name of Branciforte known throughout Italy. I hope you will have

aurez pour ma maison cette fidélité qui me rendait votre père si cher, et que j'ai voulu récompenser en vous. Voici le mot d'ordre de ma compagnie:

Ne dire jamais la vérité sur rien de ce qui a rapport à moi ou à mes soldats. Si, dans le moment où vous êtes obligé de parler, vous ne voyez l'utilité d'aucun mensonge, dites faux à tout hasard, et gardez-vous comme de péché mortel de dire la moindre vérité. Vous comprenez que, réunie à d'autres renseignements, elle peut mettre sur la voie de mes projets. Je sais, du reste, que vous avez une amourette dans le couvent de la Visitation, à Castro; vous pouvez aller perdre quinze jours dans cette petite ville, où les Orsini ne manquent pas d'avoir des amis et même des agents. Passez chez mon majordome, qui vous remettra deux cents sequins. L'amitié que j'avais pour votre père, ajouta le prince en riant, me donne l'envie de vous donner quelques directions sur la façon de mener à bien cette entreprise amoureuse et militaire. Vous et trois de vos soldats serez déguisés en marchands; vous ne manquerez pas de vous fâcher contre un de vos compagnons, qui fera profession d'être toujours ivre, et qui se fera beaucoup d'amis en payant du vin à tous les désœuvrés de Castro. Du reste, ajouta le prince en changeant de ton, si vous êtes pris par les Orsini et mis à mort, n'avouez jamais votre nom véritable, et encore moins que vous m'appartenez. Je n'ai pas besoin de vous recommander de faire le tour de toutes les petites villes, et d'y entrer toujours par la porte opposée au côté d'où vous venez.

Jules fut attendri par ces conseils paternels, venant d'un homme ordinairement si grave. D'abord le prince sourit des larmes qu'il voyait rouler dans les yeux du jeune homme; puis sa voix à lui-même s'altéra. Il tira une des nombreuses bagues qu'il portait aux doigts; en la recevant, Jules baisa cette main célèbre par tant de hauts faits.

— Jamais mon père ne m'en eût tant dit! s'écria le jeune homme enthousiasmé.

Le surlendemain, un peu avant le point du jour, il entrait dans les murs de la petite ville de Castro; cinq soldats le suivaient, déguisés ainsi que lui: deux firent bande à part, et semblaient ne connaître ni lui ni les trois autres. Avant même d'entrer dans la ville, Jules aperçut le couvent de la Visitation, vaste bâtiment entouré de noires murailles, et assez semblable à une forteresse. Il courut à l'église; elle était splendide. Les religieuses, toutes nobles et la plupart appartenant à des familles riches, luttaient d'amour-propre, entre elles, à qui enrichirait cette église, seule partie du couvent qui fût exposée aux regards du public. Il était passé en usage que celle de ces dames que le pape nommait abbesse, sur une

that same loyalty to my house which made your father so dear to me, and which I have tried to reward in you. This is the watchword of my company:

"Never tell the truth about anything relating to me or my soldiers. If, at a time when you are forced to speak, you don't see the utility of any specific lie, lie at random, and refrain, as from a mortal sin, from speaking the slightest truth. You understand that, combined with other information, it might lead people to learn my plans. Besides, I know you have a sweetheart in the Convent of the Visitation in Castro; you may go and fritter away two weeks in that small town, where the Orsini have no lack of friends and even agents. Stop and see my steward, who will remit two hundred sequins to you. My friendly feelings for your father," the prince added with a laugh, "urge me to give you some directions on the way to succeed in this enterprise of love and war. You and three of your soldiers are to be disguised as merchants; you must not fail to get angry with one of your companions, who will make it his business to be constantly drunk and will make a lot of friends by treating every idler in Castro to wine. Furthermore," the prince added in a different tone, "if you're captured by the Orsini and executed, never confess your real name, much less that you're one of my people. I have no need to recommend to you to make an exterior circuit of all the small towns and always to enter by the gate opposite to the direction you've come from."

Giulio was touched by this paternal advice, coming from a man usually so earnest. At first the prince smiled at the tears he saw welling up in the young man's eyes; then his own voice faltered. He drew from a finger one of the numerous rings he wore; on receiving it, Giulio kissed that hand so famous for innumerable lofty exploits.

"My own father would never have given me so much good advice!" the young man exclaimed enthusiastically.

Two days later, shortly before daybreak, he was entering the walls of the little town of Castro, followed by five soldiers disguised like him: two kept to themselves and seemed not to know him or the three others. Even before entering town, Giulio caught sight of the Convent of the Visitation, a vast building circled by black walls and greatly resembling a fortress. He hastened to the church; it was splendid. The nuns, all noblewomen and most of them members of wealthy families, vied with one another in vanity to embellish that church, the only part of the convent visible to the public. It had become a custom that the nun whom the Pope appointed as abbess, choosing from a list of three

liste de trois noms présentée par le cardinal protecteur de l'ordre de la Visitation, fît une offrande considérable, destinée à éterniser son nom. Celle dont l'offrande était inférieure au cadeau de l'abbesse qui l'avait précédée était méprisée, ainsi que sa famille.

Jules s'avança en tremblant dans cet édifice magnifique, resplendissant de marbres et de dorures. A la vérité, il ne songeait guère aux marbres et aux dorures; il lui semblait être sous les yeux d'Hélène. Le grand autel, lui dit-on, avait coûté plus de huit cent mille francs; mais ses regards, dédaignant les richesses du grand autel, se dirigeaient sur une grille dorée, haute de près de quarante pieds, et divisée en trois parties par deux pilastres en marbre. Cette grille, à laquelle sa masse énorme donnait quelque chose de terrible, s'élevait derrière le grand autel, et séparait le chœur des religieuses de l'église ouverte à tous les fidèles.

Jules se disait que derrière cette grille dorée se trouvaient, durant les offices, les religieuses et les pensionnaires. Dans cette église intérieure pouvait se rendre à toute heure du jour une religieuse ou une pensionnaire qui avait besoin de prier; c'est sur cette circonstance connue de tout le monde qu'étaient fondées les espérances du pauvre amant.

Il est vrai qu'un immense voile noir garnissait le côté intérieur de la grille; mais ce voile, pensa Jules, ne doit guère intercepter la vue des pensionnaires regardant dans l'église du public, puisque moi, qui ne puis en approcher qu'à une certaine distance, j'aperçois fort bien, à travers le voile, les fenêtres qui éclairent le chœur, et que je puis distinguer jusqu'aux moindres détails de leur architecture. Chaque barreau de cette grille magnifiquement dorée portrait une forte pointe dirigée contre les assistants.

Jules choisit une place très apparente, vis-à-vis la partie gauche de la grille, dans le lieu le plus éclairé; là il passait sa vie à entendre les messes. Comme il ne se voyait entouré que de paysans, il espérait être remarqué, même à travers le voile noir que garnissait l'intérieur de la grille. Pour la première fois de sa vie, ce jeune homme simple cherchait l'effet; sa mise était recherchée; il faisait de nombreuses aumônes en entrant dans l'église et en sortant. Ses gens et lui entouraient de prévenances tous les ouvriers et petits fournisseurs qui avaient quelques relations avec le couvent. Ce ne fut toutefois que le troisième jour qu'enfin il eut l'espoir de faire parvenir une lettre à Hélène. Par ses ordres, l'on suivait exactement les deux sœurs converses chargées d'acheter une partie des approvisionnements du couvent; l'une d'elles avait des relations avec un petit marchand. Un des soldats de Jules, qui avait été moine, gagna l'amitié du marchand, et lui promit un sequin pour chaque lettre qui serait remise à la pensionnaire Hélène de Campireali.

names presented by the cardinal who was patron of the Visitation Order, made a sizeable donation destined to perpetuate her name. An abbess whose donation was less than her predecessor's gift was held in contempt, as was her family.

Giulio trembled as he made his way into that magnificent building, which gleamed with marble and gilt. To tell the truth, he was hardly thinking of the marble and gilt; he felt that Elena was looking at him. He was told that the high altar had cost over eight hundred thousand francs; but his gaze, disdaining the riches of the high altar, was directed at a gilded grating nearly forty feet high and divided in three by two marble pilasters. That grating, which its enormous mass lent a touch of the dreadful, rose behind the high altar, separating the nuns' chancel from the part of the church open to all comers.

Giulio realized that, during services, the nuns and boarders were behind that gilded grating. A nun or boarder who stood in need of prayer could go to that inner church at any hour of the day; it was on that circumstance, known to everybody, that the poor lover's hopes were based.

It's true that an immense black curtain veil covered the inner side of the grating. "But," thought Giulio, "that veil can scarcely block the view of boarders looking into the public church, because I, who can only approach it at some distance, can see quite clearly through the veil the windows that illuminate the chancel and I can make out their slightest architectural details." Every bar of that magnificently gilded grating bore a strong spike pointed at the churchgoers.

Giulio selected a very conspicuous seat opposite the left side of the grating, in the brightest area; there he spent his life hearing mass. Since he found himself surrounded exclusively by peasants, he hoped to be noticed, even through the black veil covering the inside of the grating. For the first time in his life, that unassuming young man was consciously seeking an effect; his attire was choice; he gave many beggars alms when entering and leaving the church. He and his men showered favors on every workman and petty tradesman who had any connection with the convent. Nevertheless it wasn't until the third day that he finally had the hope of getting a letter through to Elena. On his orders, the two lay sisters responsible for buying some of the convent's food were closely followed; one of them had dealings with a small shopkeeper. One of Giulio's soldiers, who had been a monk, won that shopkeeper's friendship and promised him a sequin for each letter transmitted to the boarder Elena de' Campireali:

— Quoi! dit le marchand à la première ouverture qu'on lui fit sur cette affaire, une lettre à la *femme du brigand!*

Ce nom était déjà établi dans Castro, et il n'y avait pas quinze jours qu'Hélène y était arrivée: tant ce qui donne prise à l'imagination court rapidement chez ce peuple passionné pour tous les détails exacts!

Le petit marchand ajouta:

— Au moins, celle-ci est mariée! Mais combien de nos dames n'ont pas cette excuse, et recoivent du dehors bien autre chose que des lettres.

Dans cette première lettre, Jules racontait avec des détails infinis tout ce qui s'était passé dans la journée fatale marquée par la mort de Fabio: «Me haïssez-vous?» disait-il en terminant.

Hélène répondit par une ligne que, sans haïr personne, elle allait employer tout le reste de sa vie à tâcher d'oublier celui par qui son frère avait péri.

Jules se hâta de répondre; après quelques invectives contre la destinée, genre d'esprit imité de Platon et alors à la mode:

«Tu veux donc, continuait-il, mettre en oubli la parole de Dieu à nous transmise dans les saintes Ecritures? Dieu dit: La femme quittera sa famille et ses parents pour suivre son époux. Oserais-tu prétendre que tu n'es pas ma femme? Rappelle-toi la nuit de la Saint-Pierre. Comme l'aube paraissait déjà derrière le Monte Cavi, tu te jetas à mes genoux; je voulus bien t'accorder grâce; tu étais à moi, si je l'eusse voulu; tu ne pouvais résister à l'amour qu'alors tu avais pour moi. Tout à coup il me sembla que, comme je t'avais dit plusieurs fois que je t'avais fait depuis longtemps le sacrifice de ma vie et de tout ce que je pouvais avoir de plus cher au monde, tu pouvais me répondre, quoique tu ne le fisses jamais, que tous ces sacrifices, ne se marquant par aucun acte extérieur, pouvaient bien n'être qu'imaginaires. Une idée, cruelle pour moi, mais juste au fond, m'illumina. Je pensai que ce n'était pas pour rien que le hasard me présentait l'occasion de sacrifier à ton intérêt la plus grande félicité que j'eusse jamais pu rêver. Tu étais déjà dans mes bras et sans défense, souviens-t'en; ta bouche même n'osait refuser. A ce moment l'*Ave Maria* du matin sonna au couvent du Monte Cavi et, par un hasard miraculeux, ce son parvint jusqu'à nous. Tu me dis: *«Fais ce sacrifice à la sainte Madone, cette mère de toute pureté.»* J'avais déjà, depuis un instant, l'idée de ce sacrifice suprême, le seul réel que j'eusse jamais eu l'occasion de te faire. Je trouvai singulier que la même idée te fût apparue. Le son

"What!" said the shopkeeper the first time that matter was broached to him. "A letter to the brigand's wife!"

That name was already a fixture in Castro, and Elena had arrived there less than two weeks earlier: that's how quickly anything appealing to the imagination spreads among that folk so impassioned for every exact detail!

The shopkeeper added:

"At least she's married! But how many of those ladies don't have that excuse, and still receive from outside much, much more than just letters!"

In that first letter, Giulio recounted in infinite detail all that had occurred on the fatal day signalized by Fabio's death. "Do you hate me?" he wrote at the end.

Elena replied in a short note that she didn't hate anyone, but was going to spend the rest of her life trying to forget the man who had caused her brother's death.

Giulio hastened to reply; after cursing his fate a few times, an intellectual pastime imitated from Plato and fashionable at the time, he went on:

"So you're willing to forget God's words reported to us in Holy Scripture? God says: 'Woman shall leave her family and parents, and follow her husband.' Do you dare claim that you're not my wife? Remember the night of Saint Peter's Day.[11] While dawn was already breaking behind Monte Cavo, you fell at my feet; it was my decision to show you mercy; you were mine, had I so wanted; you couldn't have resisted the love you then felt for me. Suddenly it seemed to me that, since I had told you several times that I had long before sacrificed to you my life and all that might be dearest to me in the world, you could respond, though you never did, that all those sacrifices, signaled by no outward act, might be merely imaginary. An idea, cruel for me but basically sound, came to me in a flash. I thought that it wasn't for nothing that chance was offering me the opportunity to sacrifice to your best interests the greatest bliss I had ever been able to dream of. You were already in my arms, defenseless—remember that! Not even your lips dared to refuse. At that moment, morning Angelus rang at the Monte Cavo monastery and, by some miraculous chance, that sound reached us. You said to me: 'Make this sacrifice to the Holy Madonna, that mother of all purity!' For an instant I had already had the idea of that supreme sacrifice, the only real one I had ever had the occasion to make for you. I found it odd that the same idea had occurred to you. The distant sound of that Angelus touched me, I admit; I granted

11. Either June 29, shared with Saint Paul, or August 1, date of his escape from prison.

lointain de cet *Ave Maria* me toucha, je l'avoue; je t'accordai ta demande. Le sacrifice ne fut pas en entier pour toi; je crus mettre notre
union future sous la protection de la Madone. Alors je pensais que les
obstacles viendraient non de toi, perfide, mais de ta riche et noble
famille. S'il n'y avait pas eu quelque intervention surnaturelle, comment cet *Angelus* fût-il parvenue de si loin jusqu'à nous, par-dessus les
sommets des arbres d'une moitié de la forêt, agités en ce moment par
la brise du matin? Alors, tu t'en souviens, tu te mis à mes genoux; je
me levai, je sortis de mon sein la croix que j'y porte, et tu juras sur
cette croix, qui est là devant moi, et sur ta damnation éternelle, qu'en
quelque lieu que tu pusses jamais te trouver, que quelque événement
qui pût jamais arriver, aussitôt que je t'en donnerais l'ordre, tu te
remettrais à ma disposition entière, comme tu y étais à l'instant où
l'*Ave Maria* du Monte Cavi vint de si loin frapper ton oreille. Ensuite
nous dîmes dévotement deux *Ave* et deux *Pater*. Eh bien! par l'amour
qu'alors tu avais pour moi, et, si tu l'as oublié, comme je le crains, par
ta damnation éternelle, je t'ordonne de me recevoir cette nuit, dans ta
chambre ou dans le jardin de ce couvent de la Visitation.»

L'auteur italien rapporte curieusement beaucoup de longues lettres
écrites par Jules Branciforte après celle-ci; mais il donne seulement
des extraits des réponses d'Hélène de Campireali. Après deux cent
soixante-dix-huit ans écoulés, nous sommes si loin des sentiments
d'amour et de religion qui remplissent ces lettres, que j'ai craint
qu'elles ne fissent longueur.

Il paraît par ces lettres qu'Hélène obéit enfin à l'ordre contenu
dans celle que nous venons de traduire en l'abrégeant. Jules trouva le
moyen de s'introduire dans le couvent; on pourrait conclure d'un mot
qu'il se déguisa en femme. Hélène le reçut, mais seulement à la grille
d'une fenêtre du rez-de-chaussée donnant sur le jardin. A son inexprimable douleur, Jules trouva que cette jeune fille, si tendre et même
si passionnée autrefois, était devenue comme une étrangère pour lui;
elle le traita presque *avec politesse*. En l'admettant dans le jardin, elle
avait cédé presque uniquement à la religion du serment. L'entrevue
fut courte: après quelques instants, la fierté de Jules, peut-être un peu
excitée par les événements qui avaient eu lieu depuis quinze jours,
parvint à l'emporter sur sa douleur profonde.

«Je ne vois plus devant moi, dit-il à part soi, que le tombeau de cette
Hélène qui, dans Albano, semblait s'être donnée à moi pour la vie.»

Aussitôt, la grande affaire de Jules fut de cacher les larmes dont les
tournures polies qu'Hélène prenait pour lui adresser la parole
inondaient son visage. Quand elle eut fini de parler et de justifier un

your request. The sacrifice wasn't altogether for your sake; I thought I was placing our future marriage under the Madonna's protection. At that time I imagined that the obstacles would come not from you, faithless woman, but from your wealthy, noble family. If some super-human intervention hadn't occurred, how could that Angelus have reached us from so far away, over the treetops of half the forest, which were then being shaken by the morning breeze? Then, you'll recall, you knelt at my feet; I arose, I drew from inside my shirt the cross I wear there, and you swore on that cross, which is here in front of me, and by your eternal damnation, that no matter where you might ever be, and no matter what might happen, the moment I ordered you to, you would place yourself entirely at my disposal, as you were at the moment when the Monte Cavo angelus came from so far to sound in your ears. After that we piously recited two Hail Marys and two Our Fathers. Very well! By the love you then felt for me and, if you've for-gotten it, as I fear, by your eternal damnation, I order you to receive me tonight, either in your room or in the garden of this Convent of the Visitation."

The Italian author faithfully copies a number of lengthy letters that Giulio Branciforte wrote after this one, but he supplies only extracts of the replies made by Elena de' Campireali. Now that two hundred seventy-eight years have gone by, we are so remote from the amorous and religious sentiments that fill those letters that I was afraid they'd be boring.

From those letters it appears that Elena finally obeyed the order given in the one of which we've just supplied an abridged translation. Giulio found a way to enter the convent; from one phrase it may be concluded that he dressed as a woman. Elena received him, but only at the grating of a ground-floor window facing the garden. To his in-describable grief, Giulio found that that girl, so loving and even so pas-sionate formerly, had become like a stranger to him; she almost spoke to him in polite terms. When allowing him into the garden, she had succumbed almost solely to the religious awe connected with the oath she had taken. The meeting was brief: after a few minutes, Giulio's pride, perhaps slightly spurred by the events that had taken place in the last two weeks, gained the upper hand over his deep sorrow.

"I no longer see before me," he said to himself, "anything but the tomb of that Elena who, in Albano, seemed to have given herself to me for life."

Immediately Giulio's chief concern was to hide the tears with which his face was flooded because of Elena's choice of courteous modes of address. When she had done speaking and justifying a change that was

changement si naturel, disait-elle, après la mort d'un frère, Jules lui
dit en parlant fort lentement:

— Vous n'accomplissez pas votre serment, vous ne me recevez pas
dans un jardin, vous n'êtes point à genoux devant moi, comme vous
l'étiez une demi-minute après que nous eûmes entendu l'*Ave Maria*
du Monte Cavi. Oubliez votre serment si vous pouvez; quant à moi, je
n'oublie rien; Dieu vous assiste!

En disant ces mots, il quitta la fenêtre grillée auprès de laquelle il
eût pu rester encore près d'une heure. Qui lui eût dit un instant auparavant qu'il abrégerait volontairement cette entrevue tant désirée!
Ce sacrifice déchirait son âme; mais il pensa qu'il pourrait bien
mériter le mépris même d'Hélène s'il répondait à ses *politesses*
autrement qu'en la livrant à ses remords.

Avant l'aube, il sortit du couvent. Aussitôt, il monta à cheval en donnant l'ordre à ses soldats de l'attendre à Castro une semaine entière,
puis de rentrer à la forêt; il était ivre de désespoir. D'abord il marcha
vers Rome.

— Quoi! je m'éloigne d'elle! se disait-il à chaque pas; quoi! nous
sommes devenus étrangers l'un à l'autre! O Fabio! combien tu es vengé!

La vue des hommes qu'il rencontrait sur la route augmentait sa
colère; il poussa son cheval à travers champs, et dirigea sa course vers
la plage déserte et inculte qui règne le long de la mer. Quand il ne fut
plus troublé par la rencontre de ces paysans tranquilles dont il enviait
le sort, il respira: la vue de ce lieu sauvage était d'accord avec son désespoir et diminuait sa colère; alors il put se livrer à la contemplation
de sa triste destinée.

«A mon âge, se dit-il, j'ai une ressource: aimer une autre femme!»

A cette triste pensée, il sentit redoubler son désespoir; il vit trop
bien qu'il n'y avait pour lui qu'une femme au monde. Il se figurait le
supplice qu'il souffrirait en osant prononcer le mot d'amour devant
une autre qu'Hélène: cette idée le déchirait.

Il fut pris d'un accès de rire amer.

«Me voici exactement, pensa-t-il, comme ces héros de l'Arioste qui
voyagent seuls parmi des pays déserts, lorsqu'ils ont à oublier qu'ils
viennent de trouver leur perfide maîtresse dans les bras d'un autre
chevalier . . . Elle n'est pourtant pas si coupable, se dit-il en fondant
en larmes après cet accès de rire fou; son infidélité ne va pas jusqu'à
en aimer un autre. Cette âme vive et pure s'est laissé égarer par les
récits atroces qu'on lui a faits de moi; sans doute on m'a représenté à
ses yeux comme ne prenant les armes pour cette fatale expédition que
dans l'espoir secret de trouver l'occasion de tuer son frère. On sera

so natural, as she put it, after the death of a brother, Giulio said to her, talking very slowly:

"You aren't fulfilling your oath, you aren't receiving me in a garden, you aren't on your knees before me, as you were thirty seconds after we heard the Angelus from Monte Cavo. Forget your oath if you can; as for me, I forget nothing; may God be with you!"

With these words, he left the barred window at which he could have remained almost another hour. Who would have said a moment earlier that he would voluntarily cut short that meeting he had so longed for? That sacrifice was lacerating his soul; but he thought he might very well deserve even Elena's contempt if he replied to her courteous address in any way other than leaving her to her remorse.

Before dawn he left the convent. At once he mounted, ordering his soldiers to await him at Castro for a full week, then to return to the forest; he was drunk with despair. At first he set out for Rome.

"What? I'm departing from her?" he asked himself every step of the way. "What? We've become strangers to each other? O Fabio, how well you're avenged!"

The sight of the people he met on the road increased his anger; he drove his horse across country, making his way to the deserted wasteland of the beach that borders the sea. When he was no longer troubled by meeting those calm peasants whose lot he envied, he drew a free breath: the sight of that wilderness was consistent with his despair and mitigated his anger; then he was able to give himself over to the contemplation of his sad destiny.

"At my age," he told himself, "I have another resort: to love a different woman!"

At that sad thought, he felt his despair increase; he saw all too well that for him there was only one woman in the world. He imagined the torture he'd suffer if he dared utter the word "love" to any other woman than Elena: the idea tore him apart.

He was seized by a fit of bitter laughter.

"Here I am," he thought, "just like those heroes of Ariosto who journey alone through the wilderness when they must forget they've just found their unfaithful mistress in the arms of another knight. . . . And yet she isn't that much to blame," he told himself, bursting into tears after that fit of nervous laughter, "she isn't so unfaithful as to love another man. That lively, pure soul has let herself be led astray by the horrible stories she's been told about me; no doubt I've been depicted to her as taking up arms for that fateful campaign solely with the secret hopes of finding an opportunity to kill her brother. They proba-

allé plus loin: on m'aura prêté ce calcul sordide, qu'une fois son frère mort, elle devenait seule héritière de biens immenses . . . Et moi, j'ai eu la sottise de la laisser pendant quinze jours entiers en proie aux séductions de mes ennemis! Il faut convenir que si je suis bien malheureux, le ciel m'a fait aussi bien dépourvu de sens pour diriger ma vie! Je suis un être bien misérable, bien méprisable! ma vie n'a servi à personne, et moins à moi qu'à tout autre.»

A ce moment, le jeune Branciforte eut une inspiration bien rare en ce siècle-là: son cheval marchait sur l'extrême bord du rivage, et quelquefois avait les pieds mouillés par l'onde; il eut l'idée de le pousser dans la mer et de terminer ainsi le sort affreux auquel il était en proie. Que ferait-il désormais, après que le seul être au monde qui lui eût jamais fait sentir l'existence du bonheur venait de l'abandonner? Puis tout à coup une idée l'arrêta. «Que sont les peines que j'endure, se dit-il, comparées à celles que je souffrirai dans un moment, une fois cette misérable vie terminée? Hélène ne sera plus pour moi simplement indifférente comme elle l'est en réalité; je la verrai dans les bras d'un rival, et ce rival sera quelque jeune seigneur romain, riche et *considéré;* car, pour déchirer mon âme, les démons chercheront les images les plus cruelles, comme c'est leur devoir. Ainsi je ne pourrai trouver l'oubli d'Hélène, même dans la mort; bien plus, ma passion pour elle redoublera, parce que c'est le plus sûr moyen que pourra trouver la puissance éternelle pour me punir de l'affreux péché que j'aurai commis.»

Pour achever de chasser la tentation, Jules se mit à réciter dévotement des *Ave Maria.* C'était en entendant sonner l'*Ave Maria* du matin, prière consacrée à la Madone, qu'il avait été séduit autrefois, et entraîné à une action généreuse qu'il regardait maintenant comme la plus grande faute de sa vie. Mais, par respect, il n'osait aller plus loin et exprimer toute l'idée qui s'était emparée de son esprit.

«Si, par l'inspiration de la Madone, je suis tombé dans une fatale erreur, ne doit-elle pas, par un effet de sa justice infinie, faire naître quelque circonstance qui me rende le bonheur?»

Cette idée de la justice de la Madone chassa peu à peu le désespoir. Il leva la tête et vit en face de lui, derrière Albano et la forêt, ce Monte Cavi couvert de sa sombre verdure, et le saint couvent dont l'*Ave Maria* du matin l'avait conduit à ce qu'il appelait maintenant son infâme duperie. L'aspect imprévu de ce saint lieu le consola.

«Non, s'écria-t-il, il est impossible que la Madone m'abandonne. Si Hélène avait été ma femme, comme son amour le permettait et

bly went even further: they must have credited me with the sordid cal-
culation that, after her brother's death, she'd become the sole heiress
to an immense fortune . . . And *I* was so foolish as to leave her for two
full weeks a prey to my enemies' persuasions! It must be admitted
that, if I'm really unhappy, heaven has also deprived me of the sense
I need to lead my life! I'm a really wretched, really contemptible creature! My life has been no good to anyone, least of all to myself."

At that moment, young Branciforte had an inspiration that was very
rare in that day and age: his horse was proceeding along the very edge
of the shore, and at moments the surf was wetting its feet; he had the
idea of urging it into the sea, thus putting an end to the terrible fate
he was prey to. What would he do henceforth, now that the only person in the world who had ever made him feel that happiness existed
had just abandoned him? Then suddenly another idea stopped him.
"What are the pains I'm enduring," he asked himself, "compared with
those I'll suffer in a moment, once this wretched life is over? Elena
will no longer be merely cool to me as she is in reality; I'll see her in
the arms of a rival, and that rival will be some young Roman lord,
wealthy and *esteemed;* because, to lacerate my soul, the demons will
seek out the cruelest images, which is their duty. Thus I won't be able
to forget Elena even after I'm dead; what's more, my passion for her
will increase, because that's the surest means the eternal power will be
able to find to punish me for the dreadful sin I shall have committed."

To put the final touches to his dismissal of temptation, Giulio began
to recite Hail Marys piously. It was while hearing the ringing for
morning Angelus, a prayer consecrated to the Madonna, that he had
been seduced in the past, led to perform a noble action he now regarded as the biggest mistake in his life. But, out of respect, he didn't
dare go further and express in its entirety the notion that had taken
hold of his mind.

"If, through the Madonna's inspiration, I fell into a fatal error, is she
not, as a result of her infinite justice, to give rise to some circumstance
that will make me happy again?"

That notion of the Madonna's fairness gradually dispelled his despair. He raised his head and saw before him, behind Albano and the
forest, that Monte Cavo covered by its dark greenery, and the holy
monastery whose morning Angelus had led him into what he now
called his disgraceful gullibility. The unexpected sight of that holy
place consoled him.

"No," he exclaimed, "the Madonna can't possibly desert me! If
Elena had been my wife, as her love allowed and as my manly dignity

comme le voulait ma dignité d'homme, le récit de la mort de son frère aurait trouvé dans son âme le souvenir du lien qui l'attachait à moi. Elle se fût dit qu'elle m'appartenait longtemps avant le hasard fatal qui, sur un champ de bataille, m'a placé vis-à-vis de Fabio. Il avait deux ans de plus que moi; il était plus expert dans les armes, plus hardi de toutes façons, plus fort. Mille raisons fussent venues prouver à ma femme que ce n'était point moi qui avait cherché ce combat. Elle se fût rappelé que je n'avais jamais éprouvé le moindre sentiment de haine contre son frère, même lorsqu'il tira sur elle un coup d'arquebuse. Je me souviens qu'à notre premier rendez-vous, après mon retour de Rome, je lui disais: Que veux-tu? l'honneur le voulait; je ne puis blâmer un frère!»

Rendu à l'espérance par sa dévotion à la Madone, Jules poussa son cheval, et en quelques heures arriva au cantonnement de sa compagnie. Il la trouva prenant les armes: on se portait sur la route de Naples à Rome par le mont Cassin. Le jeune capitaine changea de cheval, et marcha avec ses soldats. On ne se battit point ce jour-là. Jules ne demanda point pourquoi l'on avait marché, peu lui importait. Au moment où il se vit à la tête de ses soldats, une nouvelle vue de sa destinée lui apparut.

«Je suis tout simplement un sot, se dit-il, j'ai eu tort de quitter Castro; Hélène est probablement moins coupable que ma colère ne se l'est figuré. Non, elle ne peut avoir cessé de m'appartenir, cette âme si naïve et si pure, dont j'ai vu naître les premières sensations d'amour! Elle était pénétrée pour moi d'une passion si sincère! Ne m'a-t-elle pas offert plus de dix fois de s'enfuir avec moi, si pauvre, et d'aller nous faire marier par un moine de Monte Cavi? A Castro, j'aurais dû, avant tout, obtenir un second rendez-vous, et lui parler raison. Vraiment la passion me donne des distractions d'enfant! Dieu! que n'ai-je un ami pour implorer un conseil! La même démarche à faire me paraît exécrable et excellente à deux minutes de distance!»

Le soir de cette journée, comme l'on quittait la grande route pour rentrer dans la forêt, Jules s'approcha du prince, et lui demanda s'il pouvait rester encore quelques jours où il savait.

— Va-t'en à tous les diables! lui cria Fabrice, crois-tu que ce soit le moment de m'occuper d'enfantillages?

Une heure après, Jules repartit pour Castro. Il y retrouva ses gens; mais il ne savait comment écrire à Hélène, après la façon hautaine dont il l'avait quittée. Sa première lettre ne contenait que ces mots: «Voudra-t-on me recevoir la nuit prochaine?»

On peut venir, fut aussi toute la réponse.

Après le départ de Jules, Hélène s'était crue à jamais abandonnée.

demanded, the story of her brother's death would have combined in her soul with the recollection of the bond that tied her to me. She would have told herself that she belonged to me well before that fateful chance which brought me face to face with Fabio on a battlefield. He was two years older than I; he was more expert with weaponry, bolder in every way, stronger. A thousand reasons would have occurred to my wife to prove that it wasn't I who sought that fight. She would have recalled that I had never had the least feeling of hate for her brother, even when he fired an arquebus shot at her. I remember that at our first meeting after my return from Rome, I said to her: "What would you have? Honor demanded it; I can't blame a brother!"

His hopes restored by his devotion to the Madonna, Giulio spurred his horse and in a few hours reached his company quarters. He found the men taking up their weapons· they were proceeding toward the road from Naples to Rome by way of Monte Cassino. The young captain changed mounts and moved out with his men. There was no fighting that day. Giulio didn't ask why they had moved out, he didn't much care. As soon as he found himself at the head of his company, his destiny took on a new aspect for him.

"I'm a fool, pure and simple," he said to himself. "I was wrong to leave Castro. Elena is probably less to blame than I imagined while I was angry. No, she can't have stopped being mine, that soul so naïve and pure, in whom I saw the first sensations of love budding! She was imbued with so sincere a passion for me! Didn't she offer more than ten times to run away with me, though I was so poor, and have a Monte Cavo friar marry us? At Castro I should have obtained a second meeting, above all, and spoken reason to her. Truly, passion is making me as unthinking as a child! God, why don't I have a friend whom I could beg for advice? The same course of action seems excellent to me one minute, and terrible one minute later!"

That evening, as they were leaving the highway to enter the forest, Giulio approached the prince and asked him whether he might remain a few more days in that place he knew of.

"Go, and go to hell!" Fabrizio shouted at him. "Do you think this is the time for me to worry about childish things?"

An hour later, Giulio set out for Castro once more. There he met his men again; but he didn't know how to write to Elena after the haughty manner in which he had left her. His first letter contained only the words: "Would you be willing to meet me tonight?"

"You may come," was the entire reply.

After Giulio's departure, Elena had thought herself deserted for-

Alors elle avait senti toute la portée du raisonnement de ce pauvre jeune homme si malheureux: elle était sa femme avant qu'il n'eût eu le malheur de rencontrer son frère sur un champ de bataille.

Cette fois, Jules ne fut point accueilli avec ces tournures polies qui lui avaient semblé si cruelles lors de la première entrevue. Hélène ne parut à la vérité que retranchée derrière sa fenêtre grillée; mais elle était tremblante, et, comme le ton de Jules était fort réservé et que ses tournures de phrases[a] étaient presque celles qu'il eût employées avec une étrangère, ce fut le tour d'Hélène de sentir tout ce qu'il y a de cruel dans le ton presque officiel lorsqu'il succède à la plus douce intimité. Jules, qui redoutait surtout d'avoir l'âme déchirée par quelque mot froid s'élançant du cœur d'Hélène, avait pris le ton d'un avocat pour prouver qu'Hélène était sa femme bien avant le fatal combat des Ciampi. Hélène le laissait parler, parce qu'elle craignait d'être gagnée par les larmes, si elle lui répondait autrement que par des mots brefs. A la fin, se voyant sur le point de se trahir, elle engagea son ami à revenir le lendemain. Cette nuit-là, veille d'une grande fête, les matines se chantaient de bonne heure, et leur intelligence pouvait être découverte. Jules, qui raisonnait comme un amoureux, sortit du jardin profondément pensif; il ne pouvait fixer ses incertitudes sur le point de savoir s'il avait été bien ou mal reçu; et, comme les idées militaires, inspirées par les conversations avec ses camarades, commençaient à germer dans sa tête:

«Un jour, se dit-il, il faudra peut-être en venir à enlever Hélène.»

Et il se mit à examiner les moyens de pénétrer de vive force dans ce jardin. Comme le couvent était fort riche et fort bon à rançonner, il avait à sa solde un grand nombre de domestiques la plupart anciens soldats; on les avait logés dans une sorte de caserne dont les fenêtres grillées donnaient sur le passage étroit qui, de la porte extérieure du couvent, percée au milieu d'un mur noir de plus de quatre-vingts pieds de haut, conduisait à la porte intérieure gardée par la sœur tourière. A gauche de ce passage étroit s'élevait la caserne, à droite le mur du jardin haut de trente pieds. La façade du couvent, sur la place, était un mur grossier noirci par le temps, et n'offrait d'ouvertures que la porte extérieure et une seule petite fenêtre par laquelle les soldats voyaient les dehors. On peut juger de l'air sombre qu'avait ce grand mur noir percé uniquement d'une porte renforcée par de larges bandes de tôle attachées par d'énormes clous, et d'une seule petite fenêtre de quatre pieds de hauteur sur dix-huit pouces de large.

a. En Italie, la façon d'adresser la parole par *tu*, par *voi* ou par *lei*, marque le degré d'intimité. Le *tu*, reste du latin, a moins de portée que parmi nous.

ever. Then she had felt the full force of that poor, unhappy young man's reasoning: she had been his wife before he was unlucky enough to encounter her brother on a battlefield.

This time, Giulio wasn't greeted with those polite forms of address which had seemed so cruel to him during the previous meeting. In truth, Elena only allowed herself to be seen entrenched behind her barred window; but she was trembling and, since Giulio's tone was very reserved and his forms of address[a] were almost those he would have used with a stranger, it was Elena's turn to feel all the cruelty in that all-but-official tone when it follows the sweetest intimacy. Giulio, who was especially dreading having his soul lacerated by some cold word leaping out of Elena's heart, had adopted the tone of a lawyer to prove that Elena had been his wife well before the fateful battle at I Ciampi. Elena let him talk, because she was afraid of being overcome by tears if she made any other than very brief replies. Finally, finding herself on the verge of betraying her feelings, she urged her lover to return the next day. That night, the eve of a major feast, matins were chanted at an early hour, and the communication between them might be discovered. Giulio, who was reasoning like a man in love, left the garden lost in thought; he couldn't make up his mind whether he had been welcomed properly or poorly; and, since military notions, inspired by his conversations with his comrades, were beginning to spring up in his mind, he said to himself:

"One of these days I may have to decide to abduct Elena."

And he started to examine the ways of entering that garden by force. Since the convent was very wealthy and ripe for plunder, it had in its pay a great number of male servants, most of them ex-soldiers; they had been lodged in a sort of barracks whose barred windows faced the narrow passage that led from the outer gate of the convent, opening in the center of a black wall over eighty feet high, to the inner gate guarded by the portress. To the left of that narrow passage, the barracks rose; to the right, the thirty-foot-high garden wall. The facade of the convent, on the public square, was a rough, time-blackened wall with no openings in it other than the outer gate and a single small window through which the soldiers could look outside. You can imagine how gloomy that big, black wall looked, pierced solely by a gate reinforced by wide bands of sheet iron fixed by enormous nails, and a single small window four feet high by eighteen inches wide.

---

a. [Footnote in the original text:] In Italy the form of address, whether *tu*, *voi*, or *lei*, shows the degree of intimacy. *Tu*, a remnant from Latin, is used less widely than among us French.

Nous ne suivrons point l'auteur original dans le long récit des entrevues successives que Jules obtint d'Hélène. Le ton que les deux
amants avaient ensemble était redevenu parfaitement intime, comme
autrefois dans le jardin d'Albano; seulement Hélène n'avait jamais
voulu consentir à descendre dans le jardin. Une nuit, Jules la trouva
profondément pensive: sa mère était arrivée de Rome pour la voir, et
venait s'établir pour quelques jours dans le couvent. Cette mère était
si tendre, elle avait toujours eu des ménagements si délicats pour les
affections qu'elle supposait à sa fille, que celle-ci sentait un remords
profond d'être obligée de la tromper; car, enfin, oserait-elle jamais lui
dire qu'elle recevait l'homme qui l'avait privée de son fils? Hélène
finit par avouer franchement à Jules que, si cette mère si bonne pour
elle l'interrogeait d'une certaine façon, jamais elle n'aurait la force de
lui répondre par des mensonges. Jules sentit tout le danger de sa position; son sort dépendait du hasard qui pouvait dicter un mot à la signora de Campireali. La nuit suivante il parla ainsi d'un air résolu:

— Demain je viendrai de meilleure heure, je détacherai une des barres de cette grille, vous descendrez dans le jardin, je vous conduirai
dans une église de la ville, où un prêtre à moi dévoué nous mariera.
Avant qu'il ne soit jour, vous serez de nouveau dans ce jardin. Une fois
ma femme, je n'aurai plus de crainte, et, si votre mère l'exige comme
une expiation de l'affreux malheur que nous déplorons tous également,
je consentirai à tout, fût-ce même à passer plusieurs mois sans vous voir.

Comme Hélène paraissait consternée de cette proposition, Jules
ajouta:

— Le prince me rappelle auprès de lui; l'honneur et toutes sortes
de raisons m'obligent à partir. Ma proposition est la seule qui puisse
assurer notre avenir; si vous n'y consentez pas, séparons-nous pour
toujours, ici, dans ce moment. Je partirai avec le remords de mon imprudence. *J'ai cru à votre parole d'honneur,* vous êtes infidèle au serment le plus sacré, et j'espère qu'à la longue le juste mépris inspiré
par votre légèreté pourra me guérir de cet amour qui depuis trop
longtemps fait le malheur de ma vie.

Hélène fondit en larmes:

— Grand Dieu! s'écriait-elle en pleurant, quelle horreur pour ma
mère!

Elle consentit enfin à la proposition qui lui était faite.

— Mais, ajouta-t-elle, on peut nous découvrir à l'aller ou au retour;
songez au scandale qui aurait lieu, pensez à l'affreuse position où se
trouverait ma mère; attendons son départ, qui aura lieu dans quelques
jours.

We shall not follow the original author's long recitation of the successive meetings that Elena granted Giulio. The tone between the two lovers had become perfectly intimate again, as in the past in the garden at Albano; only, Elena had never been willing to come down into the garden. One night, Giulio found her lost in thought: her mother had arrived from Rome to visit her, and had taken up residence in the convent for a few days. Her mother was so affectionate, she had always been so delicately indulgent toward the romances she imagined her daughter nurtured, that Elena felt great remorse for being forced to deceive her; for, after all, would she ever dare tell her she was keeping trysts with the man who had robbed her of her son? Finally Elena admitted frankly to Giulio that, if her mother, who was so kind to her, were to interrogate her in a certain way, she'd never have the strength to answer her untruthfully. Giulio sensed all the danger of his situation; his fate depended on the chance of Signora Campireali's coming out with the proper question. The following night, he said resolutely:

"Tomorrow I'll come earlier, I'll pull one of the bars out of this grating, you'll step down into the garden, and I'll take you to some church in town, where a priest whom I have won over will marry us. Before daybreak, you'll be back in this garden. Once you're my wife, I will have no more fear, and, if your mother demands it as expiation for the terrible misfortune we're all equally sorry for, I'll agree to anything, even to spending several months without seeing you."

Since Elena seemed alarmed at that proposal, Giulio added:

"The prince is recalling me to his service; my honor and all sorts of reasons compel me to leave. My suggestion is the only one that can make our future safe; if you don't agree to it, let's separate for good, here, right now. I'll leave, regretting my lack of prudence. I believed in your word of honor, you're reneging on the most sacred oath, and I hope that eventually the deserved contempt inspired by your frivolity will cure me of this love which has made my life miserable for much too long."

Elena burst into tears:

"Good God!" she exclaimed, weeping. "How awful it will be for my mother!"

Finally she agreed to the proposal made her.

"But," she added, "we may be discovered on the way there or back; think of the scandal there'd be, think of the terrible situation my mother would find herself in; let's wait until she leaves, which will be in a few days."

— Vous êtes parvenue à me faire douter de la chose qui était pour moi la plus sainte et la plus sacrée: ma confiance dans votre parole. Demain soir nous serons mariés, ou bien nous nous voyons en ce moment pour la dernière fois, de ce côté-ci du tombeau.

La pauvre Hélène ne put répondre que par des larmes; elle était surtout déchirée par le ton décidé et cruel que prenait Jules. Avait-elle donc réellement mérité son mépris? C'était donc là cet amant autrefois si docile et si tendre! Enfin elle consentit à ce qui lui était ordonné. Jules s'éloigna. De ce moment, Hélène attendit la nuit suivante dans les alternatives de l'anxiété la plus déchirante. Si elle se fût préparée à une mort certaine, sa douleur eût été moins poignante; elle eût pu trouver quelque courage dans l'idée de l'amour de Jules et de la tendre affection de sa mère. Le reste de cette nuit se passa dans les changements de résolution les plus cruels. Il y avait des moments où elle voulait tout dire à sa mère. Le lendemain, elle était tellement pâle, lorsqu'elle parut devant elle, que celle-ci oubliant toutes ses sages résolutions, se jeta dans les bras de sa fille en s'écriant:

— Que se passe-t-il? grand Dieu! dis-moi ce que tu as fait, ou ce que tu es sur le point de faire? Si tu prenais un poignard et me l'enfonçais dans le cœur, tu me ferais moins souffrir que par ce silence cruel que je te vois garder avec moi.

L'extrême tendresse de sa mère était si évidente aux yeux d'Hélène, elle voyait si clairement qu'au lieu d'exagérer ses sentiments, elle cherchait à en modérer l'expression, qu'enfin l'attendrissement la gagna; elle tomba à ses genoux. Comme sa mère, cherchant quel pouvait être le secret fatal, venait de s'écrier qu'Hélène fuirait sa présence, Hélène répondit que, le lendemain et tous les jours suivants, elle passerait sa vie auprès d'elle, mais qu'elle la conjurait de ne pas lui en demander davantage.

Ce mot indiscret fut bientôt suivi d'un aveu complet. La signora de Campireali eut horreur de savoir si près d'elle le meurtrier de son fils. Mais cette douleur fut suivie d'un élan de joie bien vive et bien pure. Qui pourrait se figurer son ravissement lorsqu'elle apprit que sa fille n'avait jamais manqué à ses devoirs?

Aussitôt tous les desseins de cette mère prudente changèrent du tout au tout; elle se crut permis d'avoir recours à la ruse envers un homme qui n'était rien pour elle. Le cœur d'Hélène était déchiré par les mouvements de passion les plus cruels: la sincérité de ses aveux fut aussi grande que possible; cette âme bourrelée avait besoin d'épanchement. La signora de Campireali, qui, depuis un instant, se croyait tout permis, inventa une suite de raisonnements trop longs à rapporter ici. Elle prouva sans peine

"You've managed to make me doubt the thing that was the holiest and most sacred to me: my trust in your word. Tomorrow night we'll be married, or else we're now seeing each other for the last time on this side of the grave."

Poor Elena was unable to reply except with tears; she was hurt, above all, by the decided, cruel tone which Giulio adopted. Had she, then, really deserved his contempt? So this was the suitor once so obliging and affectionate! Finally she agreed to the orders she had been given. Giulio departed. From that moment on, Elena awaited the coming night between bouts of the most devastating anxiety. If she had been making ready for certain death, her grief would have been less keen; she might have derived some courage from the thought of Giulio's love and her mother's tender affection. The rest of that night was spent in the cruelest shifts in her resolve. There were moments when she wanted to tell her mother everything. The next day, she was so pale when appearing before her that her mother, forgetting all her wise resolutions, hurled herself into the girl's arms, exclaiming:

"What's going on? Good God! Tell me what you've done, or what you're about to do! If you took a dagger and plunged it in my heart, you'd make me suffer less than you're doing with this cruel reluctance I see in you to tell me anything."

Her mother's enormous affection was so evident to Elena, she saw so distinctly that, rather than exaggerating her feelings, she was trying to express them more moderately, that she was finally overcome with pity; she knelt at her feet. When her mother, trying to discover what the tragic secret could be, voiced her fear that Elena might flee her presence, Elena replied that, the next day and all following days, she'd spend her life with her, but that she implored her to ask no further questions.

That indiscreet utterance was soon followed by a full confession. Signora Campireali was shocked to learn that the killer of her son was so near her. But that grief was followed by a burst of joy that was most intense and unalloyed. Who could picture her delight on hearing that her daughter had never "failed in her duty"?

Immediately that prudent mother's plans changed from top to bottom; she felt herself justified in recurring to a ruse with a man who was nothing to her. Elena's heart was torn by the cruelest pangs of passion: the sincerity of her confession was as great as possible; that tormented soul needed to vent itself. Signora Campireali, who now thought she could do whatever she wished, invented a line of reasoning too long to repeat here. She easily proved to her unhappy daugh-

à sa malheureuse fille qu'au lieu d'un mariage clandestin, qui fait toujours tache dans le vie d'une femme, elle obtiendrait un mariage public et parfaitement honorable, si elle voulait différer seulement de huit jours l'acte d'obéissance qu'elle devait à un amant si généreux.

Elle, la signora de Campireali, allait partir pour Rome; elle exposerait à son mari que, bien longtemps avant le fatal combat des Ciampi, Hélène avait été mariée à Jules. La cérémonie avait été accomplie la nuit même où, déguisée sous un habit religieux, elle avait rencontré son père et son frère sur les bords du lac, dans le chemin taillé dans le roc qui suit les murs du couvent des Capucins. La mère se garda bien de quitter sa fille de toute cette journée, et enfin, sur le soir, Hélène écrivit à son amant une lettre naïve et, selon nous, bien touchante, dans laquelle elle lui racontait les combats qui avaient déchiré son cœur. Elle finissait par lui demander à genoux un délai de huit jours: «En t'écrivant, ajoutait-elle, cette lettre qu'un messager de ma mère attend, il me semble que j'ai eu le plus grand tort de lui tout dire. Je crois te voir irrité, tes yeux me regardent avec haine; mon cœur est déchiré des remords les plus cruels. Tu diras que j'ai un caractère bien faible, bien pusillanime, bien méprisable; je te l'avoue, mon cher ange. Mais figure-toi ce spectacle: ma mère, fondant en larmes, était presque à mes genoux. Alors il a été impossible pour moi de ne pas lui dire qu'une certaine raison m'empêchait de consentir à sa demande; et, une fois que je suis tombée dans la faiblesse de prononcer cette parole imprudente, je ne sais ce qui s'est passé en moi, mais il m'est devenu comme impossible de ne pas raconter tout ce qui s'était passé entre nous. Autant que je puis me le rappeler, il me semble que mon âme, dénuée de toute force, avait besoin d'un conseil. J'espérais le rencontrer dans les paroles d'une mère . . . j'ai trop oublié, mon ami, que cette mère si chérie avait un intérêt contraire au tien. J'ai oublié mon premier devoir, qui est de t'obéir, et apparemment que je ne suis pas capable de sentir l'amour véritable, que l'on dit supérieur à toutes les épreuves. Méprise-moi, mon Jules; mais, au nom de Dieu, ne cesse pas de m'aimer. Enlève-moi si tu veux, mais rends-moi cette justice que, si ma mère ne se fût pas trouvée présente au couvent, les dangers les plus horribles, la honte même, rien au monde n'aurait pu m'empêcher d'obéir à tes ordres. Mais cette mère est si bonne! elle a tant de génie! elle est si généreuse! Rappelle-toi ce que je t'ai raconté dans le temps; lors de la visite que mon père fit dans ma chambre, elle sauva tes lettres que je n'avais plus aucun moyen de cacher: puis, le péril passé, elle me les rendit sans vouloir les lire et sans ajouter un seul mot de reproche! En bien, toute ma vie elle a été pour moi comme elle fut en ce

ter that, instead of a clandestine marriage, which is always a blemish in a woman's life, she would have a public, thoroughly honorable wedding if she'd only agree to postpone by a week the act of obedience she owed to so generous a suitor.

She, Signora Campireali, would leave for Rome, she'd inform her husband that, well before the fateful battle of I Ciampi, Elena had been married to Giulio. The ceremony had been performed the very night when, disguised in a friar's habit, she had met her father and brother on the lakeshore, on the rock-cut road running alongside the walls of the Capuchin monastery. Elena's mother took care never to leave her side all of that day, and finally, toward evening, Elena wrote her lover a naïve letter, which we find very touching, in which she told him of the struggles that had torn her heart asunder. At the end she begged him on her knees for a week's postponement. She added: "As I write you this letter, which a messenger of my mother's is waiting for, I feel that I did very wrong to tell her everything. I can see your annoyance, your eyes are looking at me with hatred; my heart is torn by the cruelest remorse. You'll see that my character is very weak, very cowardly, very contemptible; I admit it, dear angel. But picture this scene: my mother, all in tears, was almost at my feet. Then it was impossible for me not to tell her that a certain reason prevented me from agreeing to her request; and, once I had had the weakness to utter those unthinking words, I don't know what took place inside me, but it became practically impossible for me not to tell her all that had gone on between us. As far as I can recall, it seems as if my soul, deprived of all its strength, had need of advice. I hoped to find some in a mother's words . . . My dear, I forgot too thoroughly that my beloved mother's interests ran counter to yours. I forgot my primary duty, which is to obey you, and apparently I'm incapable of feeling true love, which is said to rise above all trials. Have contempt for me, my Giulio, but in God's name don't stop loving me. Abduct me if you wish, but do me the justice to believe that, if my mother hadn't been in the convent in person, the most horrible dangers, disgrace itself, nothing in the world could have kept me from obeying your orders. But my mother is so kind! She's so clever! She's so generous! Remember what I told you long ago; when my father searched my room, she rescued your letters, which I was no longer able to hide; then, when the danger had passed, she returned them to me without wanting to read them and without adding one reproachful word! Well, all my life she has been for me the way she was at that supreme moment. You see that I have to love her, and yet, as

moment suprême. Tu vois si je devrais l'aimer, et pourtant, en t'écrivant (chose horrible à dire), il me semble que je la hais. Elle a déclaré qu'à cause de la chaleur elle voulait passer la nuit sous une tente dans le jardin; j'entends les coups de marteau, on dresse cette tente en ce moment; impossible de nous voir cette nuit. Je crains même que le dortoir des pensionnaires ne soit fermé à clef, ainsi que les deux portes de l'escalier tournant, chose que l'on ne fait jamais. Ces précautions me mettraient dans l'impossibilité de descendre au jardin, quand même je croirais une telle démarche utile pour conjurer ta colère. Ah! comme je me livrerais à toi dans ce moment, si j'en avais les moyens! comme je courrais à cette église où l'on doit nous marier!»

Cette lettre finit par deux pages de phrases folles, et dans lesquelles j'ai remarqué des raisonnements passionnés qui semblent imités de la philosophie de Platon. J'ai supprimé plusieurs élégances de ce genre dans la lettre que je viens de traduire.

Jules Branciforte fut bien étonné en la recevant une heure environ avant l'*Ave Maria* du soir; il venait justement de terminer les arrangements avec le prêtre. Il fut transporté de colère.

— Elle n'a pas besoin de me conseiller de l'enlever, cette créature faible et pusillanime!

Et il partit aussitôt pour la forêt de la Faggiola.

Voici quelle était, de son côté, la position de la signora de Campireali: son mari était sur son lit de mort, l'impossibilité de se venger de Branciforte le conduisait lentement au tombeau. En vain il avait fait offrir des sommes considérables à des *bravi* romains; aucun n'avait voulu s'attaquer à un des *caporaux*, comme ils disaient, du prince Colonna; ils étaient trop assurés d'être exterminés, eux et leurs familles. Il n'y avait pas un an qu'un village entier avait été brûlé pour punir la mort d'un des soldats de Colonna, et tous ceux des habitants, hommes et femmes, qui cherchaient à fuir dans la campagne, avaient eu les mains et les pieds liés par des cordes, puis on les avait lancés dans des maisons en flammes.

La signora de Campireali avait de grandes terres dans le royaume de Naples; son mari lui avait ordonné d'en faire venir des assassins mais elle n'avait obéi qu'en apparence: elle croyait sa fille irrévocablement liée à Jules Branciforte. Elle pensait, dans cette supposition, que Jules devait aller faire une campagne ou deux dans les armées espagnoles, qui alors faisaient la guerre aux révoltés de Flandre. S'il n'était pas tué, ce serait, pensait-elle, une marque que Dieu ne désap-

I write to you (a terrible thing to say), it seems to me as if I hate her. She declared that because of the heat she wanted to spend the night in a tent in the garden; I can hear the hammer blows, the tent is being put up at this very moment; it's impossible for us to meet tonight. I'm even afraid that the boarders' dormitory will be locked, and also the two doors to the spiral staircase, something that's never done. These precautions would make it impossible for me to go down to the garden, even if I thought such an action helpful for dispelling your anger. Oh, how I'd give myself up to you this moment, if I had any way to do so! How I'd run to that church where we were to be married!"

That letter ends with two pages of madcap phrases, in which I detected passionate lines of reasoning that seem to be imitated from Plato's philosophical works. I have omitted several elegant sayings of that type from the letter I have just translated.

Giulio Branciforte was astonished when he received it about an hour before the evening Angelus; he had just completed the arrangements with the priest. He flew into a wild rage.

"She doesn't need to advise me to abduct her, that weak, cowardly creature!"

And he left at once for the forest of La Faggiola.

Here is Signora Campireali's situation from her point of vantage: her husband was on his death bed; the impossibility of taking revenge on Branciforte was slowly bringing him to the grave. It was in vain that he had offered sizeable sums to Roman *bravi;* no one had been willing to attack one of Prince Colonna's "chiefs,"[12] as they put it; they were too sure that they and their families would be wiped out. Not a full year before, an entire village had been burned down to punish the death of one of Colonna's soldiers, and all those inhabitants, men and women, who tried to escape into the countryside had been bound hand and foot, then thrown into the burning houses.

Signora Campireali had extensive property in the Kingdom of Naples; her husband had ordered her to send to there for assassins, but she had only pretended to obey him: she had believed her daughter irrevocably tied to Giulio Branciforte. In that belief, she had thought that Giulio should fight a campaign or two in the Spanish armies then waging war on the rebels in Flanders. If he wasn't killed, she thought, that would be a sign that God didn't disapprove of a necessary marriage; in that case, she'd give her daughter the property she

12. In Italian, *caporali.*

prouvait pas un mariage nécessaire; dans ce cas, elle donnerait à sa fille les terres qu'elle possédait dans le royaume de Naples; Jules Branciforte prendrait le nom d'une de ces terres, et il irait avec sa femme passer quelques années en Espagne. Après toutes ces épreuves peut-être elle aurait le courage de le voir. Mais tout avait changé d'aspect par l'aveu de sa fille: le mariage n'était plus une nécessité: bien loin de là, et, pendant qu'Hélène écrivait à son amant la lettre que nous avons traduite, la signora Campireali écrivait à Pescara et à Chieti, ordonnant à ses fermiers de lui envoyer à Castro des gens sûrs et capables d'un coup de main. Elle ne leur cachait point qu'il s'agissait de venger la mort de son fils Fabio, leur jeune maître. Le courrier porteur de ces lettres partit avant la fin du jour.

V

Mais, le surlendemain, Jules était de retour à Castro, il amenait huit de ses soldats, qui avaient bien voulu le suivre et s'exposer à la colère du prince, qui quelquefois avait puni de mort des entreprises du genre de celle dans laquelle ils s'engageaient. Jules avait cinq hommes à Castro, il arrivait avec huit; et toutefois quatorze soldats, quelque braves qu'ils fussent, lui paraissaient insuffisants pour son entreprise, car le couvent était comme un château fort.

Il s'agissait de passer par force ou par adresse la première porte du couvent; puis il fallait suivre un passage de plus de cinquante pas de longueur. A gauche, comme on l'a dit, s'élevaient les fenêtres grillées d'une sorte de caserne où les religieuses avaient placé trente ou quarante domestiques, anciens soldats. De ces fenêtres grillées partirait un feu bien nourri dès que l'alarme serait donnée.

L'abbesse régnante, femme de tête, avait peur des exploits des chefs Orsini, du prince Colonna, de Marco Sciarra et de tant d'autres qui régnaient en maîtres dans les environs. Comment résister à huit cents hommes déterminés, occupant à l'improviste une petite ville telle que Castro, et croyant le couvent rempli d'or?

D'ordinaire, la Visitation de Castro avait quinze ou vingt *bravi* dans la caserne à gauche du passage qui conduisait à la seconde porte du couvent; à droite de ce passage il y avait un grand mur impossible à percer; au bout du passage on trouvait une porte en fer ouvrant sur un vestibule à colonnes; après ce vestibule était la grande cour du couvent, à droite le jardin. Cette porte en fer était gardée par la tourière.

Quand Jules, suivi de ses huit hommes, se trouva à trois lieues de

owned in the Kingdom of Naples; Giulio Branciforte would adopt the title of one of those estates, and he and his wife would spend a few years in Spain. After all those tests she might have the fortitude to lay eyes on him. But everything was changed by her daughter's confession: the marriage was no longer a necessity, far from it, and while Elena was writing her lover the letter we have translated, Signora Campireali was writing to Pescara and Chieti, ordering her tenants to send to her in Castro men who could be counted on and who were capable of a violent deed. She didn't in any way conceal from them that it was a matter of avenging the death of her son Fabio, their young master. The courier who bore those letters departed before the day was over.

V

But two days later Giulio was back in Castro, bringing along eight of his men, who had been willing to accompany him at the risk of angering the prince, who at times had punished by death undertakings of the sort they were engaging in. Giulio had five men in Castro, he arrived with eight more; and yet fourteen soldiers, as brave as they might be, seemed to him insufficient for his undertaking, because the convent was like a fortress.

It was a matter of passing through the outer gate of the convent by force or by ruse; then it was necessary to traverse a passageway more than fifty paces long. To the left, as I've said, were the barred windows of a sort of barracks in which the nuns had lodged thirty or forty servants, ex-soldiers. From those barred windows, heavy fire would issue as soon as the alarm was sounded.

The incumbent abbess, a capable woman, feared the exploits of the Orsini leaders, Prince Colonna, Marco Sciarra, and all the others who lorded it over the environs. How could she withstand eight hundred resolute men, suddenly occupying a town as small as Castro in the belief that the convent was filled with gold?

Usually the Visitation in Castro had fifteen or twenty *bravi* in the barracks to the left of the passage leading to the inner gate of the convent; to the right of that passage was a large, impenetrable wall; at the end of the passage was an iron gate opening onto a columned vestibule; after that vestibule was the main courtyard of the convent, with the garden to its right. This iron gate was guarded by the portress.

When Giulio, followed by his eight men, was three leagues from

Castro, il s'arrêta dans une auberge écartée pour laisser passer les heures de la grande chaleur. Là seulement il déclara son projet; ensuite il dessina sur le sable de la cour le plan du couvent qu'il allait attaquer.

— A neuf heures du soir, dit-il à ses hommes, nous souperons hors la ville; à minuit nous entrerons; nous trouverons vos cinq camarades, qui nous attendent près du couvent. L'un d'eux, qui sera à cheval, jouera le rôle d'un courrier qui arrive de Rome pour rappeler la signora de Campireali auprès de son mari, qui se meurt. Nous tâcherons de passer sans bruit la première porte du couvent que voilà au milieu de la caserne, dit-il en leur montrant le plan sur le sable. Si nous commencions la guerre à la première porte, les *bravi* des religieuses auraient trop de facilité à nous tirer des coups d'arquebuse pendant que nous serions sur la petite place que voici devant le couvent, ou pendant que nous parcourrions l'étroit passage qui conduit de la première porte à la seconde. Cette seconde porte est en fer, mais j'en ai la clef.

«Il est vrai qu'il y a d'énormes bras de fer ou valets, attachés au mur par un bout, et qui, lorsqu'ils sont mis à leur place, empêchent les deux vantaux de la porte de s'ouvrir. Mais, comme ces deux barres de fer sont trop pesantes pour que la sœur tourière puisse les manœuvrer, jamais je ne les ai vues en place; et pourtant j'ai passé plus de dix fois cette porte de fer. Je compte bien passer encore ce soir sans encombre. Vous sentez que j'ai des intelligences dans le couvent; mon but est d'enlever une pensionnaire et non une religieuse; nous ne devons faire usage des armes qu'à la dernière extrémité. Si nous commencions la guerre avant d'arriver à cette seconde porte en barreaux de fer, la tourière ne manquerait pas d'appeler deux vieux jardiniers de soixante-dix ans, qui logent dans l'intérieur du couvent, et les vieillards mettraient à leur place ces bras de fer dont je vous ai parlé. Si ce malheur nous arrive, il faudra, pour passer au-delà de cette porte, démolir le mur, ce qui nous prendra dix minutes; dans tous les cas, je m'avancerai vers cette porte le premier. Un des jardiniers est payé par moi; mais je me suis bien gardé, comme vous le pensez, de lui parler de mon projet d'enlèvement. Cette seconde porte passée, on tourne à droite, et l'on arrive au jardin; une fois dans ce jardin, la guerre commence, il faut faire main basse sur tout ce qui se présentera. Vous ne ferez usage, bien entendu, que de vos épées et de vos dagues, le moindre coup d'arquebuse mettrait en rumeur toute la ville, qui pourrait nous attaquer à la sortie. Ce n'est pas qu'avec treize hommes comme vous, je ne me fisse fort de traverser cette bicoque: personne, certes, n'oserait descendre dans la rue; mais plusieurs des bourgeois ont des

Castro, he stopped at an out-of-the-way inn to let the hottest hours go by. It was only there that he revealed his plan; then, on the sand of the courtyard, he sketched the ground plan of the convent he was going to attack.

"At nine tonight," he said to his men, "we'll have supper outside of town; at midnight we'll enter; we'll find your five comrades, who will be waiting for us near the convent. One of them, on horseback, will play the part of a courier arriving from Rome to recall Signora Campireali to the side of her dying husband. We'll try to pass noiselessly through the outer gate of the convent, which you see here at the midpoint of the barracks," he said, showing them the plan on the sand. "If we began fighting at the outer gate, the nuns' *bravi* would find it too easy to fire at us with their arquebuses while we were on the little square you see here in front of the convent, or while we were negotiating the narrow passage leading from the outer to the inner gate. That inner gate is made of iron, but I have the key to it.

"True, there are enormous iron bars or rods attached at one end to the wall, and when they're in place they keep the two leaves of the gate from opening. But, since those two iron bars are too heavy for the portress to be able to handle, I've never seen them in place, even though I've gone through that iron gate over ten times. I fully expect to pass through without hindrance tonight, as well. As you must realize, I'm in communication with people inside the convent; my aim is to abduct a boarder, not a nun; we mustn't use weapons except in a dire emergency. If we began fighting before reaching that inner gate with iron bars, the portress would without fail call out two old gardeners aged seventy who live inside the convent, and those old men would set in place those iron rods I've told you about. If that misfortune befalls us, in order to pass that gate we'll have to break down the wall, which will take us ten minutes; in any case, I'll be the first man to head for that gate. One of the gardeners is in my pay; but you may well imagine I've been careful never to mention my abduction plans to him. After passing that inner gate, you turn right and you reach the garden; once in the garden, the fighting starts; we've got to make a clean sweep of anyone that turns up. Naturally, you'll use only your swords and dirks, since the slightest arquebus shot would arouse the whole town, and we might be attacked when leaving. It's not that, with thirteen men like you, I wouldn't trust myself to pass through this shantytown—surely no one would dare come down to the street—but several of the townspeople have arquebuses and they'd fire from the windows. In that case, let me say in passing, we'd have to skirt the

arquebuses, et ils tireraient des fenêtres. En ce cas, il faudrait longer les murs des maisons, ceci soit dit en passant. Une fois dans le jardin du couvent, vous direz à voix basse à tout homme qui se présentera: *Retirez-vous;* vous tuerez à coups de dague tout ce qui n'obéira pas à l'instant. Je monterai dans le couvent par la petite porte du jardin avec ceux d'entre vous qui seront près de moi, trois minutes plus tard je descendrai avec une ou deux femmes que nous porterons sur nos bras, sans leur permettre de marcher. Aussitôt nous sortirons rapidement du couvent et de la ville. Je laisserai deux de vous près de la porte, ils tireront une vingtaine de coups d'arquebuse, de minute en minute, pour effrayer les bourgeois et les tenir à distance.»

Jules répéta deux fois cette explication.

— Avez-vous bien compris? dit-il à ses gens. Il fera nuit sous ce vestibule; à droite le jardin, à gauche la cour; il ne faudra pas se tromper.

— Comptez sur nous! s'écrièrent les soldats.

Puis ils allèrent boire; le caporal ne les suivit point, et demanda la permission de parler au capitaine.

— Rien de plus simple, lui dit-il, que le projet de Votre Seigneurie. J'ai déjà forcé deux couvents en ma vie, celui-ci sera le troisième; mais nous sommes trop peu de monde. Si l'ennemi nous oblige à détruire le mur qui soutient les gonds de la seconde porte, il faut songer que les *bravi* de la caserne ne resteront pas oisifs durant cette longue opération; ils vous tueront sept à huit hommes à coup d'arquebuse, et alors on peut nous enlever la femme au retour. C'est ce qui nous est arrivé dans un couvent près de Bologne: on nous tua cinq hommes, nous en tuâmes huit; mais le capitaine n'eut pas la femme. Je propose à Votre Seigneurie deux choses: je connais quatre paysans des environs de cette auberge où nous sommes, qui ont servi bravement sous Sciarra, et qui pour un sequin se battront toute la nuit comme des lions. Peut-être ils voleront quelque argenterie du couvent; peu vous importe, le péché est pour eux; vous, vous les soldez pour avoir une femme, voilà tout. Ma seconde proposition est ceci: Ugone est un garçon instruit et fort adroit; il était médecin quand il tua son beau-frère, et prit la *macchia* (la forêt). Vous pouvez l'envoyer une heure avant la nuit, à la porte du couvent; il demandera du service, et fera si bien qu'on l'admettra dans le corps de garde; il fera boire les domestiques des nonnes; de plus, il est bien capable de mouiller la corde à feu de leurs arquebuses.

Par malheur, Jules accepta la proposition du caporal. Comme celui-ci s'en allait, il ajouta:

walls of the houses. Once in the convent garden, you'll say quietly to
any man who shows his face: 'Get out of here!' You'll kill with your
dirks anyone who doesn't obey at once. I'll enter the convent through
the little garden door with those of you who happen to be near me;
three minutes later I'll come back down with one or two women,
whom we'll carry in our arms, not permitting them to walk.
Immediately we'll leave the convent and the town rapidly. I'll leave
two of you near the town gate; they'll fire twenty or so arquebus shots,
one every minute, to frighten the townspeople and keep them at a
distance."

Giulio repeated these instructions twice.

"Have you understood perfectly?" he asked his men. "It will be dark
in that vestibule; the garden's on the right, the courtyard is on the left;
you mustn't make a mistake."

"Count on us!" the soldiers exclaimed.

Then they went to drink; the corporal didn't join them, but asked
permission to speak to the captain.

"There's nothing more straightforward," he said, "than your lordship's plan. I've already broken into two convents in my life, this one
will be the third; but there are too few of us. If the enemy compels
us to break down the wall in which the hinges of the inner gate are
embedded, we must remember that the *bravi* in the barracks won't
remain idle during that lengthy process; they'll kill seven or eight of
your men with arquebus shots, and then they'll be able to take the
woman from us on our way out. That's what happened to us in a convent near Bologna; five of our men were killed, we killed eight of
them, but the captain didn't get his woman. I have two suggestions
for your lordship: I know four peasants in the neighborhood of this
inn we're at who have served courageously under Sciarra, and who
for one sequin will fight all night like lions. They may possibly steal
some silver vessels from the convent; what do you care? The sin is
on *their* heads; *you* are paying them to get a woman, period. My second suggestion is this: Ugone is an educated, very crafty fellow; he
was a doctor when he killed his brother-in-law and 'went underground' in the forest. You can send him to the convent gate an hour
before nightfall; he'll ask to be taken on, and he'll see to it that he's
admitted to the guardroom; he'll get the nuns' servants drunk;
what's more, he's quite capable of dampening the wicks of their arquebuses."

Unfortunately Giulio adopted the corporal's advice. As the latter
was going, he added:

— Nous allons attaquer un couvent, il y a *excommunication majeure*, et, de plus, ce couvent est sous la protection immédiate de la Madone . . .

— Je vous entends! s'écria Jules comme réveillé par ce mot. Restez avec moi.

Le caporal ferma la porte et revint dire le chapelet avec Jules. Cette prière dura une grande heure. A la nuit, on se remit en marche.

Comme minuit sonnait, Jules, qui était entré seul dans Castro sur les onze heures, revint prendre ses gens hors de la porte. Il entra avec ses huit soldats, auxquels s'étaient joints trois paysans bien armés, il les réunit aux cinq soldats qu'il avait dans la ville, et se trouva ainsi à la tête de seize hommes déterminés; deux étaient déguisés en domestiques, ils avaient pris une grande blouse de toile noire pour cacher leurs *giaco* (cottes de mailles), et leurs bonnets n'avaient pas de plumes.

A minuit et demi, Jules, qui avait pris pour lui le rôle de courrier, arriva au galop à la porte du couvent, faisant grand bruit et criant qu'on ouvrît sans délai à un courrier envoyé par le cardinal. Il vit avec plaisir que les soldats qui lui répondaient par la petite fenêtre, à côté de la première porte, étaient plus qu'à demi ivres. Suivant l'usage, il donna son nom sur un morceau de papier; un soldat alla porter ce nom à la tourière, qui avait la clef de la seconde porte, et devait réveiller l'abbesse dans les grandes occasions. La réponse se fit attendre trois mortels quarts d'heure; pendant ce temps, Jules eut beaucoup de peine à maintenir sa troupe dans le silence: quelques bourgeois commençaient même à ouvrir timidement leurs fenêtres, lorsque enfin arriva la réponse favorable de l'abbesse. Jules entra dans le corps de garde, au moyen d'une échelle de cinq ou six pieds de longueur, qu'on lui tendit de la petite fenêtre, les *bravi* du couvent ne voulant pas se donner la peine d'ouvrir la grande porte, il monta, suivi des deux soldats déguisés en domestiques. En sautant de la fenêtre dans le corps de garde, il rencontra les yeux d'Ugone; tout le corps de garde était ivre, grâce à ses soins. Jules dit au chef que trois domestiques de la maison Campireali, qu'il avait fait armer comme des soldats pour lui servir d'escorte pendant sa route, avaient trouvé de bonne eau-de-vie à acheter, et demandaient à monter pour ne pas s'ennuyer tout seuls sur la place; ce qui fut accordé à l'unanimité. Pour lui, accompagné de ses deux hommes, il descendit par l'escalier qui, du corps de garde, conduisait dans le passage.

"We're going to attack a convent; that involves 'greater excommunication,'[13] and furthermore this convent is under the immediate protection of the Madonna . . ."

"I understand!" Giulio exclaimed, as if awakened by those words. "Stay with me."

The corporal shut the door and came back to say the rosary with Giulio. That prayer lasted a full hour. At nightfall they set out again.

At the stroke of midnight, Giulio, who had entered Castro alone about eleven, returned to pick up his men outside the town gate. He entered with his eight soldiers, who had been joined by three well-armed peasants. He brought them together with the five soldiers he already had in town, and was thus in command of sixteen resolute men; two were disguised as servants and had put on large black linen smocks to conceal their *giaco* (coat of mail); their caps had no plumes.

At twelve thirty, Giulio, who had assumed the role of courier himself, galloped up to the convent gate, making a great racket and shouting for the gate to be opened without delay to a courier sent by the cardinal. He was pleased to see that the soldiers who replied to him through the little window beside the outer gate were more than half-drunk. As was customary, he wrote his name on a piece of paper; a soldier took that name to the portress, who had the key to the inner gate, and was supposed to awaken the abbess on important occasions. The reply was an agonizing three quarters of an hour in coming; meanwhile Giulio had a great deal of trouble keeping his troop quiet: a few townsmen were even beginning to open their windows timidly, when the favorable reply finally came from the abbess. Giulio entered the guardroom by way of a ladder, five or six feet long, extended to him from the little window, since the convent *bravi* didn't want to take the trouble to open the main gate. He climbed up, followed by the two soldiers who were disguised as servants. When he jumped into the guardroom from the window, his eyes met those of Ugone; all the guards were drunk, thanks to his cares. Giulio told the head of the guards that three servants of the Campireali household, whom he had armed as soldiers to serve him as an escort on the way, had found good brandy for sale, and were asking to be admitted up so they wouldn't be bored all alone on the public square; this request was granted unanimously. As for him, accompanied by his two men, he descended the stairway leading from the guardroom into the passageway.

13. "Lesser excommunication" barred a person from receiving sacraments (except last rites); "greater excommunication" added a public prohibition against consorting with and abetting the excommunicated person.

— Tâche d'ouvrir la grande porter, dit-il à Ugone.

Lui-même arriva fort paisiblement à la porte de fer. Là, il trouva la bonne tourière, qui lui dit que, comme il était minuit passé, s'il entrait dans le couvent, l'abbesse serait obligée d'en écrire à l'évêque; c'est pourquoi elle le faisait prier de remettre ses dépêches à une petite sœur que l'abbesse avait envoyée pour les prendre. A quoi Jules répondit que, dans le désordre qui avait accompagné l'agonie imprévue du seigneur de Campireali, il n'avait qu'une simple lettre de créance écrite par le médecin, et qu'il devait donner tous les détails de vive voix à la femme du malade et à sa fille, si ces dames étaient encore dans le couvent, et, dans tous les cas, à madame l'abbesse. La tourière alla porter ce message. Il ne restait auprès de la porte que la jeune sœur envoyée par l'abbesse. Jules, en causant et jouant avec ella, passa les mains à travers les gros barreaux de fer de la porte, et, tout en riant, il essaya de l'ouvrir. La sœur, qui était fort timide, eut peur et prit fort mal la plaisanterie; alors Jules, qui voyait qu'un temps considérable se passait, eut l'imprudence de lui offrir une poignée de sequins en la priant de lui ouvrir, ajoutant qu'il était trop fatigué pour attendre. Il voyait bien qu'il faisait une sottise, dit l'historien: c'était avec le fer et non avec de l'or qu'il fallait agir, mais il ne s'en sentit pas le cœur: rien de plus facile que de saisir la sœur, elle n'était pas à un pied de lui de l'autre côté de la porte. A l'offre des sequins, cette jeune fille prit l'alarme. Elle a dit depuis qu'à la façon dont Jules lui parlait, elle avait bien compris que ce n'était pas un simple courrier: c'est l'amoureux d'une de nos religieuses, pensat-elle, qui vient pour avoir un rendez-vous, et elle était dévote. Saisie d'horreur, elle se mit à agiter de toutes ses forces la corde d'une petite cloche qui était dans la grande cour, et qui fit aussitôt un tapage à réveiller les morts.

— La guerre commence, dit Jules à ses gens, garde à vous!

Il prit sa clef, et, passant le bras à travers les barreaux de fer, ouvrit la porte, au grand désespoir de la jeune sœur, qui tomba à genoux et se mit à réciter des *Ave Maria* en criant au sacrilège. Encore à ce moment, Jules devait faire taire la jeune fille, il n'en eut pas le courage: un de ses gens la saisit et lui mit la main sur la bouche.

Au même instant, Jules entendit un coup d'arquebuse dans le passage derrière lui. Ugone avait ouvert la grande porte; le restant des soldats entrait sans bruit, lorsqu'un des *bravi* de garde, moins ivre que les autres, s'approcha d'une des fenêtres grillées, et, dans son étonnement de voir tant de gens dans le passage, leur défendit d'avancer en jurant. Il fallait ne pas répondre et continuer à marcher vers la

"Try to open the main gate," he said to Ugone.

He himself arrived quite peaceably at the iron gate. There he found the good portress, who told him that, since it was after midnight, the abbess would be compelled to send word in writing to the bishop if Giulio entered the convent; therefore she had sent a request to him to hand over his dispatches to a young nun whom the abbess had sent to receive them. To which Giulio replied that, because of the turmoil occasioned by the unforeseen death throes of Signor Campireali, all he had was a simple certificate written by the physician; he had orders to tell all the details in person to the dying man's wife and daughter if those ladies were still in the convent, or, failing that, to the abbess. The portress left with that message. Only the young nun sent by the abbess was left at the gate. Giulio, chatting and joking with her, put his hands through the thick iron bars of the gate and, laughing all the while, tried to open it. The nun, who was very timid, got scared and took the jest very badly; then Giulio, seeing that quite some time was going by, was thoughtless enough to offer her a handful of sequins, begging her to let him in; he added that he was too weary to wait. He realized he was making a foolish mistake, the historian tells us: he should have proceeded with steel, not gold, but he didn't have the heart to do so; nothing would have been easier than to seize the nun, who was less than a foot away from him on the other side of the gate. When offered the sequins, that young girl took fright. She stated afterward that from the way Giulio was speaking to her, she had realized he wasn't an ordinary courier. "He's in love with one of our nuns," she had thought, "and is coming for an assignation"; and she was pious. Horrorstricken, she began to tug with all her might at the rope pull of a little bell located in the main courtyard; at once it made a row that could awaken the dead.

"The fight is beginning," Giulio told his men. "Take care!"

He took his key and, thrusting his arm through the iron bars, opened the gate, to the great despair of the young nun, who fell to her knees and began reciting Hail Marys while shouting about sacrilege. At that moment, too, Giulio should have silenced the girl, but didn't have the heart: one of his men grabbed her and put his hand over her mouth.

At the same instant, Giulio heard an arquebus shot in the passageway behind him. Ugone had opened the main gate; the rest of the soldiers were entering noiselessly when one of the *bravi* of the guard, not so drunk as the rest, approached one of the barred windows and, astonished to see so many men in the passage, forbade them with curses to proceed. They should have refrained from re-

porte de fer; c'est ce que firent les premiers soldats; mais celui qui marchait le dernier de tous, et qui était un des paysans recrutés dans l'après-midi, tira un coup de pistolet à ce domestique du couvent qui parlait par la fenêtre, et le tua. Ce coup de pistolet, au milieu de la nuit, et les cris des ivrognes en voyant tomber leur camarade, réveillèrent les soldats du couvent qui passaient cette nuit-là dans leurs lits, et n'avaient pas pu goûter du vin d'Ugone. Huit ou dix des *bravi* du couvent sautèrent dans le passage à demi nus, et se mirent à attaquer vertement les soldats de Branciforte.

Comme nous l'avons dit, ce bruit commença au moment où Jules venait d'ouvrir la porte de fer. Suivi de ses deux soldats, il se précipita dans le jardin, courant vers la petite porte de l'escalier des pensionnaires; mais il fut accueilli par cinq ou six coups de pistolet. Ses deux soldats tombèrent, lui eut une balle dans le bras droit. Ces coups de pistolet avaient été tirés par les gens de la signora de Campireali, qui, d'après ses ordres, passaient la nuit dans le jardin, à ce autorisés par une permission qu'elle avait obtenue de l'évêque. Jules courut seul vers la petite porte, de lui si bien connue, qui, du jardin, communiquait à l'escalier des pensionnaires. Il fit tout au monde pour l'ébranler, mais elle était solidement fermée. Il chercha ses gens, qui n'eurent garde de répondre, ils mouraient; il rencontra dans l'obscurité profonde trois domestiques de Campireali contre lesquels il se défendit à coups de dague.

Il courut sous le vestibule, vers la porte de fer, pour appeler ses soldats; il trouva cette porte fermée: les deux bras de fer si lourds avaient été mis en place et cadenassés par les vieux jardiniers qu'avait réveillés la cloche de la petite sœur.

«Je suis coupé», se dit Jules. Il le dit à ses hommes; ce fut en vain qu'il essaya de forcer un des cadenas avec son épée: s'il eût réussi, il enlevait un des bras de fer et ouvrait un des vantaux de la porte. Son épée se cassa dans l'anneau du cadenas; au même instant il fut blessé à l'épaule par un des domestiques venus du jardin; il se retourna, et, acculé contre la porte de fer, il se sentit attaqué par plusieurs hommes. Il se défendait avec sa dague; par bonheur, comme l'obscurité était complète, presque tous les coups d'épée portaient dans sa cotte de mailles. Il fut blessé douloureusement au genou; il s'élança sur un des hommes qui s'était trop fendu pour lui porter ce coup d'épée, il le tua d'un coup de dague dans la figure, et eut le bonheur de s'emparer de son épée. Alors il se crut sauvé; il se plaça au côté gauche de la porte, du côté de la cour. Ses gens qui étaient accourus tirèrent cinq ou six coups de pistolet à

sponding, they should have gone on walking toward the iron gate; and the first soldiers in line did just that; but the man in the very rear, who was one of the peasants recruited that afternoon, fired a pistol shot at the convent servant speaking at the window, and killed him. That pistol shot in the middle of the night, and the shouts of the drunken men when they saw their comrade fall, awakened those convent soldiers who were spending that night in their beds and had been unable to taste Ugone's wine. Eight or ten convent *bravi* leaped into the passageway half-naked and began a vigorous attack on Branciforte's soldiers.

As we've said, this hubbub began just when Giulio had opened the iron gate. Followed by his two men, he dashed into the garden, running toward the little door to the boarders' staircase; but he was greeted by five or six pistol shots. His two men fell, and he received a bullet in his right arm. Those pistol shots had been fired by Signora Campircali's men, who, by her orders, were spending the night in the garden; she had received authorization from the bishop for this. Alone, Giulio ran up to the little door he knew so well, which led from the garden to the boarders' staircase. He did all he could to force it open, but it was securely locked. He looked for his men, who were unable to reply since they were dying; in the pitch darkness he met three Campireali servants, against whom he defended himself with dirk blows.

He ran into the vestibule, toward the iron gate, to summon his soldiers; he found that gate shut: those two extremely heavy iron rods had been put in place and padlocked by the old gardeners, whom the young nun's bell had awakened.

"I'm cut off," Giulio told himself. He said the same to his men; his attempts to break open one of the padlocks with his sword were unavailing: if he had succeeded, he could have removed one of the iron rods, opening one side of the gate. His sword broke against the ring of the padlock; at the same instant he was wounded in the shoulder by one of the servants who had come from the garden; he turned around and, his back against the iron gate, sensed that he was being attacked by several men. He defended himself with his dirk; fortunately, since the darkness was total, nearly every sword blow was intercepted by his coat of mail. He received a painful wound in the knee; he hurled himself at one of the men, who had lunged too far forward to strike that sword blow, and killed him with a dirk thrust to the face; he was lucky enough to get hold of the fellow's sword. Then he thought he was saved; he took a stand to the left of the gate, toward the courtyard. His

travers les barreaux de fer de la porte et firent fuir les domestiques. On n'y voyait sous ce vestibule qu'à la clarté produite par les coups de pistolet.

— Ne tirez pas de mon côté! criait Jules à ses gens.

— Vous voilà pris comme dans une souricière, lui dit le caporal d'un grand sang-froid, parlant à travers les barreaux; nous avons trois hommes tués. Nous allons démolir le jambage de la porte du côté opposé à celui où vous êtes; ne vous approchez pas, les balles vont tomber sur nous; il paraît qu'il y a des ennemis dans le jardin?

— Les coquins de domestiques de Campireali, dit Jules.

Il parlait encore au caporal, lorsque des coups de pistolet, dirigés sur le bruit et venant de la partie du vestibule qui conduisait au jardin, furent tirés sur eux. Jules se réfugia dans la loge de la tourière, qui était à gauche en entrant; à sa grande joie, il y trouva une lampe presque imperceptible qui brûlait devant l'image de la Madone; il la prit avec beaucoup de précautions pour ne pas l'éteindre; il s'aperçut avec chagrin qu'il tremblait. Il regarda sa blessure au genou, qui le faisait beaucoup souffrir; le sang coulait en abondance.

En jetant les yeux autour de lui, il fut bien surpris de reconnaître, dans une femme qui était évanouie sur un fauteuil de bois, la petite Marietta, la cameriste de confiance d'Hélène; il la secoua vivement.

— Eh quoi! seigneur Jules, s'écria-t-elle en pleurant, est-ce que vous voulez tuer la Marietta, votre amie?

— Bien loin de là; dis à Hélène que je lui demande pardon d'avoir troublé son repos et qu'elle se souvienne de l'*Ave Maria* du Monte Cavi. Voici un bouquet que j'ai cueilli dans son jardin d'Albano; mais il est un peu taché de sang; lave-le avant de le lui donner.

A ce moment, il entendit une décharge de coups d'arquebuse dans le passage; les *bravi* des religieuses attaquaient ses gens.

— Dis-moi donc où est la clef de la petite porte? dit-il à la Marietta.

— Je ne la vois pas; mais voici les clefs des cadenas des bras de fer qui maintiennent la grande porte. Vous pourrez sortir.

Jules prit les clefs et s'élança hors de la loge.

— Ne travaillez plus à démolir la muraille, dit-il à ses soldats, j'ai enfin la clef de la porte.

Il y eut un moment de silence complet, pendant qu'il essayait d'ouvrir un cadenas avec l'une des petites clefs; il s'était trompé de clef, il prit l'autre; enfin, il ouvrit le cadenas; mais au moment où il soulevait le bras de fer, il reçut presque à bout portant un coup de pistolet dans le bras droit. Aussitôt il sentit que ce bras lui refusait le service.

men, who had come running, fired five or six pistol shots through the iron bars of the gate, putting the servants to rout. Nothing was visible in that vestibule except by the flashes of the pistol shots.

"Don't fire in my direction!" Giulio shouted to his men.

"There you are, caught like a rat in a trap," the corporal said to him quite coolly, speaking through the bars; "three of our men are dead. We're going to break down the gatepost on the side opposite to the one you're on; don't come closer, bullets are going to shower on us. Apparently there are enemies in the garden?"

"The damned Campireali servants," Giulio said.

He was still speaking to the corporal when pistol shots, aimed at the sound they were making, and coming from the part of the vestibule that led to the garden, were fired at them. Giulio took shelter in the portress's lodge, which was on the left as you came in; to his great joy he found there an all-but-unnoticeable lamp that was burning in front of the image of the Madonna; he picked it up very carefully to keep it from going out; he noticed with vexation that he was trembling. He looked at the wound in his knee, which was causing him much pain; the blood was flowing abundantly.

Looking all around him, he was quite surprised to discover that the woman in a swoon on a wooden armchair was little Marietta, Elena's confidential maid; he shook her vigorously.

"Oh, my! Master Giulio," she exclaimed in tears, "do you want to kill Marietta, your friend?"

"Far from it. Tell Elena that I ask her forgiveness for disturbing her rest; she is to recall the Monte Cavo Angelus. Here's a bouquet I picked in her garden at Albano, but it's a little bloodstained; wash it before you give it to her."

At that moment he heard arquebus shots in the passageway; the nuns' *bravi* were attacking his men.

"Tell me, where is the key to the little door?" he asked Marietta.

"I don't see it; but here are the keys to the padlocks on the iron rods that are keeping the iron gate shut. You'll be able to leave."

Giulio took the keys and dashed out of the lodge.

"Stop your work on demolishing the wall," he told his soldiers. "I finally got the key to the gate."

There was a moment of total silence while he tried to open a padlock with one of the little keys; he had chosen the wrong key, he took the other one; finally he opened the padlock; but just as he was raising the iron rod, he received a pistol shot nearly point-blank in his right arm. Immediately he sensed that the arm was useless.

— Soulevez le valet de fer, cria-t-il à ses gens.

Il n'avait pas besoin de le leur dire.

A la clarté du coup de pistolet, ils avaient vu l'extrémité recourbée du bras de fer à moitié hors de l'anneau attaché à la porte. Aussitôt trois ou quatre mains vigoureuses soulevèrent le bras de fer; lorsque son extrémité fut hors de l'anneau, on le laissa tomber. Alors on put entr'ouvrir l'un des battants de la porte; le caporal entra, et dit à Jules en parlant fort bas:

— Il n'y a plus rien à faire, nous ne sommes plus que trois ou quatre sans blessures, cinq sont morts.

— J'ai perdu du sang, reprit Jules, je sens que je vais m'évanouir; dites-leur de m'emporter.

Comme Jules parlait au brave caporal, les soldats du corps de garde tirèrent trois ou quatre coups d'arquebuse, et le caporal tomba mort. Par bonheur Ugone avait entendu l'ordre donné par Jules, il appela par leurs noms deux soldats qui enlevèrent le capitaine. Comme il ne s'évanouissait point, il leur ordonna de le porter au fond du jardin, à la petite porte. Cet ordre fit jurer les soldats; ils obéirent toutefois.

— Cent sequins à qui ouvre cette porte! s'écria Jules.

Mais elle résista aux efforts de trois hommes furieux. Un des vieux jardiniers, établi à une fenêtre du second étage, leur tirait force coups de pistolet, qui servaient à éclairer leur marche.

Après les efforts inutiles contre la porte, Jules s'évanouit tout à fait; Ugone dit aux soldats d'emporter le capitaine au plus vite. Pour lui, il entra dans la loge de la sœur tourière, il jeta à la porte la petite Marietta en lui ordonnant d'une voix terrible de se sauver et de ne jamais dire qui elle avait reconnu. Il tira la paille du lit, cassa quelques chaises et mit le feu à la chambre. Quand il vit le feu bien allumé, il se sauva à toutes jambes, au milieu des coups d'arquebuse tirés par les *bravi* du couvent.

Ce ne fut qu'à plus de cent cinquante pas de la Visitation qu'il trouva le capitaine, entièrement évanoui, qu'on emportait à toute course. Quelques minutes après on était hors de la ville. Ugone fit faire halte: il n'avait plus que quatre soldats avec lui; il en renvoya deux dans la ville, avec l'ordre de tirer des coups d'arquebuse de cinq minutes en cinq minutes.

— Tâchez de retrouver vos camarades blessés, leur dit-il, sortez de

"Raise the iron rod!"[14] he shouted to his men.

He didn't need to tell them.

By the flash of the pistol shot they had seen the curved end of the iron rod halfway out of the ring attached to the gate. Immediately three or four sturdy hands raised the iron rod; when its end was out of the ring, they let it drop. Then they could open partially one side of the gate; the corporal entered and said to Giulio in a very low voice:

"It's no use any more, there are only three or four of us that aren't wounded; there are five dead."

"I've lost blood," Giulio replied. "I feel as if I'm going to pass out; tell them to carry me away."

While Giulio was talking to the brave corporal, the soldiers of the guard fired three or four arquebus shots, and the corporal fell dead. Fortunately Ugone had heard the orders given by Giulio, and called by name two soldiers, who carried away the captain. Since he didn't pass out, he ordered them to carry him to the far end of the garden, to the little door. Those orders made the soldiers swear, but they obeyed.

"A hundred sequins to the man who opens this door!" Giulio exclaimed.

But it withstood the efforts of three furious men. One of the old gardeners, posted at a third-story window, was firing many pistol shots at them; the flashes helped them find their way.

After the useless attempts on the door, Giulio lost consciousness altogether; Ugone told the soldiers to bear away the captain at top speed. As for him, he entered the portress's lodge and flung little Marietta out the door, ordering her in fearsome tones to run away and never say she had recognized anyone. He pulled the straw out of the bed, broke a few chairs, and set fire to the room. When he saw that the fire was burning brightly, he ran out as fast as he could, amid the arquebus shots fired by the convent *bravi*.

It wasn't until he was more than a hundred fifty paces from the Visitation that he found the captain, completely unconscious, being borne away as speedily as possible. A few minutes later they were out of town. Ugone called a halt; he had no more than four soldiers with him; he sent two back into town with orders to fire off arquebus shots every five minutes.

"Try to find your wounded comrades," he told them. "Leave town

---

14. Reading *valet* ("bar") for the *volet* ("shutter") that appears in at least two French editions of the text.

la ville avant le jour; nous allons suivre le sentier de la *Croce Rossa*. Si vous pouvez mettre le feu quelque part, n'y manquez pas.

Lorsque Jules reprit connaissance, l'on se trouvait à trois lieues de la ville, et le soleil était déjà fort élevé sur l'horizon. Ugone lui fit son rapport.

— Votre troupe ne se compose plus que de cinq hommes, dont trois blessés. Deux paysans qui ont survécu ont reçu deux sequins de gratification chacun et se sont enfuis; j'ai envoyé les deux hommes non blessés au bourg voisin chercher un chirurgien.

Le chirurgien, vieillard tout tremblant, arriva bientôt monté sur un âne magnifique; il avait fallu le menacer de mettre le feu à sa maison pour le décider à marcher. On eut besoin de lui faire boire de l'eau-de-vie pour le mettre en état d'agir, tant sa peur était grande. Enfin il se mit à l'œuvre; il dit à Jules que ses blessures n'étaient d'aucune conséquence.

— Celle du genou n'est pas dangereuse, ajouta-t-il; mais elle vous fera boiter toute la vie, si vous ne gardez pas un repos absolu pendant quinze jours ou trois semaines.

Le chirurgien pansa les soldats blessés. Ugone fit un signe de l'œil à Jules; on donna deux sequins au chirurgien, qui se confondit en actions de grâces; puis, sous prétexte de le remercier, on lui fit boire une telle quantité d'eau-de-vie, qu'il finit par s'endormir profondément. C'était ce qu'on voulait. On le transporta dans un champ voisin, on enveloppa quatre sequins dans un morceau de papier que l'on mit dans sa poche: c'était le prix de son âne sur lequel on plaça Jules et l'un des soldats blessé à la jambe. On alla passer le moment de la grande chaleur dans une ruine antique au bord d'un étang; on marcha toute la nuit en évitant les villages, fort peu nombreux sur cette route, et enfin le surlendemain, au lever du soleil, Jules, porté par ses hommes, se réveilla au centre de la forêt de la Faggiola, dans la cabane de charbonnier qui était son quartier général.

VI

Le lendemain du combat, les religieuses de la Visitation trouvèrent avec horreur neuf cadavres dans leur jardin et dans le passage qui conduisait de la porte extérieure à la porte en barreaux de fer; huit de leurs *bravi* étaient blessés. Jamais on n'avait eu une telle peur au couvent: parfois on avait bien entendu des coups d'arquebuse tirés sur la place, mais jamais cette quantité de coups de feu tirés dans le jardin,

before daybreak; we're going to follow the path to the Croce Rossa. If you can set a fire anywhere, be sure to do so."

When Giulio came to, the party was three leagues away from the town, and the sun was already quite high above the horizon. Ugone reported to him.

"Your troop is now comprised of only five men, three of whom are wounded. Two peasants who survived received two sequins each as compensation and took off; I sent the two uninjured men to the nearest market town to fetch a surgeon."

The surgeon, an old man who was shaking all over, soon arrived riding a magnificent donkey; it had been necessary to threaten him with setting his house on fire to get him to come. They had to make him drink brandy to get him in condition to work, because he was so afraid. Finally he set to work; he told Giulio that his wounds weren't particularly serious.

"The one in the knee isn't life-threatening," he added, "but it will make you limp as long as you live if you don't get complete rest for two or three weeks."

The surgeon bandaged the wounded soldiers. Ugone winked at Giulio; they gave two sequins to the surgeon, who thanked them profusely; then, on the pretext of gratitude to him, they made him drink so much brandy that he finally fell into a deep sleep. That was what they wanted. They carried him onto a nearby field and they wrapped four sequins in a piece of paper, which they put in his pocket: that was payment for his donkey, on which they placed Giulio and one of the soldiers who was wounded in the leg. They spent the hottest part of the day amid ancient ruins beside a pond; they traveled all night, avoiding the villages, of which there weren't many on that road, and finally, two days later, at sunrise, Giulio, carried by his men, awoke in the middle of the forest of La Faggiola, in the charcoal burner's hut that constituted his headquarters.

VI

The day after the fight, the nuns of the Visitation were horrified to find nine corpses in their garden and in the passageway leading from the outer gate to the one with iron bars; eight of their *bravi* were wounded. They had never had such a fright in the convent: yes, at times they had heard arquebus shots fired in the square, but never that many shots fired in the garden, in the very midst of the buildings

au centre des bâtiments et sous les fenêtres des religieuses. L'affaire avait bien duré une heure et demie, et, pendant ce temps, le désordre avait été à son comble dans l'intérieur du couvent. Si Jules Branciforte avait eu la moindre intelligence avec quelqu'une des religieuses ou des pensionnaires, il eût réussi: il suffisait qu'on lui ouvrît l'une des nombreuses portes qui donnent sur le jardin; mais, transporté d'indignation et de colère contre ce qu'il appelait le parjure de la jeune Hélène, Jules voulait tout emporter de vive force. Il eût cru manquer à ce qu'il se devait s'il eût confié son dessein à quelqu'un qui pût le redire à Hélène. Un seul mot, cependant, à la petite Marietta eût suffi pour le succès: elle eût ouvert l'une des portes donnant sur le jardin, et un seul homme paraissant dans les dortoirs du couvent, avec ce terrible accompagnement de coups d'arquebuse entendu au dehors, eût été obéi à la lettre. Au premier coup de feu, Hélène avait tremblé pour les jours de son amant, et n'avait plus songé qu'à s'enfuir avec lui.

Comment peindre son désespoir lorsque la petite Marietta lui parla de l'effroyable blessure que Jules avait reçue au genou et dont elle avait vu couler le sang en abondance? Hélène détestait sa lâcheté et sa pusillanimité:

— J'ai eu la faiblesse de dire un mot à ma mère, et le sang de Jules a coulé; il pouvait perdre la vie dans cet assaut sublime où son courage a tout fait.

Les *bravi* admis au parloir avaient dit aux religieuses, avides de les écouter, que de leur vie ils n'avaient été témoins d'une bravoure comparable à celle du jeune homme habillé en courrier qui dirigeait les efforts des brigands. Si toutes écoutaient ces récits avec le plus vif intérêt, on peut juger de l'extrême passion avec laquelle Hélène demandait à ces *bravi* des détails sur le jeune chef des brigands. A la suite des longs récits qu'elle se fit faire par eux et par les vieux jardiniers, témoins fort impartiaux, il lui sembla qu'elle n'aimait plus du tout sa mère. Il y eut même un moment de dialogue fort vif entre ces personnes qui s'aimaient si tendrement la veille du combat; la signora de Campireali fut choquée des taches de sang qu'elle apercevait sur les fleurs d'un certain bouquet dont Hélène ne se séparait plus un seul instant.

— Il faut jeter ces fleurs souillées de sang.

— C'est moi qui ai fait verser ce sang généreux, et il a coulé parce que j'ai eu la faiblesse de vous dire un mot.

— Vous aimez encore l'assassin de votre frère?

— J'aime mon époux, qui, pour mon éternel malheur, a été attaqué par mon frère.

and under the nuns' windows. The fighting had lasted at least an hour and a half, and during that time, confusion had been at its height inside the convent. If Giulio Branciforte had made the slightest arrangements with any of the nuns or boarders, he would have succeeded: all that was necessary was for someone to let him in through one of the numerous doors that opened onto the garden; but, wild with indignation and anger for what he termed young Elena's perjury, Giulio insisted on accomplishing everything by main force. He would have thought himself remiss in his duty to himself, had he confided his project to anyone who might report it to Elena. And yet a single word to little Marietta would have been enough for success; she would have opened one of the doors to the garden, and even one man making an appearance in the convent dormitories, to the terrible accompaniment of those arquebus shots heard from outdoors, would have been obeyed to the letter. At the first shot, Elena had feared for her lover's life, and had no longer had any thoughts except to run away with him.

How can her despair be described when little Marietta told her of the horrible wound Giulio had received in his knee, from which she had seen the blood streaming? Elena despised her cowardice and timidity:

"I was weak enough to tell my mother something, and Giulio's blood has flowed; he could have lost his life in that sublime attack in which his courage was paramount."

The *bravi* admitted to the visiting room had told the nuns, who were eager to listen, that in their whole lives they had never witnessed bravery like that of the young man, dressed as a courier, who had directed the brigands' efforts. If all the nuns heard those stories with the keenest interest, just imagine with what extreme passion Elena asked those *bravi* for details about the young brigand chief. After the long stories she made them and the old gardeners, very impartial witnesses, tell her, she felt that she no longer loved her mother at all. There was even a moment of quite caustic dialogue between those women who had loved each other so dearly the day before the fight; Signora Campireali was appalled by the bloodstains she noticed on the flowers of a certain bouquet which Elena never let go of for a moment any more.

"You ought to throw away those bloodied flowers."

"It was I who caused that noble blood to be spilled, and it flowed because I was weak enough to confide something to you."

"You still love your brother's murderer?"

"I love my husband, who, to my eternal grief, was attacked by my brother."

Après ces mots, il n'y eut plus une seule parole échangée entre la signora de Campireali et sa fille pendant les trois journées que la signora passa encore au couvent.

Le lendemain de son départ, Hélène réussit à s'échapper, profitant de la confusion qui régnait aux deux portes du couvent par suite de la présence d'un grand nombre de maçons qu'on avait introduits dans le jardin et qui travaillaient à y élever de nouvelles fortifications. La petite Marietta et elle s'étaient déguisées en ouvriers. Mais les bourgeois faisaient une garde sévère aux portes de la ville. L'embarras d'Hélène fut assez grand pour sortir. Enfin, ce même petit marchand qui lui avait fait parvenir les lettres de Branciforte consentit à la faire passer pour sa fille et à l'accompagner jusque dans Albano. Hélène y trouva une cachette chez sa nourrice, que ses bienfaits avaient mise à même d'ouvrir une petite boutique. A peine arrivée, elle écrivit à Branciforte, et la nourrice trouva, non sans de grandes peines, un homme qui voulut bien se hasarder à s'enfoncer dans la forêt de la Faggiola, sans avoir le mot d'ordre des soldats de Colonna.

Le messager envoyé par Hélène revint au bout de trois jours, tout effaré; d'abord, il lui avait été impossible de trouver Branciforte, et les questions qu'il ne cessait de faire sur le compte du jeune capitaine ayant fini par le rendre suspect, il avait été obligé de prendre la fuite.

«Il n'en faut point douter, le pauvre Jules est mort, se dit Hélène, et c'est moi qui l'ai tué! Telle devait être la conséquence de ma misérable faiblesse et de ma pusillanimité; il aurait dû aimer une femme forte, la fille de quelqu'un des capitaines du prince Colonna.»

La nourrice crut qu'Hélène allait mourir. Elle monta au couvent des Capucins, voisin du chemin taillé dans le roc, où jadis Fabio et son père avaient rencontré les deux amants au milieu de la nuit. La nourrice parla longtemps à son confesseur, et, sous le secret du sacrement, lui avoua que la jeune Hélène de Campireali voulait aller rejoindre Jules Branciforte, son époux, et qu'elle était disposée à placer dans l'église du couvent une lampe d'argent de la valeur de cent piastres espagnoles.

— Cent piastres! répondit le moine irrité. Et que deviendra notre couvent, si nous encourons la haine du seigneur de Campireali? Ce n'est pas cent piastres, mais bien mille, qu'il nous a données pour être allés relever le corps de son fils sur le champ de bataille des Ciampi, sans compter la cire.

Il faut dire en l'honneur du couvent que deux moines âgés, ayant eu connaissance de la position exacte de la jeune Hélène, descendirent dans Albano, et l'allèrent voir dans l'intention d'abord de l'amener de

After that conversation, not a single further word was exchanged between Signora Campireali and her daughter during the signora's remaining three days in the convent.

The day after her departure, Elena managed to escape, taking advantage of the confusion that prevailed at the two convent gates because of the presence of numerous masons who had been allowed into the garden and were working there on building new fortifications. She and little Marietta had disguised themselves as workmen. But the townsmen were mounting a strict guard at the town gates. Elena had enormous trouble in getting out. Finally, the same small merchant who had transmitted Branciforte's letters to her agreed to pass her off as his daughter and escort her all the way to Albano. There Elena found a hiding place with her nurse, whom her benefactions had allowed to open a little shop. As soon as she arrived, she wrote to Branciforte, and her nurse, after much trouble, found a man willing to risk entry into the forest of La Faggiola without knowing the password of Colonna's soldiers.

The messenger sent by Elena returned three days later, frightened to death; at first, he had been totally unable to find Branciforte, and the questions he kept on asking about the young captain having finally cast suspicion on him, he had been compelled to run away.

"There's no possible doubt, poor Giulio is dead," Elena told herself, "and I'm the one who killed him! That was the necessary consequence of my miserable weakness and cowardice; he should have fallen in love with a brave woman, the daughter of one of Prince Colonna's captains."

Elena's nurse thought she was going to die. She climbed up to the Capuchin monastery alongside the rock-cut road on which Fabio and his father had once encountered the two lovers in the middle of the night. The nurse spoke at length to her confessor and, under the secrecy of that sacrament, admitted to him that young Elena de' Campireali wished to rejoin Giulio Branciforte, her husband, and was ready to donate to the monastery church a silver lamp worth a hundred Spanish piastres.

"A hundred piastres!" the monk cried indignantly. "And what will become of our monastery if we incur the hatred of the lord of Campireali? It's not a hundred piastres, but easily a thousand, that he gave us because we went to retrieve his son's body on the battlefield of I Ciampi—not to mention the wax for candles."

In favor of the monastery it must be said that two elderly friars, having learned exactly where young Elena was staying, went down to Albano to visit her; their first intention was to get her, willingly or

gré ou de force à prendre son logement dans le palais de sa famille: ils savaient qu'ils seraient richement récompensés par la signora de Campireali. Tout Albano était rempli du bruit de la fuite d'Hélène et du récit des magnifiques promesses faites par sa mère à ceux qui pourraient lui donner des nouvelles de sa fille. Mais les deux moines furent tellement touchés du désespoir de la pauvre Hélène, qui croyait Jules Branciforte mort, que, bien loin de la trahir en indiquant à sa mère le lieu où elle s'était retirée, ils consentirent à lui servir d'escorte jusqu'à la forteresse de la Petrella. Hélène et Marietta, toujours déguisées en ouvriers, se rendirent à pied et de nuit à une certaine fontaine située dans la forêt de la Faggiola, à une lieue d'Albano. Les moines y avaient fait conduire des mulets, et, quand le jour fut venu, l'on se mit en route pour la Petrella. Les moines, que l'on savait protégés par le prince, étaient salués avec respect par les soldats qu'ils rencontraient dans la forêt; mais il n'en fut pas de même des deux petits hommes qui les accompagnaient: les soldats les regardaient d'abord d'un œil fort sévère et s'approchaient d'eux, puis éclataient de rire et faisaient compliment aux moines sur les grâces de leurs muletiers.

— Taisez-vos, impies, et croyez que tout se fait par ordre du prince Colonna, répondaient les moines en cheminant.

Mais la pauvre Hélène avait du malheur; le prince était absent de la Petrella, et quand, trois jours après, à son retour, il lui accorda enfin une audience, il se montra très dur.

— Pourquoi venez-vous ici, mademoiselle? Que signifie cette démarche mal avisée? Vos bavardages de femme ont fait périr sept hommes des plus braves qui fussent en Italie, et c'est ce qu'aucun homme sensé ne vous pardonnera jamais. En ce monde, il faut vouloir, ou ne pas vouloir. C'est sans doute aussi par suite de nouveaux bavardages que Jules Branciforte vient d'être déclaré *sacrilège* et condamné à être tenaillé pendant deux heures avec des tenailles rougies au feu, et ensuite brûlé comme un juif, lui, un des meilleurs chrétiens que je connaisse! Comment eût-on pu, sans quelque bavardage infâme de votre part, inventer ce mensonge horrible, savoir que Jules Branciforte était à Castro le jour de l'attaque du couvent? Tous mes hommes vous diront que ce jour-là même on le voyait à la Petrella, et que, sur le soir, je l'envoyais à Velletri.

— Mais est-il vivant? s'écriait pour la dixième fois la jeune Hélène fondant en larmes.

— Il est mort pour vous, reprit le prince, vous ne le reverrez jamais. Je vous conseille de retourner à votre couvent de Castro; tâchez de ne plus commettre d'indiscrétions, et je vous ordonne de quitter la

by force, to take up residence in her family's palace: they knew they'd be well rewarded by Signora Campireali. All of Albano was agog at the rumor of Elena's escape and the tale of the magnificent promises held out by her mother to anyone who could give her news of her daughter. But the two friars were so moved by Elena's despair at the thought that Giulio Branciforte was dead that, far from betraying her by informing her mother where she had hidden, they agreed to act as an escort for her all the way to the fortress of La Petrella. Elena and Marietta, still disguised as workmen, journeyed on foot at night to a certain spring located in the forest of La Faggiola, a league from Albano. The friars had had mules brought there, and at daybreak they set out for La Petrella. The friars, known to be under the prince's protection, were greeted respectfully by the soldiers they met in the forest; but the same couldn't be said about the two little men who accompanied them. the soldiers would at first gaze at them with very harsh eyes and come near them, then they'd burst out laughing and compliment the friars on the charms of their muleteers.

"Be silent, impious men, and be convinced that all this is being done by orders of Prince Colonna!" the friars would reply, proceeding on their way.

But poor Elena was unfortunate; the prince was away from La Petrella, and when he returned three days later and finally granted her an audience, he displayed great severity.

"Why have you come here, miss? What's the meaning of this ill-advised step? Your female chatter has caused the death of seven of the bravest men who lived in Italy, and for that no sensible man will ever forgive you. In this world, one must want something or not want it. No doubt it's also because of further loose talk that Giulio Branciforte has just been declared a sacrilegious person and sentenced to have his flesh torn for two hours with red-hot pincers, and then to be burned like a Jew, he, one of the best Christians I know! Without some loathsome babble from you, how could anyone have made up that awful lie: to wit, that Giulio Branciforte was in Castro on the day the convent was attacked? All my men will tell you that on that very day he was seen in La Petrella and toward evening I sent him to Velletri."

"But is he alive?" young Elena exclaimed for the tenth time, bursting into tears.

"He's dead to you," replied the prince, "you'll never see him again. I advise you to return to your convent in Castro; try to commit no more indiscretions, and I order you to be out of La Petrella within one

Petrella d'ici à une heure. Surtout ne racontez à personne que vous m'avez vu, ou je saurai vous punir.

La pauvre Hélène eut l'âme navrée d'un pareil accueil de la part de ce fameux prince Colonna pour lequel Jules avait tant de respect, et qu'elle aimait parce qu'il l'aimait.

Quoi qu'en voulût dire le prince Colonna, cette démarche d'Hélène n'était point mal avisée. Si elle fût venue trois jours plus tôt à la Petrella, elle y eût trouvé Jules Branciforte; sa blessure au genou le mettait hors d'état de marcher, et le prince le faisait transporter au gros bourg d'Avezzano, dans le royaume de Naples. A la première nouvelle du terrible arrêt acheté contre Branciforte par le seigneur de Campireali, et qui le déclarait sacrilège et violateur de couvent, le prince avait vu que, dans le cas où il s'agirait de protéger Branciforte, il ne pouvait plus compter sur les trois quarts de ses hommes. Ceci était un péché contre la Madone, à la protection de laquelle chacun de ces brigands croyaient avoir des droits particuliers. S'il se fût trouvé un barigel à Rome assez osé pour venir arrêter Jules Branciforte au milieu de la forêt de la Faggiola, il aurait pu réussir.

En arrivant à Avezzano, Jules s'appelait Fontana, et les gens qui le transportaient furent discrets. A leur retour à la Petrella, ils annoncèrent avec douleur que Jules était mort en route, et de ce moment chacun des soldats du prince sut qu'il y avait un coup de poignard dans le cœur pour qui prononcerait ce nom fatal.

Ce fut donc en vain qu'Hélène, de retour dans Albano, écrivit lettres sur lettres, et dépensa, pour les faire porter à Branciforte, tous les sequins qu'elle avait. Les deux moines âgés, qui étaient devenus ses amis, car l'extrême beauté, dit le chroniqueur de Florence, ne laisse pas d'avoir quelque empire, même sur les cœurs endurcis par ce que l'égoïsme et l'hypocrisie ont de plus bas; les deux moines, disons-nous, avertirent la pauvre fille que c'était en vain qu'elle cherchait à faire parvenir un mot à Branciforte: Colonna avait déclaré qu'il était mort, et certes Jules ne reparaîtrait au monde que quand le prince le voudrait. La nourrice d'Hélène lui annonça en pleurant que sa mère venait enfin de découvrir sa retraite, et que les ordres les plus sévères étaient donnés pour qu'elle fût transportée de vive force au palais Campireali, dans Albano. Hélène comprit qu'une fois dans ce palais sa prison pouvait être d'une sévérité sans bornes, et que l'on parviendrait à lui interdire absolument toutes communications avec le dehors, tandis qu'au couvent de Castro elle aurait, pour recevoir et envoyer des lettres, les mêmes facilités que toutes les religieuses. D'ailleurs, et ce fut ce qui la détermina, c'était dans le jardin de ce

hour. Above all, tell no one that you saw me, or I'll see to it that you're punished."

Poor Elena was heartbroken after being received in that manner by that notorious Prince Colonna whom Giulio respected so highly, and whom she had loved because he did.

No matter what Prince Colonna said about it, Elena's course of action was by no means ill-advised. If she had arrived in La Petrella three days earlier, she would have found Giulio Branciforte there; his knee wound made it impossible for him to walk, and the prince had had him carried to the big market town of Avezzano, in the Kingdom of Naples. At the first news of that awesome judgment against Branciforte which the lord of Campireali had purchased, declaring him sacrilegious and a profaner of convents, the prince had realized that, if it came down to protecting Branciforte, he could no longer count on three quarters of his men. This was a sin against the Madonna, to whose protection each of those brigands believed he had a special claim. If there had been a police chief in Rome daring enough to come and arrest Giulio Branciforte in the middle of the forest, he might have succeeded.

On arriving in Avezzano, Giulio called himself Fontana, and the men transporting him were discreet. When they got back to La Petrella, they announced sadly that Giulio had died on the way, and from that moment on, each one of the prince's soldiers knew that there was a dagger ready to plunge into the heart of anyone who uttered that fatal name.

And so it was in vain that Elena, back in Albano, wrote letter after letter and spent all the sequins she had on having them brought to Branciforte. The two elderly friars, who had become her friends (for extreme beauty, as the Florentine chronicler says, never fails to hold some sway, even over hearts hardened by the lowest forms of selfishness and hypocrisy)—the two friars, I was saying, assured the poor girl that she was trying in vain to get a message through to Branciforte: Colonna had declared that he was dead, and Giulio surely wouldn't reappear in public before the prince wished it. Elena's nurse reported to her in tears that her mother had finally just discovered her whereabouts, and had issued the strictest orders for her to be transferred forcibly to the Campireali palace in Albano. Elena understood that, once she was in that palace, her imprisonment might be immeasurably harsh, and that her foes would manage to prohibit absolutely any communications with the outside world, whereas in the convent at Castro she'd have the same opportunity to receive and send letters that all the nuns had. Furthermore, and it was this that made up her mind for her, it was in the garden of that convent that Giulio had spilled his blood for

couvent que Jules avait répandu son sang pour elle: elle pourrait revoir ce fauteuil de bois de la tourière, où il s'était placé un moment pour regarder sa blessure au genou; c'était là qu'il avait donné à Marietta ce bouquet taché de sang qui ne la quittait plus. Elle revint donc tristement au couvent de Castro, et l'on pourrait terminer ici son histoire: ce serait bien pour elle, et peut-être aussi pour le lecteur. Nous allons, en effet, assister à la longue dégradation d'une âme noble et généreuse. Les mesures prudentes et les mensonges de la civilisation, qui désormais vont l'obséder de toutes parts, remplaceront les mouvements sincères des passions énergiques et naturelles. Le chroniqueur romain fait ici une réflexion pleine de naïveté: parce qu'une femme se donne la peine de faire une belle fille, elle croit avoir le talent qu'il faut pour diriger sa vie, et, parce que lorsqu'elle avait six ans, elle lui disait avec raison: Mademoiselle, redressez votre collerette, lorsque cette fille a dix-huit ans et elle cinquante, lorsque cette fille a autant et plus d'esprit que sa mère, celle-ci, emportée par la manie de régner, se croit le droit de diriger sa vie et même d'employer le mensonge. Nous verrons que c'est Victoire Carafa, la mère d'Hélène, qui, par une suite de moyens adroits et fort savamment combinés, amena la mort cruelle de sa fille si chérie, après avoir fait son malheur pendant douze ans, triste résultat de la manie de régner.

Avant de mourir, le seigneur de Campireali avait eu la joie de voir publier dans Rome la sentence qui condamnait Branciforte à être tenaillé pendant deux heures avec des fers rouges dans les principaux carrefours de Rome, à être ensuite brûlé à petit feu, et ses cendres jetées dans le Tibre. Les fresques du cloître de Sainte-Marie-Nouvelle, à Florence, montrent encore aujourd'hui comment on exécutait ces sentences cruelles envers les sacrilèges. En général, il fallait un grand nombre de gardes pour empêcher le peuple indigné de remplacer les bourreaux dans leur office. Chacun se croyait ami intime de la Madone. Le seigneur de Campireali s'était encore fait lire cette sentence peu de moments avant sa mort, et avait donné à l'avocat qui l'avait procurée sa belle terre située entre Albano et la mer. Cet avocat n'était point sans mérite. Branciforte était condamné à ce supplice atroce, et cependant aucun témoin n'avait dit l'avoir reconnu sous les habits de ce jeune homme déguisé en courrier, qui semblait diriger avec tant d'autorité les mouvements des assaillants. La magnificence de ce don mit en émoi tous les intrigants de Rome. Il y avait alors à la cour un certain *fratone* (moine), homme profond et capable de tout, même de forcer le pape à lui donner le chapeau; il prenait soin des affaires du prince Colonna, et ce client terrible lui valait beaucoup de

her: she could see again that wooden armchair belonging to the portress where he had sat for a moment to examine his wounded knee; it was there he had given Marietta that bloodstained bouquet which never left her side. And so she returned sadly to the convent in Castro, and her history might well be ended here: it would be to her advantage, and possibly to the reader's, as well. In fact, we are going to witness the lengthy degradation of a noble, generous soul. The prudent measures and falsehoods of civilization, which will henceforth besiege her on all sides, will take the place of the sincere impulses of energetic, natural emotions. Here the Roman chronicler makes an extremely naïve reflection: just because a woman takes the trouble to give birth to a beautiful daughter, she believes she has the necessary talent to govern her life; and just because, when the girl was six, she was justified in telling her, "Straighten your collar, young lady," when that girl is eighteen and the mother fifty, when that girl is as intelligent as her mother or more so, the mother, carried away by a mad urge to dominate, believes herself entitled to run her life and even use lies. We shall see that it was Vittoria Carafa, Elena's mother, who, by a series of shrewd maneuvers very skillfully managed, brought about the cruel death of the daughter she had so loved, after causing her unhappiness for twelve years, a sad result of her urge to dominate.

Before he died the lord of Campireali had had the pleasure of seeing promulgated in Rome the judgment sentencing Branciforte to have his flesh torn for two hours with red-hot pincers at the main street crossings in Rome, then to be burned over a slow fire and have his ashes thrown into the Tiber. The frescos in the cloister of Santa Maria Novella in Florence still show today how those cruel judgments on sacrilegious persons were executed. Usually it took a large number of guards to keep the furious populace from taking the place of the executioners and performing their duties. Everyone believed himself to be an intimate friend of the Madonna. The lord of Campireali had had that judgment reread to him a few minutes before he died, and had given the lawyer who had wangled it his fine estate located between Albano and the sea. That lawyer was not without merit. Branciforte was sentenced to that ghastly torture, even though no witness had admitted recognizing him as that young man in courier's garb who seemed to be directing the actions of the attackers with such an air of authority. The magnificence of that fee put every intriguer in Rome in a flutter. In the pope's court at the time was a certain *fratone* (friar), a deep thinker capable of anything, even of compelling the pope to make him a cardinal; he had charge of Prince Colonna's dealings with

considération. Lorsque la signora de Campireali vit sa fille de retour à Castro, elle fit appeler ce fratone.

— Votre Révérence sera magnifiquement récompensée, si elle veut bien aider à la réussite de l'affaire fort simple que je vais lui expliquer. D'ici à peu de jours, la sentence qui condamne Jules Branciforte à un supplice terrible va être publiée et rendue exécutoire aussi dans le royaume de Naples. J'engage votre Révérence à lire cette lettre du vice-roi, un peu mon parent, qui daigne m'annoncer cette nouvelle. Dans quel pays Branciforte pourra-t-il chercher un asile? Je ferai remettre cinquante mille piastres au prince avec prière de donner le tout ou partie à Jules Branciforte, sous la condition qu'il ira servir le roi d'Espagne, mon seigneur, contre les rebelles de Flandre. Le vice-roi donnera un brevet de capitaine à Branciforte, et, afin que la sentence de sacrilège, que j'espère bien aussi rendre exécutoire en Espagne, ne l'arrête point dans sa carrière, il portera le nom de baron Lizzara; c'est une petite terre que j'ai dans les Abruzzes, et dont, à l'aide de ventes simulées, je trouverai moyen de lui faire passer la propriété. Je pense que votre Révérence n'a jamais vu une mère traiter ainsi l'assassin de son fils. Avec cinq cents piastres, nous aurions pu depuis longtemps nous débarrasser de cet être odieux; mais nous n'avons point voulu nous brouiller avec Colonna. Ainsi daignez lui faire remarquer que mon respect pour ses droits me coûte soixante ou quatre-vingt mille piastres. Je veux n'entendre jamais parler de ce Branciforte, et sur le tout présentez mes respects au prince.

Le *fratone* dit que sous trois jours, il irait faire une promenade du côté d'Ostie, et la signora de Campireali lui remit une bague valant mille piastres.

Quelques jours plus tard, le fratone reparut dans Rome, et dit à la signora de Campireali qu'il n'avait point donné connaissance de sa proposition au prince; mais qu'avant un mois le jeune Branciforte serait embarqué pour Barcelone, où elle pourrait lui faire remettre par un des banquiers de cette ville la somme de cinquante mille piastres.

Le prince trouva bien des difficultés auprès de Jules; quelques dangers que désormais il dût courir en Italie, le jeune amant ne pouvait se déterminer à quitter ce pays. En vain le prince laissa-t-il entrevoir que la signora de Campireali pouvait mourir; en vain promit-il que dans tous les cas, au bout de trois ans, Jules pourrait revenir voir son pays. Jules répandait des larmes, mais ne consentait point. Le prince fut obligé d'en venir à lui demander ce départ comme un service personnel; Jules ne put rien refuser à l'ami de son père; mais, avant tout, il voulait pren-

the court, and that dreaded client won him a great deal of consideration. When Signora Campireali learned her daughter was back in Castro, she sent for that *fratone*.

"Your Reverence will be splendidly rewarded if you are willing to contribute to the success of the very simple matter I am about to explain to you. In a very few days, the judgment sentencing Giulio Branciforte to a fearful execution will be proclaimed and put into effect in the Kingdom of Naples, as well. I invite Your Reverence to read this letter from the viceroy, to whom I am distantly related, and who has deigned to send me that news. In what country could Branciforte seek asylum? I shall have fifty thousand piastres remitted to the prince, requesting him to give some or all of it to Giulio Branciforte on the condition that he go and serve the king of Spain, my sovereign, against the rebels in Flanders. The viceroy will give Branciforte a captain's commission, and, so that the judgment for sacrilege, which I hope to have put into effect in Spain, too, will not hinder him in his career, he will bear the name of Baron Lizzara; that's a small estate I possess in the Abruzzi, the ownership of which I shall find a way to transfer to him by way of fictitious sales. I think Your Reverence has never known a mother to treat her son's murderer so well. With five hundred piastres we could have gotten rid of that hateful creature long ago; but we were unwilling to get on the wrong side of Colonna. And so, please let him know that my respect for his rights is costing me sixty or eighty thousand piastres. I never want to hear Branciforte mentioned again, and, above all, present my regards to the prince."

The *fratone* said that in three days he'd go on an outing in the direction of Ostia, and Signora Campireali gave him a ring worth a thousand piastres.

A few days later, the *fratone* was back in Rome and told Signora Campireali that he hadn't mentioned her proposal to the prince, but that in less than a month young Branciforte would be sailing for Barcelona, where she could have the sum of fifty thousand piastres remitted to him by one of the bankers in that city.

The prince had a lot of trouble with Giulio; no matter what risks he would thenceforth run in Italy, the young lover couldn't make up his mind to leave that country. It was in vain that the prince hinted to him that Signora Campireali might die; in vain he promised him that, in any event, Giulio would be able to return and see his country again in three years. Giulio shed tears, but refused to agree. The prince was compelled, finally, to ask him to go as a personal favor; Giulio couldn't refuse his father's friend anything; but, before all else, he wanted to take

dre les ordres d'Hélène. Le prince daigna se charger d'une longue lettre; et, bien plus, permit à Jules de lui écrire de Flandre une fois tous les mois. Enfin, l'amant désespéré s'embarqua pour Barcelone. Toutes ses lettres furent brûlées par le prince, qui ne voulait pas que Jules revînt jamais en Italie. Nous avons oublié de dire que, quoique fort éloigné par caractère de toute fatuité, le prince s'était cru obligé de dire, pour faire réussir la négociation, que c'était lui qui croyait convenable d'assurer une petite fortune de cinquante mille piastres au fils unique d'un des plus fidèles serviteurs de la maison Colonna.

La pauvre Hélène était traitée en princesse au couvent de Castro. La mort de son père l'avait mise en possession d'une fortune considérable, et il lui survint des héritages immenses. A l'occasion de la mort de son père, elle fit donner cinq aunes de drap noir à tous ceux des habitants de Castro ou des environs qui déclarèrent vouloir porter le deuil du seigneur de Campireali. Elle était encore dans les premiers jours de son grand deuil, lorsqu'une main parfaitement inconnue lui remit une lettre de Jules. Il serait difficile de peindre les transports avec lesquels cette lettre fut ouverte, non plus que la profonde tristesse qui en suivit la lecture. C'était pourtant bien l'écriture de Jules; elle fut examinée avec la plus sévère attention. La lettre parlait d'amour; mais quel amour, grand Dieu! La signora de Campireali, qui avait tant d'esprit, l'avait pourtant composée. Son dessein était de commencer la correspondance par sept à huit lettres d'amour passionné; elle voulait préparer ainsi les suivantes, où l'amour semblerait s'éteindre peu à peu.

Nous passerons rapidement sur dix années d'une vie malheureuse. Hélène se croyait tout à fait oubliée, et cependant avait refusé avec hauteur les hommages des jeunes seigneurs les plus distingués de Rome. Pourtant elle hésita un instant lorsqu'on lui parla du jeune Octave Colonna, fils aîné du fameux Fabrice, qui jadis l'avait si mal reçue à la Petrella. Il lui semblait que, devant absolument prendre un mari pour donner un protecteur aux terres qu'elle avait dans l'Etat romain et dans le royaume de Naples, il lui serait moins odieux de porter le nom d'un homme que jadis Jules avait aimé. Si elle eût consenti à ce mariage, Hélène arrivait rapidement à la vérité sur Jules Branciforte. Le vieux prince Fabrice parlait souvent et avec transports des traits de bravoure surhumaine du colonel Lizzara (Jules Branciforte), qui, tout à fait semblable aux héros des vieux romans, cherchait à se distraire par de belles actions de l'amour malheureux qui le rendait insensible à tous les plaisirs. Il croyait Hélène mariée depuis longtemps; la signora de Campireali l'avait environné, lui aussi, de mensonges.

Elena's orders. The prince condescended to write her a long letter; what's more, he gave Giulio permission to write to her from Flanders once a month. At last the despairing lover sailed for Barcelona. All of his letters were burned by the prince, who didn't want Giulio ever to return to Italy. We have forgotten to say that, although by nature he was anything but vainly boastful, the prince had felt it incumbent on him, for the success of the negotiation, to give it out that it was he who had thought it fitting to grant the small fortune of fifty thousand piastres to the only son of one of the most loyal servants of the house of Colonna.

Poor Elena was treated like a princess at the Castro convent. Her father's death had placed her in possession of a sizeable fortune, and other immense legacies came her way. On the occasion of her father's death, she had five ells of black cloth given to every resident of Castro or its environs who declared himself willing to wear mourning for the lord of Campireali. She was still in the first days of her own deep mourning when a totally unknown person handed her a letter from Giulio. It would be hard to depict the rapture with which that letter was opened, let alone the deep sadness that followed the reading of it. And yet it was surely Giulio's handwriting; it was studied with the greatest attention. The letter spoke of love, but, God, what a love! And yet it had been written by Signora Campireali, who was so intelligent. Her plan was to begin the correspondence with seven or eight letters of passionate love; she wanted to prepare in that manner for the following ones, in which love would seem to evaporate little by little.

We shall skip quickly over ten years of an unhappy life. Elena believed she was completely forgotten, and yet she had haughtily refused the addresses of the most distinguished young noblemen in Rome. Nevertheless she hesitated for a moment when people spoke to her of young Ottavio Colonna, eldest son of the notorious Fabrizio, who had once received her so badly at La Petrella. It seemed to her that, if she perforce had to take a husband to provide a protector for her estates in the papal domain and the Kingdom of Naples, it would be less hateful to her to bear the name of a man Giulio had once loved. If she had agreed to that marriage, Elena would quickly have learned the truth about Giulio Branciforte. The elderly Prince Fabrizio spoke frequently and delightedly about the feats of superhuman bravery performed by Colonel Lizzara (Giulio Branciforte), who, just like the heroes of old novels, was trying to make himself forget, by means of his derring-do, the unhappy love which rendered him insensible to every pleasure. He believed that Elena had married long since; Signora Campireali had surrounded him, too, with lies.

Hélène s'était réconciliée à demi avec cette mère si habile. Celle-ci désirant passionnément la voir mariée, pria son ami, le vieux cardinal Santi-Quattro, protecteur de la Visitation, et qui allait à Castro, d'annoncer en confidence aux religieuses les plus âgées du couvent que son voyage avait été retardé par un acte de grâce. Le bon pape Grégoire XIII, mû de pitié pour l'âme d'un brigand nommé Jules Branciforte, qui autrefois avait tenté de violer leur monastère, avait voulu, en apprenant sa mort, révoquer la sentence qui le déclarait sacrilège, bien convaincu que, sous le poids d'une telle condamnation, il ne pourrait jamais sortir du purgatoire, si toutefois Branciforte, surpris au Mexique et massacré par des sauvages révoltés, avait eu le bonheur de n'aller qu'en purgatoire. Cette nouvelle mit en agitation tout le couvent de Castro; elle parvint à Hélène, qui alors se livrait à toutes les folies de vanité que peut inspirer à une personne profondément ennuyée la possession d'une grande fortune. A partir de ce moment, elle ne sortit plus de sa chambre. Il faut savoir que, pour arriver à pouvoir placer sa chambre dans la petite loge de la portière où Jules s'était réfugié un instant dans la nuit du combat, elle avait fait reconstruire une moitié du couvent. Avec des peines infinies et ensuite un scandale fort difficile à apaiser, elle avait réussi à découvrir et à prendre à son service les trois *bravi* employés par Branciforte et survivant encore aux cinq qui jadis échappèrent au combat de Castro. Parmi eux se trouvait Ugone, maintenant vieux et criblé de blessures. La vue de ces trois hommes avait causé bien des murmures; mais enfin la crainte que le caractère altier d'Hélène inspirait à tout le couvent l'avait emporté, et tous les jours on les voyait, revêtus de sa livrée, venir prendre ses ordres à la grille extérieure, et souvent répondre longuement à ses questions toujours sur le même sujet.

Après les six mois de réclusion et de détachement pour toutes les choses du monde qui suivirent l'annonce de la mort de Jules, la première sensation qui réveilla cette âme déjà brisée par un malheur sans remède et un long ennui fut une sensation de vanité.

Depuis peu, l'abbesse était morte. Suivant l'usage, le cardinal Santi-Quattro, qui était encore protecteur de la Visitation malgré son grand âge de quatre-vingt-douze ans, avait formé la liste des trois dames religieuses entre lesquelles le pape devait choisir une abbesse. Il fallait des motifs bien graves pour que Sa Sainteté lût les deux derniers noms

Elena was now half-reconciled to her very clever mother. The latter, wishing passionately to see her married, asked her friend, the elderly Cardinal Santi-Quattro,[15] protector of the Visitation Order, who was going to Castro, to tell the oldest nuns in the convent in strict confidence that his trip had been delayed by an act of mercy. The kindly Pope Gregory XIII, taking pity on the soul of a brigand named Giulio Branciforte, who had once tried to violate their convent, had decided, on learning of his death, to revoke the judgment declaring him sacrilegious, out of the strong conviction that, weighed down by such a judgment, he would never be able to get out of purgatory—that is, if Branciforte, who was caught and killed by rebellious Indians in Mexico, had been so fortunate as to go no lower than purgatory. That news item stirred up everyone in the Castro convent; it reached Elena, who was at the time indulging in every whim of vanity which the possession of a large fortune can inspire in a profoundly bored person. From that moment on, she no longer left her room. It's necessary to state that, in order to be able to situate her room in the small portress's lodge where Giulio had taken shelter for a moment on the night of the fight, she had had half the convent rebuilt. With a world of trouble, and then at the cost of a scandal that was very hard to quiet down, she had managed to find and take into her service the three *bravi* employed by Branciforte who were still alive out of the five who had once escaped from the fight in Castro. Among them was Ugone, now old and riddled with wounds. The sight of those three men had created plenty of grumbling; but finally the fear that Elena's haughty nature inspired in all the convent's residents had won the upper hand, and every day they were seen, dressed in her livery, coming to receive her orders at the outside grating and frequently giving long answers to her questions, which were always on the same topic.

After the six months of reclusion and indifference to all worldly things that followed the announcement of Giulio's death, the first sensation that aroused that soul, already broken by a misfortune past help and a long period of boredom, was a sensation of vanity.

Shortly before, the abbess had died. As customary, Cardinal Santi-Quattro, who was still protector of the Visitation Order despite his great age of ninety-two, had drawn up the list of the three nuns from whom the pope was to choose an abbess. His Holiness had to have very weighty reasons to read the last two names on the list; he was

---

15. The humorous name, based on that of the Church of Four Saints in Rome, suggests a flighty, indecisive nature.

de la liste, elle se contentait ordinairement de passer un trait de plume sur ces noms, et la nomination était faite.

Un jour, Hélène était à la fenêtre de l'ancienne loge de la tourière, qui était devenue maintenant l'extrémité de l'aile des nouveaux bâtiments construits par ses ordres. Cette fenêtre n'était pas élevée de plus de deux pieds au-dessus du passage arrosé jadis du sang de Jules et qui maintenant faisait partie du jardin. Hélène avait les yeux profondément fixés sur la terre. Les trois dames que l'on savait depuis quelques heures être portées sur la liste du cardinal pour succéder à la défunte abbesse vinrent à passer devant la fenêtre d'Hélène. Elle ne les vit pas, et par conséquent ne put les saluer. L'une des trois dames fut piquée et dit assez haut aux deux autres:

— Voilà une belle façon pour une pensionnaire d'étaler sa chambre aux yeux du public!

Réveillée par ces paroles, Hélène leva les yeux et rencontra trois regards méchants.

«Eh bien, se dit-elle en fermant la fenêtre sans saluer, voici assez de temps que je suis agneau dans ce couvent, il faut être loup, quand ce ne serait que pour varier les amusements de messieurs les curieux de la ville.»

Une heure après, un de ses gens, expédié en courrier, portait la lettre suivante à sa mère, qui depuis dix années habitait Rome et y avait su acquérir un grand crédit.

«Mère très respectable,

«Tous les ans tu me donnes trois cent mille francs le jour de ma fête; j'emploie cet argent à faire ici des folies, honorables à la vérité, mais qui n'en sont pas moins des folies. Quoique tu ne me le témoignes plus depuis longtemps, je sais que j'aurais deux façons de te prouver ma reconnaissance pour toutes les bonnes intentions que tu as eues à mon égard. Je ne me marierai point, mais je deviendrais avec plaisir *abbesse de ce couvent;* ce qui m'a donné cette idée, c'est que les trois dames que notre cardinal Santi-Quattro a portées sur la liste par lui présentée au Saint-Père sont mes ennemies; et quelle que soit l'élue, je m'attends à éprouver toutes sortes de vexations. Présente le bouquet de ma fête aux personnes auxquelles il faut l'offrir; faisons d'abord retarder de six mois la nomination, ce qui rendra folle de bonheur la prieure du couvent, mon amie intime, et qui aujourd'hui tient les rênes du gouvernement. Ce sera déjà pour moi une source de bonheur, et c'est bien rarement que je puis employer ce mot en parlant de ta fille. Je trouve mon idée folle; mais, si tu vois quelque

generally satisfied with drawing a line through those names, and the appointment was made.

One day, Elena was at the window of the former portress's lodge, which had now become the far end of the wing of the new buildings erected by her orders. That window wasn't more than two feet above the passage once moistened by Giulio's blood, and now part of the garden. Elena's eyes were staring rigidly at the ground. The three ladies whose names, it had been known for a few hours, figured on the cardinal's list as successors to the late abbess, happened to walk past Elena's window. She didn't see them and therefore failed to greet them. One of the three ladies was annoyed and said quite loudly to the other two:

"This is a fine way for a boarder to display her room to the eyes of the public!"

Aroused by those words, Elena raised her eyes and met three malicious gazes.

"Very well," she said to herself as she shut the window without greeting them, "for long enough I've been a lamb in this convent; I've got to be a wolf, if only to add some variety to the amusements of the curious gentlemen of the town!"

An hour later, one of her men, sent out as a courier, was bearing the following letter to her mother, who had been living in Rome for ten years and had been able to acquire a great deal of influence there:

"Highly respected mother,

"Every year you give me three hundred thousand francs on my birthday; I use that money to commit follies here, honorable ones, it's true, but still follies. Although you haven't indicated it to me for some time now, I know that I would have two ways to prove to you my gratitude for all the good intentions you've had in my regard. I absolutely will not marry, but I would gladly become abbess of this convent; what gave me this idea is that the three ladies our Cardinal Santi-Quattro has placed on the list he presented to the Holy Father are enemies of mine; and no matter which one is chosen, I can expect to undergo all sorts of persecutions. Make a present of my birthday money to the people to whom it must be offered; let us begin by having the appointment postponed for six months; that will make the prioress of the convent, my close friend, crazy with happiness, since today she has the direction of the convent in her hands. Even that will be a source of happiness for me, and it is very seldom that I can use that word when speaking of your daughter. I find my idea a mad one; but if you see

chance de succès, dans trois jours je prendrai le voile blanc, huit années de séjour au couvent, sans découcher, me donnant droit à une
exemption de six mois. La dispense ne se refuse pas, et coûte quarante écus.

«Je suis avec respect, ma vénérable mère, etc.»

Cette lettra combla de joie la signora de Campireali. Lorsqu'elle la
reçut, elle se repentait vivement d'avoir fait annoncer à sa fille la
mort de Branciforte; elle ne savait comment se terminerait cette profonde mélancolie où elle était tombée; elle prévoyait quelque coup
de tête, elle allait jusqu'à craindre que sa fille ne voulût aller visiter
au Mexique le lieu où l'on avait prétendu que Branciforte avait été
massacré, auquel cas il était très possible qu'elle apprît à Madrid le
vrai nom du colonel Lizzara. D'un autre côté, ce que sa fille demandait par son courrier était la chose du monde la plus difficile et
l'on peut même dire la plus absurde. Une jeune fille qui n'était pas
même religieuse, et qui d'ailleurs n'était connue que par la folle passion d'un brigand, que peut-être elle avait partagée, être mise à la
tête d'un couvent où tous les princes romains comptaient quelques
parentes! Mais, pensa la signora de Campireali, on dit que tout
procès peut être plaidé et par conséquent gagné. Dans sa réponse,
Victoire Carafa donna des espérances à sa fille, qui, en général,
n'avait que des volontés absurdes, mais par compensation s'en dé-
goûtait très facilement. Dans la soirée, en prenant des informations
sur tout ce qui, de près ou de loin, pouvait tenir au couvent de
Castro, elle apprit que depuis plusieurs mois son ami le cardinal
Santi-Quattro avait beaucoup d'humeur: il voulait marier sa nièce à
don Octave Colonna, fils aîné du prince Fabrice, dont il a été parlé si
souvent dans la présente histoire. Le prince lui offrait son second fils
don Lorenzo, parce que, pour arranger sa fortune, étrangement com-
promise par la guerre que le roi de Naples et le pape, enfin d'accord,
faisaient aux brigands de la Faggiola, il fallait que la femme de son
fils aîné apportât une dot de six cent mille piastres (3 210 000 francs)
dans la maison Colonna. Or le cardinal Santi-Quattro, même en
déshéritant de la façon la plus ridicule tous ses autres parents, ne
pouvait offrir qu'une fortune de trois cent quatre-vingt ou quatre
cent mille écus.

Victoire Carafa passa la soirée et une partie de la nuit à se faire con-
firmer ces faits par tous les amis du vieux Santi-Quattro. Le lendemain, dès sept heures, elle se fit annoncer chez le vieux cardinal.

— Eminence, lui dit-elle, nous sommes bien vieux tous les deux; il

any chance of success, in three days I shall take the white veil, since my eight years' residence in the convent, without spending a night away from it, gives me the right to a waiver of six months. This exemption is never refused, and costs only forty scudi.

"I remain respectfully, my revered mother, etc."

That letter filled Signora Campireali with joy. When she received it, she bitterly regretted having had the death of Branciforte announced to her daughter; she didn't know what would result from the deep melancholy she had lapsed into; she foresaw some headstrong decision, and even feared that her daughter might wish to go to Mexico to visit the spot where Branciforte supposedly had been murdered, in which case it was very possible for her to learn the real name of Colonel Lizzara in Madrid. On the other hand, what her daughter was requesting in her letter was the most difficult thing in the world, and one might even say the most absurd. A young woman who wasn't even a nun, and moreover was known only for inspiring the mad passion of a brigand, which she may have shared, to be placed in command of a convent in which every Roman prince had some female relatives! "But," Signora Campireali thought, "they say that every case can be pleaded and therefore can be won." In her reply, Vittoria Carafa held out hope to her daughter, who usually had only absurd whims, but, to make up for that, tired of them very readily. That evening, gathering information on anything that could relate however remotely to the Castro convent, she learned that for several months her friend Cardinal Santi-Quattro had been quite chagrined: he wanted to marry off his niece to Don Ottavio Colonna, the eldest son of that Prince Fabrizio who has been mentioned so frequently in the present history. The prince offered him his second son, Don Lorenzo, because, to repair his fortunes, which had been oddly threatened by the war that the King of Naples and the Pope, finally allied, were waging on the brigands of La Faggiola, it was necessary for the wife of his eldest son to bring a dowry of six hundred thousand piastres (3,210,000 francs) into the house of Colonna. Now Cardinal Santi-Quattro, even if he disinherited all his other relatives in the most laughable manner, was unable to offer more than the sum of three hundred eighty or four hundred thousand scudi.

Vittoria Carafa spent the evening and part of the night having these facts confirmed by all the friends of old Santi-Quattro. The next day, as early as seven, she had herself announced at the aged cardinal's home.

"Your Eminence," she said, "both of us are quite old; there's no use

est inutile de chercher à nous tromper, en donnant de beaux noms à des choses qui ne sont pas belles; je viens vous proposer une folie; tout ce que je puis dire pour elle, c'est qu'elle n'est pas odieuse; mais j'avouerai que je la trouve souverainement ridicule. Lorsqu'on traitait le mariage de don Octave Colonna avec ma fille Hélène, j'ai pris de l'amitié pour ce jeune homme, et, le jour de son mariage, je vous remettrai deux cent mille piastres en terres ou en argent, que je vous prierai de lui faire tenir. Mais, pour qu'une pauvre veuve telle que moi puisse faire un sacrifice aussi énorme, il faut que ma fille Hélène, qui a présentement vingt-sept ans, et qui depuis l'âge de dix-neuf ans n'a pas découché du couvent, soit faite *abbesse de Castro;* il faut pour cela retarder l'élection de six mois; la chose est canonique.

— Que dites-vous, madame? s'écria le vieux cardinal hors de lui; Sa Sainteté elle-même ne pourrait pas faire ce que vous venez demander à un pauvre vieillard impotent.

— Aussi ai-je dit à Votre Eminence que la chose était ridicule: les sots la trouveront folle; mais les gens bien instruits de ce qui se passe à la cour penseront que notre excellent prince, le bon pape Grégoire XIII, a voulu récompenser les loyaux et longs services de Votre Eminence en facilitant un mariage que tout Rome sait qu'elle désire. Du reste, la chose est possible, tout à fait canonique, j'en réponds; ma fille prendra la voile blanc dès demain.

— Mais la simonie, madame! . . . s'écria le vieillard d'une voix terrible.

La signora Campireali s'en allait.

— Quel est ce papier que vous laissez?

— C'est la liste des terres que je présenterais comme valant deux cent mille piastres si l'on ne voulait pas d'argent comptant; le changement de propriété de ces terres pourrait être tenu secret pendant fort longtemps; par exemple, la maison Colonna me ferait des procès que je perdrais . . .

— Mais la simonie, madame! l'effroyable simonie!

— Il faut commencer par différer l'élection de six mois, demain je viendrai prendre les ordres de Votre Eminence.

Je sens qu'il faut expliquer pour les lecteurs nés au nord des Alpes le ton presque officiel de plusieurs parties de ce dialogue; je rappellerai que, dans les pays strictement catholiques, la plupart des dialogues sur les sujets scabreux finissent par arriver au confessionnal, et alors il n'est rien moins qu'indifférent de s'être servi d'un mot respectueux ou d'un terme ironique.

Le lendemain dans la journée, Victoire Carafa sut que, par suite

trying to fool each other by giving fancy names to unlovely things; I have come to propose a mad idea to you; all I can say in favor of it is that it isn't detestable; but I will admit that I find it supremely ridiculous. During negotiations for a marriage between Don Ottavio Colonna and my daughter Elena, I acquired friendly feelings for that young man, and on his wedding day I shall remit to you two hundred thousand piastres in land or cash, which I shall ask you to place in his hands. But, for a poor widow such as I to be able to make so enormous a sacrifice, it's necessary that my daughter Elena, who is now twenty-seven, and who since the age of nineteen hasn't slept away from the convent, be made abbess of Castro; to do that, the appointment must be postponed for six months; it's all in accordance with Church law."

"What are you saying, ma'am?" exclaimed the old cardinal, beside himself. "His Holiness himself couldn't do what you're asking of a poor, powerless old man."

"And indeed I told Your Eminence that the matter was ridiculous: foolish people will consider it crazy, but people who are well informed of what goes on at court will think that our excellent ruler, the good Pope Gregory XIII, wished to reward Your Eminence's long, faithful service by smoothing the way for a marriage that everyone in Rome knows you desire. Besides, the thing is feasible, completely canonical, I vouch for it; my daughter will take the white veil as early as tomorrow."

"But simony, ma'am! . . ." the old man exclaimed in a terrifying tone.

Signora Campireali was on her way out.

"What's this paper that you've left here?"

"It's the list of landed properties, worth two hundred thousand piastres, that I'd offer if cash weren't acceptable; the change in ownership of these estates could be kept secret for a very long time; for instance, the house of Colonna could bring lawsuits against me which I'd lose . . ."

"But simony, ma'am! The terrible simony!"

"We must begin by postponing the appointment for six months; tomorrow I'll stop by to receive Your Eminence's orders."

I feel that I must explain to readers born north of the Alps the all-but-official tone of some parts of this dialogue; I'd remind them that, in strictly Catholic countries, most dialogues on ticklish subjects are finally repeated to someone's confessor, so that it is far from an indifferent matter whether one has used a respectful phrase or an ironic term.

In the course of the following day, Vittoria Carafa learned that,

d'une grande erreur de fait, découverte dans la liste des trois dames présentées pour la place d'abbesse de Castro, cette élection était différée de six mois: la seconde dame portée sur la liste avait un renégat dans sa famille; un de ses grands-oncles s'était fait protestant à Udine.

La signora de Campireali crut devoir faire une démarche auprès du prince Fabrice Colonna, à la maison duquel elle allait offrir une si notable augmentation de fortune. Après deux jours de soins, elle parvint à obtenir une entrevue dans un village voisin de Rome, mais elle sortit tout effrayée de cette audience; elle avait trouvé le prince, ordinairement si calme, tellement préoccupé de la gloire militaire du colonel Lizzara (Jules Branciforte), qu'elle avait jugé absolument inutile de lui demander le secret sur cet article. Le colonel était pour lui comme un fils, et, mieux encore, comme un élève favori. Le prince passait sa vie à lire et relire certaines lettres arrivées de Flandre. Que devenait le dessein favori auquel la signora de Campireali sacrifiait tant de choses depuis dix ans, si sa fille apprenait l'existence et la gloire du colonel Lizzara?

Je crois devoir passer sous silence beaucoup de circonstances qui, à la vérité, peignent les mœurs de cette époque, mais qui me semblent tristes à raconter. L'auteur du manuscrit romain s'est donné des peines infinies pour arriver à la date exacte de ces détails que je supprime.

Deux ans après l'entrevue de la signora de Campireali avec le prince Colonna, Hélène était abbesse de Castro; mais le vieux cardinal Santi-Quattro était mort de douleur après ce grand acte de simonie. En ce temps-là, Castro avait pour évêque le plus bel homme de la cour du pape, monsignor Francesco Cittadini, noble de la ville de Milan. Ce jeune homme, remarquable par ses grâces modestes et son ton de dignité, eut des rapports fréquents avec l'abbesse de la Visitation à l'occasion surtout du nouveau cloître dont elle entreprit d'embellir son couvent. Ce jeune évêque Cittadini, alors âgé de vingt-neuf ans, devint amoureux fou de cette belle abbesse. Dans le procès qui fut dressé un an plus tard, une foule de religieuses, entendues comme témoins, rapportent que l'évêque multipliait le plus possible ses visites au couvent, disant souvent à leur abbesse: «Ailleurs, je commande, et, je l'avoue à ma honte, j'y trouve quelque plaisir; auprès de vous j'obéis comme un esclave, mais avec un plaisir qui surpasse de bien loin celui de commander ailleurs. Je me trouve sous l'influence d'un être supérieur; quand je l'essayerais, je ne pourrais avoir d'autre volonté que la sienne, et j'aimerais mieux me voir pour une éternité le dernier de ses esclaves que d'être roi loin de ses yeux.»

owing to a major factual error uncovered in the list of three ladies nominated for the position of abbess of Castro, that appointment was postponed for six months: the second lady listed had a renegade in her family; one of her great-uncles had converted to Protestantism in Udine.

Signora Campireali thought it incumbent upon her to approach Prince Fabrizio Colonna, to whose house she was going to offer such a remarkable boost in its fortunes. After working at it for two days, she managed to obtain an interview in a village near Rome, but she left that audience terrified; she had found the prince, who was usually very calm, so excited about the military glory of Colonel Lizzara (Giulio Branciforte) that she had deemed it altogether useless to ask him to maintain secrecy on that topic. To him the colonel was like a son; even more: like a favorite disciple. The prince spent all his time reading and rereading certain letters that had come from Flanders. What would become of the cherished scheme for which Signora Campireali had been making so many sacrifices for ten years, if her daughter learned about the existence and the fame of Colonel Lizzara?

I feel I ought to keep silent about many circumstances which, it's true, depict the ways of that era but which I find it sad to narrate. The author of the Roman manuscript took infinite pains to arrive at the exact date of these details which I'm omitting.

Two years after the meeting between Signora Campireali and Prince Colonna, Elena was abbess of Castro; but old Cardinal Santi-Quattro had died of grief after that great act of simony. In that period, Castro had as its bishop the handsomest man in the papal court, Monsignor Francesco Cittadini, a nobleman from the city of Milan. This young man, noteworthy for his charming modesty and his dignified tone, was in frequent touch with the abbess of the Visitation, especially on the occasion of the new cloister with which she determined to adorn her convent. This young Bishop Cittadini, twenty-nine at the time, fell madly in love with that beautiful abbess. In the legal proceedings instituted a year later, numerous nuns, called as witnesses, reported that the bishop had visited the convent as often as he could, frequently saying to their abbess: "Elsewhere, I command, and, I admit it to my shame, I find some pleasure in it; at your side, I obey like a slave, but with a pleasure far surpassing that of being in command elsewhere. I find myself under the influence of a superior being; even if I tried, I wouldn't be able to have a will other than hers, and I'd prefer to see myself eternally the humblest of her slaves than to be king far away from her."

Les témoins rapportent qu'au milieu de ces phrases élégantes souvent l'abbesse lui ordonnait de se taire, et en des termes durs et qui montraient le mépris.

— A vrai dire, continue un autre témoin, madame le traitait comme un domestique; dans ces cas-là, le pauvre évêque baissait les yeux, se mettait à pleurer, mais ne s'en allait point. Il trouvait tous les jours de nouveaux prétextes pour reparaître au couvent, ce qui scandalisait fort les confesseurs des religieuses et les ennemies de l'abbesse. Mais madame l'abbesse était vivement défendue par la prieure, son amie intime, et qui, sous ses ordres immédiats, exerçait le gouvernement intérieur.

— Vous savez, mes nobles sœurs, disait celle-ci, que, depuis cette passion contrariée que notre abbesse éprouva dans sa première jeunesse pour un soldat d'aventure, il lui est resté beaucoup de bizarrerie dans les idées; mais vous savez toutes que son caractère a ceci de remarquable, que jamais elle ne revient sur le compte des gens pour lesquels elle a montré du mépris. Or, dans toute sa vie peut-être, elle n'a pas prononcé autant de paroles outrageantes qu'elle en a adressé en notre présence au pauvre monsignor Cittadini. Tous les jours, nous voyons celui-ci subir des traitements qui nous font rougir pour sa haute dignité.

— Oui, répondaient les religieuses scandalisées, mais il revient tous les jours; donc, au fond, il n'est pas si maltraité, et, dans tous les cas, cette apparence d'intrigue nuit à la considération du saint ordre de la Visitation.

Le maître le plus dur n'adresse pas au valet le plus inepte le quart des injures dont tous les jours l'altière abbesse accablait ce jeune évêque aux façons si onctueuses; mais il était amoureux, et avait apporté de son pays cette maxime fondamentale, qu'une fois une entreprise de ce genre commencée, il ne faut plus s'inquiéter que du but, et ne pas regarder les moyens.

— Au bout du compte, disait l'évêque à son confident César del Bene, le mépris est pour l'amant qui s'est désisté de l'attaque avant d'y être contraint par des moyens de force majeure.

Maintenant ma triste tâche va se borner à donner un extrait nécessairement fort sec du procès à la suite duquel Hélène trouva la mort. Ce procès, que j'ai lu dans une bibliothèque dont je dois taire le nom, ne forme pas moins de huit volumes in-folio. L'interrogatoire et le raisonnement sont en langue latine, les réponses en italien. J'y vois qu'au mois de novembre 1572, sur les onze heures du soir, le jeune évêque se rendit seul à la porte de l'église où toute la journée les fidèles sont admis; l'abbesse elle-même lui ouvrit cette porte, et lui permit de la suivre. Elle le reçut dans une chambre qu'elle occupait

The witnesses reported that, amid these elegant phrases, the abbess would frequently order him to be silent, and in harsh terms indicative of contempt.

"To tell the truth," another witness continues, "the abbess treated him like a servant; at such times, the poor bishop would lower his eyes and begin to cry, but he didn't go away. Every day he found a new excuse for showing up in the convent; this was highly shocking to the nuns' confessors and the abbess's female enemies. But the abbess was warmly defended by the prioress, her close friend, who, taking her orders directly from her, ran the convent internally."

"You know, my noble sisters," the prioress would say, "that ever since that thwarted passion which our abbess felt as a very young girl for a soldier of fortune, she has always had many odd ideas; but you all know that her character has this noteworthy trait: she never changes her mind about people for whom she has once shown contempt. Now, in her whole life, perhaps, she has never uttered as many insulting things as she has addressed in our presence to poor Monsignor Cittadini. Every day we see him submitting to abuse that makes us blush for his lofty rank."

"Yes," the shocked nuns would reply, "but he comes back every day; and so, after all, he isn't that badly mistreated, and, anyway, this atmosphere of intrigue is detrimental to the esteem in which the holy Visitation Order is held."

The severest master doesn't heap on the clumsiest valet a quarter of the insults with which the haughty abbess belabored daily that young bishop who had such unctuous manners; but he was in love, and had brought with him from his native region the basic maxim that, once an enterprise of this kind is begun, one should be concerned only with the end and disregard the means.

"When all is said and done," the bishop would tell his confidant Cesare del Bene, "contempt befits the lover who has given up the attack before he's compelled to do so by superior numbers."

Now my sad task will be limited to giving a necessarily very dry summary of the trial which resulted in Elena's death. The record of this trial, which I have read in a library I mustn't name, comprises no fewer than eight folio tomes. The questions and summations are in Latin, the answers in Italian. From it I see that in November 1572, about eleven P.M., the young bishop showed up alone at the church door where the public is admitted all day long; the abbess herself let him in by that door and allowed him to follow her. She received him in a room she frequently occupied, which opened through a secret

souvent et qui communiquait par une porte secrète aux tribunes qui règnent sur les nefs de l'église. Une heure s'était à peine écoulée lorsque l'évêque, fort surpris, fut renvoyé chez lui; l'abbesse elle-même le reconduisit à la porte de l'église, et lui dit ces propres paroles:

— *Retournez à votre palais et quittez-moi bien vite. Adieu, monseigneur, vous me faites horreur; il me semble que je me suis donnée à un laquais.*

Toutefois, trois mois après, arriva le temps du carnaval. Les gens de Castro étaient renommés par les fêtes qu'ils se donnaient entre eux à cette époque, la ville entière retentissait du bruit des mascarades. Aucune ne manquait de passer devant une petite fenêtre qui donnait un jour de souffrance à une certaine écurie du couvent. L'on sent bien que trois mois avant le carnaval cette écurie était changée en salon, et qu'elle ne désemplissait pas les jours de mascarade. Au milieu de toutes les folies du public, l'évêque vint à passer dans son carrosse; l'abbesse lui fit un signe, et, la nuit suivante, à une heure, il ne manqua pas de se trouver à la porte de l'église. Il entra; mais, moins de trois quarts d'heure après, il fut renvoyé avec colère. Depuis le premier rendez-vous au mois de novembre, il continuait à venir au couvent à peu près tous les huit jours. On trouvait sur sa figure un petit air de triomphe et de sottise qui n'échappait à personne, mais qui avait le privilège de choquer grandement le caractère altier de la jeune abbesse. Le lundi de Pâques, entre autres jours, elle le traita comme le dernier des hommes, et lui adressa des paroles que le plus pauvre des hommes de peine du couvent n'eût pas supportées. Toutefois, peu de jours après, elle lui fit un signe à la suite duquel le bel évêque ne manqua pas de se trouver, à minuit, à la porte de l'église; elle l'avait fait venir pour lui apprendre qu'elle était enceinte. A cette annonce, dit le procès, le beau jeune homme pâlit d'horreur et devint tout à fait *stupide de peur*. L'abbesse eut la fièvre; elle fit appeler le médecin, et ne lui fit point mystère de son état. Cet homme connaissait le caractère généreux de la malade, et lui promit de la tirer d'affaire. Il commença par la mettre en relation avec une femme du peuple jeune et jolie, qui, sans porter le titre de sage-femme, en avait les talents. Son mari était boulanger. Hélène fut contente de la conversation de cette femme, qui lui déclara que, pour l'exécution des projets à l'aide desquels elle espérait la sauver, il était nécessaire qu'elle eût deux confidentes dans le couvent.

— Une femme comme vous, à la bonne heure, mais une de mes égales! non; sortez de ma présence.

La sage-femme se retira. Mais, quelques heures plus tard, Hélène, ne trouvant pas prudent de s'exposer aux bavardages de cette femme,

door onto the galleries that overlook the naves of the church. Less than an hour had gone by when the bishop, in astonishment, was sent home; the abbess herself escorted him back to the church door and addressed these very words to him:

"Return to your palace and leave me this minute! Farewell, Monsignor, I find you repulsive; I feel as if I had given myself to a lackey."

And yet, three months later, Carnival time arrived. The people of Castro were renowned for the parties they gave one another at that time of year; the whole town echoed with the din of masqueraders. No group of them failed to pass in front of a little window, which afforded a view onto the street from a certain stable belonging to the convent. Naturally, three months before Carnival that stable was changed into a parlor and was always full of people on masquerade days. Amid all the public carousing, the bishop came by in his coach; the abbess made a sign to him and, the following night at one, he didn't fail to appear at the church door. He went in; but less than forty-five minutes later, he was dismissed angrily. Ever since the first tryst in November, he had continued to come to the convent almost once a week. On his face was to be seen a slight aura of triumph and foolishness which escaped no one, but which had the power to upset greatly the young abbess's haughty temper. On Easter Monday, as on some other days, she treated him like the lowest of men, addressing him in terms that the poorest laborer in the convent wouldn't have stood for. And yet, not many days later, she gave him a sign, as a result of which the handsome bishop didn't fail to appear at the church door at midnight; she had sent for him to inform him that she was pregnant. At that announcement, the trial record states, the handsome young man turned pale with horror and became altogether "dazed with fear." The abbess had a fever; she sent for the doctor, and made no secret of her condition to him. That man knew the generous nature of his patient, and promised her to get her out of her difficulty. He began by putting her in touch with a young, pretty lower-class woman who, without being called a midwife, had the skills of one. Her husband was a baker. Elena was satisfied with the conversation of that woman, who told her that, in order to carry out the plans whereby she hoped to save her, it was necessary for the abbess to have two confidantes in the convent.

"A woman like you: all right. But one of my peers: no! Get out of here!"

The midwife left. But, a few hours later, Elena, finding it imprudent to expose herself to that woman's gossip, called for the doctor, who

fit appeler le médecin, qui la renvoya au couvent, où elle fut traitée
généreusement. Cette femme jura que, même non rappelée, elle
n'eût jamais divulgué le secret confié; mais elle déclara de nouveau
que, s'il n'y avait pas dans l'intérieur du couvent deux femmes
dévouées aux intérêts de l'abbesse et sachant tout, elle ne pouvait se
mêler de rien. (Sans doute elle songeait à l'accusation d'infanticide.)
Après y avoir beaucoup réfléchi, l'abbesse résolut de confier ce terrible secret à madame Victoire, prieure du couvent, de la noble famille
des ducs de C . . . , et à madame Bernarde, fille du marquis P . . . Elle
leur fit jurer sur leurs bréviaires de ne jamais dire un mot, même au
tribunal de la pénitence, de ce qu'elle allait leur confier. Ces dames
restèrent glacées de terreur. Elles avouent, dans leurs interrogatoires,
que, préoccupées du caractère si altier de leur abbesse, elles s'at-
tendirent à l'aveu de quelque meurtre. L'abbesse leur dit d'un air simple et froid:

— J'ai manqué à tous mes devoirs, je suis enceinte.

Madame Victoire, la prieure, profondément émue et troublée par
l'amitié qui, depuis tant d'années, l'unissait à Hélène, et non poussée
par une vaine curiosité, s'écria les larmes aux yeux:

— Quel est donc l'imprudent qui a commis ce crime?

— Je ne l'ai pas dit même à mon confesseur; jugez si je veux le dire
à vous!

Ces deux dames délibérèrent aussitôt sur les moyens de cacher ce
fatal secret au reste du couvent. Elles décidèrent d'abord que le lit de
l'abbesse serait transporté de sa chambre actuelle, lieu tout à fait cen-
tral, à la pharmacie que l'on venait d'établir dans l'endroit le plus
reculé du couvent, au troisième étage du grand bâtiment élevé par la
générosité d'Hélène. C'est dans ce lieu que l'abbesse donna le jour à
un enfant mâle. Depuis trois semaines la femme du boulanger était
cachée dans l'appartement de la prieure. Comme cette femme marchait avec rapidité le long du cloître, emportant l'enfant, celui-ci jeta
des cris, et, dans sa terreur, cette femme se réfugia dans la cave. Une
heure après, madame Bernarde, aidée du médecin, parvint à ouvrir
une petite porte du jardin, la femme du boulanger sortit rapidement
du couvent et bientôt après de la ville. Arrivée en rase campagne et
poursuivie par une terreur panique, elle se réfugia dans une grotte
que le hasard lui fit rencontrer dans certains rochers. L'abbesse écrivit
à César del Bene, confident et premier valet de chambre de l'évêque,
qui courut à la grotte qu'on lui avait indiquée; il était à cheval: il prit
l'enfant dans ses bras, et partit au galop pour Montefiascone. L'enfant
fut baptisé dans l'église de Sainte-Marguerite, et reçut le nom

sent her back to the convent, where she was dealt with generously. That woman swore that, even if she hadn't been called back, she would never have divulged the secret confided in her; but she declared again that, if there weren't inside the convent two women devoted to the abbess's interests and cognizant of everything, she wouldn't get involved in the matter. (No doubt she had in mind an accusation of infanticide.) After long reflection, the abbess decided to confide that terrible secret to Sister Vittoria, prioress of the convent, of the noble family of the dukes of C——, and to Sister Bernarda, daughter of Marquess P——. She made them swear on their breviaries never to say a word about what she was going to tell them in secret, not even during confession. Those ladies were chilled with terror. When questioned at the trial, they admitted that, knowing so well their abbess's haughty nature, they expected to hear her confess to a murder. The abbess told them in a cool, unassuming manner:

"I have failed in all my duties, I'm pregnant."

Sister Vittoria, the prioress, deeply moved and upset because of her friendship with Elena, which had lasted many years, and not motivated by idle curiosity, exclaimed with tears in her eyes:

"What foolhardy man has committed this crime?"

"I haven't told that even to my confessor; just imagine whether I'm willing to tell you!"

Those two ladies immediately deliberated on the ways to conceal that fateful secret from the rest of the convent. First they decided to have the abbess's bed moved out of her present room, which was very centrally located, into the pharmacy that had just been set up in the remotest spot in the convent, on the fourth floor of the large building that had been erected through Elena's generosity. It was there that Elena gave birth to a boy. For three weeks the baker's wife had been hidden in the prioress's apartment. While that woman was rapidly walking down the cloister, carrying away the child, it began crying and, in her terror, the woman took shelter in the cellar. An hour later, Sister Bernarda, with the doctor's help, managed to open a little garden door, and the baker's wife swiftly left the convent and, shortly afterward, the town. Reaching open country and a prey to panic, she took shelter in a grotto in certain cliffs which she found by chance. The abbess wrote to Cesare del Bene, the bishop's confidant and principal manservant, who hastened to the grotto he had been told about; he was on horseback: he took the child in his arms and galloped away for Montefiascone. The child was baptized in the church of Santa Margarita, and received the name of Alessandro. The landlady of the

d'Alexandre. L'hôtesse du lieu avait procuré une nourrice à laquelle César remit huit écus: beaucoup de femmes, s'étant rassemblées autour de l'église pendant la cérémonie du baptême, demandèrent à grands cris au seigneur César le nom du père de l'enfant.

— C'est un grand seigneur de Rome, leur dit-il, qui s'est permis d'abuser d'une pauvre villageoise comme vous.

Et il disparut.

VII

Tout allait bien jusque-là dans cet immense couvent, habité par plus de trois cents femmes curieuses; personne n'avait rien vu, personne n'avait rien entendu. Mais l'abbesse avait remis au médecin quelques poignées de sequins nouvellement frappés à la monnaie de Rome. Le médecin donna plusieurs de ces pièces à la femme du boulanger. Cette femme était jolie et son mari jaloux; il fouilla dans sa malle, trouva ces pièces d'or si brillantes, et, les croyant le prix de son déshonneur, la força, le couteau sous la gorge, à dire d'où elles provenaient. Après quelques tergiversations, la femme avoua la vérité, et la paix fut faite. Les deux époux en vinrent à délibérer sur l'emploi d'une telle somme. La boulangère voulait payer quelques dettes; mais le mari trouva plus beau d'acheter un mulet, ce qui fut fait. Ce mulet fit scandale dans le quartier, qui connaissait bien la pauvreté des deux époux. Toutes les commères de la ville, amies et ennemies, venaient successivement demander à la femme du boulanger quel était l'amant généreux qui l'avait mise à même d'acheter un mulet. Cette femme, irritée, répondait quelquefois en racontant la vérité. Un jour que César del Bene était allé voir l'enfant, et revenait rendre compte de sa visite à l'abbesse, celle-ci, quoique fort indisposée, se traîna jusqu'à la grille, et lui fit des reproches sur le peu de discrétion des agents employés par lui. De son côté, l'évêque tomba malade de peur; il écrivit à ses frères à Milan pour leur raconter l'injuste accusation à laquelle il était en butte: il les engageait à venir à son secours. Quoique gravement indisposé, il prit la résolution de quitter Castro; mais, avant de partir, il écrivit à l'abbesse:

«Vous saurez déjà que tout ce qui a été fait est public. Ainsi, si vous prenez intérêt à sauver non seulement ma réputation, mais peut-être ma vie, et pour éviter un plus grand scandale, vous pouvez inculper Jean-Baptiste Doleri, mort depuis peu de jours; que si, par ce moyen, vous ne réparerez pas votre honneur, le mien du moins ne courra plus aucun péril.»

local inn had procured a nurse, to whom Cesare remitted eight scudi; many women who had gathered outside the church during the baptismal ceremony yelled at Cesare to tell them the name of the child's father.

"He's a mighty lord in Rome," he told them, "who allowed himself to seduce a poor village woman like you."

And he hastened away.

VII

Up till then, all had been going well in that vast convent, inhabited by more than three hundred inquisitive women; no one had seen anything, no one had heard anything. But the abbess had given the doctor a few handfuls of sequins newly struck in the mint at Rome. The doctor gave some of those coins to the baker's wife. She was a pretty woman with a jealous husband; he rummaged in her trunk, found those very shiny gold coins, and, taking them to be the price of his dishonor, he compelled her, his knifepoint at her throat, to say where they had come from. After some beating around the bush, the woman confessed the truth, and there was peace between them. The two spouses deliberated on how to use that great sum. The baker's wife wanted to pay off a few debts, but her husband preferred to buy a mule, which they did. That mule scandalized their neighbors, who were well aware how poor that couple was. All the female busybodies in town, both friends and enemies, came in turn to ask the baker's wife the name of the generous lover who had enabled her to buy a mule. In her annoyance she sometimes told the truth in reply. One day when Cesare del Bene had gone to see the child and was returning to report to the abbess on his visit, she dragged herself up to the grating, though feeling very poorly, and reproached him for his gobetweens' lack of discretion. As for the bishop, he fell ill with fear; he wrote to his brothers in Milan, telling them about the unjust accusation being made against him: he urged them to come to his aid. Though seriously ill, he resolved to leave Castro; but, before leaving, he wrote to the abbess:

"You must already know that all our doings are public knowledge. So, if you have any concern for saving not merely my reputation, but perhaps even my life, and in order to avoid a greater scandal, you can accuse Giovanni Battista Doleri, who died a few days ago; if you don't restore your honor that way, at least mine will no longer be in danger."

L'évêque appela don Luigi, confesseur du monastère de Castro.

— Remettez ceci, lui dit-il, dans les propres mains de madame l'abbesse.

Celle-ci, après avoir lu cet infâme billet, s'écria devant tout ce qui se trouvait dans la chambre:

— *Ainsi méritent d'être traitées les vierges folles qui préfèrent la beauté du corps à celle de l'âme!*

Le bruit de tout ce qui se passait à Castro parvint rapidement aux oreilles du *terrible* cardinal Farnèse (il se donnait ce caractère depuis quelques années, parce qu'il espérait, dans le prochain conclave, avoir l'appui des cardinaux *zelanti*). Aussitôt il donna l'ordre au podestat de Castro de faire arrêter l'évêque Cittadini. Tous les domestiques de celui-ci, craignant la *question,* prirent la fuite. Le seul César del Bene resta fidèle à son maître, et lui jura qu'il mourrait dans les tourments plutôt que de rien avouer qui pût lui nuire. Cittadini, se voyant entouré de gardes dans son palais, écrivit de nouveau à ses frères, qui arrivèrent de Milan en toute hâte. Ils le trouvèrent détenu dans la prison de Ronciglione.

Je vois dans le premier interrogatoire de l'abbesse que, tout en avouant sa faute, elle nia avoir eu des rapports avec monseigneur l'évêque; son complice avait été Jean-Baptiste Doleri, avocat du couvent.

Le 9 septembre 1573, Grégoire XIII ordonna que le procès fût fait en toute hâte et en toute rigueur. Un juge criminel, un fiscal et un commissaire se transportèrent à Castro et à Ronciglione. César del Bene, premier valet de chambre de l'évêque, avoue seulement avoir porté un enfant chez une nourrice. On l'interroge en présence de mesdames Victoire et Bernarde. On le met à la torture deux jours de suite; il souffre horriblement; mais, fidèle à sa parole, il n'avoue que ce qu'il est impossible de nier, et le fiscal ne peut rien tirer de lui.

Quand vient le tour de mesdames Victoire et Bernarde, qui avaient été témoins des tortures infligées à César, elles avouent tout ce qu'elles ont fait. Toutes les religieuses sont interrogées sur le nom de l'auteur du crime; la plupart répondent avoir ouï dire que c'est monseigneur l'évêque. Une des sœurs portières rapporte les paroles outrageantes que l'abbesse avait adressées à l'évêque en le mettant à la porte de l'église. Elle ajoute:

«Quand on se parle sur ce ton, c'est qu'il y a bien longtemps que

The bishop summoned Father Luigi, confessor of the Castro convent, and said:

"Hand this to the abbess in person!"

After reading that vile note, she exclaimed in front of everyone in the room:

"This is the treatment deserved by foolish virgins who prefer physical beauty to that of the soul!"

Rumors of everything going on in Castro quickly reached the ears of the "dreaded" Cardinal Farnese (he had adopted that character a few years earlier, hoping for the support of the *zelanti*[16] cardinals at the next conclave). He immediately ordered the *podestà*[17] of Castro to have Bishop Cittadini arrested. All the bishop's servants, fearing interrogation with torture, took flight. Only Cesare del Bene remained faithful to his master, swearing to him that he'd prefer to die in torment rather than confess anything that might damage him. Cittadini, finding himself surrounded by guards in his palace, wrote to his brothers again, and they arrived from Milan posthaste. They found him imprisoned in Ronciglione.[18]

I read in the abbess's first testimony that she admitted her own fault, but denied having relations with His Grace the bishop; her fellow criminal had been Giovanni Battista Doleri, the convent's lawyer.

On September 9, 1573, Gregory XIII issued orders for the trial to be held quickly and strictly according to rules. A criminal judge, a prosecutor, and a subordinate magistrate traveled to Castro and to Ronciglione. Cesare del Bene, the bishop's chief servant, confessed only to having brought a child to a nurse. He was questioned in the presence of Sisters Vittoria and Bernarda. He was tortured two days in a row; he suffered terribly, but, faithful to his promise, he admitted only what was impossible to deny, and the prosecutor couldn't get any more out of him.

When it was the turn of Sisters Vittoria and Bernarda, who had witnessed the tortures inflicted on Cesare, they admitted everything they had done. All the nuns were asked to name the guilty man; most of them replied that they had heard tell it was His Grace the bishop. One of the gate-keeping sisters reported the insulting words the abbess had spoken to the bishop when showing him the door of the church; and she added:

"When a man and woman speak to each other that way, it shows

16. "Zealous"; the term refers to churchmen with an intransigent, conservative political program.   17. Mayor.   18. Near Viterbo and Civita Castellana.

l'on fait l'amour ensemble. En effet, monseigneur l'évêque, ordinairement remarquable par l'excès de sa suffisance, avait, en sortant
de l'église, l'air tout penaud.»

L'une des religieuses, interrogée en présense de l'instrument des
tortures, répond que l'auteur du crime doit être le chat, parce que
l'abbesse le tient continuellement dans ses bras et le caresse beaucoup. Une autre religieuse prétend que l'auteur du crime devait être
le vent, parce que, les jours où il fait du vent, l'abbesse est heureuse
et de bonne humeur, elle s'expose à l'action du vent sur un belvédère
qu'elle a fait construire exprès; et, quand on va lui demander une
grâce en ce lieu, jamais elle ne la refuse. La femme du boulanger, la
nourrice, les commères de Montefiascone, effrayées par les tortures
qu'elles avaient vu infliger à César, disent la vérité.

Le jeune évêque était malade ou faisait le malade à Ronciglione, ce
qui donna l'occasion à ses frères, soutenus par le crédit et par les
moyens d'influence de la signora de Campireali, de se jeter plusieurs
fois aux pieds du pape, et de lui demander que la procédure fût sus-
pendue jusqu'à ce que l'évêque eût recouvré la santé. Sur quoi le terrible cardinal Farnèse augmenta le nombre des soldats qui le gar-
daient dans sa prison. L'évêque ne pouvant être interrogé, les com-
missaires commençaient toutes leurs séances par faire subir un nou-
vel interrogatoire à l'abbesse. Un jour que sa mère lui avait fait dire
d'avoir bon courage et de continuer à tout nier, elle avoua tout.

— Pourquoi avez-vous d'abord inculpé Jean-Baptiste Doleri?

— Par pitié pour la lâcheté de l'évêque, et, d'ailleurs, s'il parvient à
sauver sa chère vie, il pourra donner des soins à mon fils.

Après cet aveu, on enferma l'abbesse dans une chambre du couvent
de Castro, dont les murs, ainsi que la voûte, avaient huit pieds
d'épaisseur; les religieuses ne parlaient de ce cachot qu'avec terreur,
et il était connu sous le nom de la chambre des moines; l'abbesse y fut
gardée à vue par trois femmes.

La santé de l'évêque s'étant un peu améliorée, trois cents sbires ou
soldats vinrent le prendre à Ronciglione, et il fut transporté à Rome
en litière; on le déposa à la prison appelée *Corte Savella*. Peu de jours
après, les religieuses aussi furent amenées à Rome; l'abbesse fut
placée dans le monastère de Sainte-Marthe. Quatre religieuses
étaient inculpées: mesdames Victoire et Bernarde, la sœur chargée du
tour et la portière qui avait entendu les paroles outrageantes adressées
à l'évêque par l'abbesse.

L'évêque fut interrogé par *l'auditeur de la chambre*, l'un des premiers personnages de l'ordre judiciaire. On remit de nouveau à la tor-

that they've been lovers for some time. Indeed, His Grace the bishop, usually conspicuous for too much self-conceit, was quite crestfallen on leaving the church."

One of the nuns, questioned in the presence of the rack, replied that the guilty male must be the cat, because the abbess always held it in her arms and caressed it frequently. Another nun claimed that the guilty party must be the wind, because on windy days the abbess was happy and cheerful; she used to stand directly in the wind in a gazebo she had had built for that very purpose; and when anyone asked her for a favor there, she never refused. The baker's wife, the nurse, and the Montefiascone busybodies, frightened by the tortures they had seen inflicted on Cesare, told the truth.

The young bishop was ill, or pretending to be, in Ronciglione; this gave his brothers, supported by Signora Campireali's influence and ways of using it, the opportunity to prostrate themselves before the pope several times, asking him to suspend the trial until the bishop's health was restored. Whereupon the "dreaded" Cardinal Farnese increased the number of soldiers guarding him in jail. Since the bishop couldn't be questioned, the magistrates began every session by making the abbess undergo a new interrogation. One day, when her mother had sent word to her to have courage and continue to deny everything, she confessed everything.

"Why did you at first implicate Giovanni Battista Doleri?"

"Out of pity for the bishop's cowardice; besides, if he manages to save that life which is so dear to him, he'll be able to look after my son."

After that confession, the abbess was locked up in a room in the Castro convent, the walls and vaulted ceiling of which were eight feet thick; the nuns were always terrified at the mention of that dungeon, which was known as "the monks' chamber"; there, three women guards never left the abbess out of their sight.

The bishop's health having improved somewhat, three hundred constables or soldiers came for him at Ronciglione and he was borne to Rome in a litter; he was placed in the prison called Corte Savella. Not many days later, the nuns, too, were brought to Rome; the abbess was lodged in the Convent of Santa Marta. Four nuns were charged: Sisters Vittoria and Bernarda, the portress, and the gatekeeper who had heard the insulting words the abbess had spoken to the bishop.

The bishop was questioned by the chief prosecutor, one of the leading lights of the judiciary. Torture was ordered again for poor Cesare del

ture le pauvre César del Bene, qui non seulement n'avoua rien, mais dit des choses qui *faisaient de la peine au ministère public,* ce qui lui valut une nouvelle séance de torture. Ce supplice préliminaire fut également infligé à mesdames Victoire et Bernarde. L'évêque niait tout avec sottise, mais avec une belle opiniâtreté; il rendait compte dans le plus grand détail de tout ce qu'il avait fait dans les trois soirées évidemment passées auprès de l'abbesse.

Enfin, on confronta l'abbesse avec l'évêque, et quoiqu'elle dît constamment la vérité, on la soumit à la torture. Comme elle répétait ce qu'elle avait toujours dit depuis son premier aveu, l'évêque, fidèle à son rôle, lui adressa des injures.

Après plusieurs autres mesures raisonnables au fond, mais entachées de cet esprit de cruauté, qui après les règnes de Charles Quint et de Philippe II prévalait trop souvent dans les tribunaux d'Italie, l'évêque fut condamné à subir une prison perpétuelle au château Saint-Ange; l'abbesse fut condamnée à être détenue toute sa vie dans le couvent de Sainte-Marthe, où elle se trouvait. Mais déjà la signora de Campireali avait entrepris, pour sauver sa fille, de faire creuser un passage souterrain. Ce passage partait de l'un des égouts laissés par la magnificence de l'ancienne Rome, et devait aboutir au caveau profond où l'on plaçait les dépouilles mortelles des religieuses de Sainte-Marthe. Ce passage, large de deux pieds à peu près, avait des parois de planches pour soutenir les terres à droite et à gauche, et on lui donnait pour voûte, à mesure que l'on avançait, deux planches placées comme les jambages d'un A majuscule.

On pratiquait ce souterrain à trente pieds de profondeur à peu près. Le point important était de le diriger dans le sens convenable; à chaque instant, des puits et des fondements d'anciens édifices obligeaient les ouvriers à se détourner. Une autre grande difficulté, c'étaient les déblais, dont on ne savait que faire; il paraît qu'on les semait pendant la nuit dans toutes les rues de Rome. On était étonné de cette quantité de terre qui tombait, pour ainsi dire, du ciel.

Quelques grosses sommes que la signora de Campireali dépensât pour essayer de sauver sa fille, son passage souterrain eût sans doute été découvert, mais le pape Grégoire XIII vint à mourir en 1585, et le règne du désordre commença avec le siège vacant.

Hélène était fort mal à Sainte-Marthe; on peut penser si de simples religieuses assez pauvres mettaient du zèle à vexer une abbesse fort riche et convaincue d'un tel crime. Hélène attendait avec empressement le résultat des travaux entrepris par sa mère. Mais tout à coup son cœur éprouva d'étranges émotions. Il y avait déjà six mois que

Bene, who not only made no avowals, but made remarks which were "in contempt of court," so that he was given yet another round of torture. This preliminary punishment was also inflicted on Sisters Vittoria and Bernarda. The bishop foolishly denied everything, though his stubbornness was remarkable; he accounted in the greatest detail for all his actions during the three nights allegedly spent with the abbess.

Finally, the abbess was brought face to face with the bishop, and, even though she told the truth the whole time, she was tortured, as well. While she was repeating what she had always said ever since her first confession, the bishop, playing his part faithfully, hurled insults at her.

After several other procedures which were basically justifiable but blemished by that spirit of cruelty which, after the reigns of Charles V and Philip II, was far too prevalent in Italian courtrooms, the bishop was sentenced to life imprisonment in the Castel Sant'Angelo; the abbess was sentenced to lifetime reclusion in the Convent of Santa Marta, where she was then staying. But, to rescue her daughter, Signora Campireali had already undertaken the excavation of an underground tunnel. That tunnel started out at one of the sewers bequeathed by the magnificence of ancient Rome, and was to end at the deep burial vault where the mortal remains of the Santa Marta nuns were deposited. About two feet wide, the tunnel had plank walls to hold up the soil at the right and left, and for a ceiling, as the digging proceeded, it was given a series of two planks positioned like the sides of a capital A.

This tunnel was dug about thirty feet below street level. The chief problem was to head it in the right direction; at every moment, wells and the foundations of older buildings compelled the workers to make detours. Another great difficulty was the excavated earth; no one knew what to do with it; apparently they scattered it on every street in Rome at night. People were amazed at all that earth which was falling from the sky, so to speak.

No matter how great the sums Signora Campireali spent in her attempt to rescue her daughter, her underground tunnel would surely have been discovered, but Pope Gregory XIII died in 1585, and the vacating of the throne set off a reign of disorder.

Elena's life in Santa Marta was miserable; you can imagine with what zeal ordinary, quite poor nuns tormented a very wealthy abbess convicted of such a crime. Elena eagerly awaited the result of the works her mother had initiated. But suddenly her heart felt odd emotions. For six months Fabrizio Colonna, observing the shaky state of

Fabrice Colonna, voyant l'état chancelant de la santé de Grégoire XIII, et ayant de grands projets pour l'interrègne, avait envoyé un de ses officiers à Jules Branciforte, maintenant si connu dans les armées espagnoles sous le nom de colonel Lizzara. Il le rappelait en Italie; Jules brûlait de revoir son pays. Il débarqua sous un nom supposé à Pescara, petit port de l'Adriatique sous Chieti, dans les Abruzzes, et par les montagnes il vint jusqu'à la Petrella. La joie du prince étonna tout le monde. Il dit à Jules qu'il l'avait fait appeler pour faire de lui son successeur et lui donner le commandement de ses soldats. A quoi Branciforte répondit que, militairement parlant, l'entreprise ne valait plus rien, ce qu'il prouva facilement; si jamais l'Espagne le voulait sérieusement, en six mois et à peu de frais, elle détruirait tous les soldats d'aventure de l'Italie.

— Mais après tout, ajouta le jeune Branciforte, si vous voulez, mon prince, je suis prêt à marcher. Vous trouverez toujours en moi le successeur du brave Ranuce tué aux Ciampi.

Avant l'arrivée de Jules, le prince avait ordonné, comme il savait ordonner, que personne dans la Petrella ne s'avisât de parler de Castro et du procès de l'abbesse; la peine de mort, sans aucune rémission, était placée en perspective du moindre bavardage. Au milieu des transports d'amitié avec lesquels il reçut Branciforte, il lui demanda de ne point aller à Albano sans lui, et sa façon d'effectuer ce voyage fut de faire occuper la ville par mille de ses gens, et de placer une avant-garde de douze cents hommes sur la route de Rome. Qu'on juge de ce que devint le pauvre Jules, lorsque le prince, ayant fait appeler le vieux Scotti, qui vivait encore, dans la maison où il avait placé son quartier général, le fit monter dans la chambre où il se trouvait avec Branciforte. Dès que les deux amis se furent jetés dans les bras l'un de l'autre:

— Maintenant, pauvre colonel, dit-il à Jules, attends-toi à ce qu'il y a de pis.

Sur quoi il souffla la chandelle et sortit en enfermant à clef les deux amis.

Le lendemain, Jules, qui ne voulut pas sortir de sa chambre, envoya demander au prince la permission de retourner à la Petrella, et de ne pas le voir de quelques jours. Mais on vint lui rapporter que le prince avait disparu, ainsi que ses troupes. Dans la nuit, il avait appris la mort de Grégoire XIII; il avait oublié son ami Jules et courait la campagne. Il n'était resté autour de Jules qu'une trentaine d'hommes appar-

the health of Gregory XIII, and having great plans for the interreg-
num, had sent one of his officers to Giulio Branciforte, then so well
known in the Spanish armies as Colonel Lizzara. He recalled him to
Italy; Giulio was dying to see his country again. Under an assumed
name he landed at Pescara, a small Adriatic port near Chieti in the
Abruzzi, and crossed the mountains until reaching La Petrella. The
prince's joy amazed everyone. He told Giulio that he had called for
him to make him his successor and place him in charge of his soldiers.
To which Branciforte replied that, militarily speaking, the endeavor
was of no further use; he proved this readily; if Spain ever took a serious mind to it, in six months and at small cost she could wipe out
every soldier of fortune in Italy.

"But, all the same," young[19] Branciforte added, "if you wish, prince,
I'm ready to set out. You will always find in me the successor of brave
Ranuccio, who was killed at I Ciampi."

Before Giulio's arrival the prince had given orders, as only he could,
that nobody in La Petrella was to dare mention Castro and the
abbess's trial; the death penalty, with no mercy, would be the reward
for the slightest blabbing. Amid the manifestations of great friendship
with which he welcomed Branciforte, he asked him not to go to
Albano without him, and his way of making that trip was to have the
town occupied by a thousand of his men and placing a vanguard of
twelve hundred men on the road to Rome. Just imagine how poor
Giulio reacted when the prince, having called for old Scotti, who was
still alive, to come to the house in which he had installed his headquarters, had him sent up to the room he was in with Branciforte. As
soon as the two friends had dashed into each other's arms, the prince
said to Giulio:

"Now, my poor colonel, prepare yourself for the worst possible
news!"

Whereupon he blew out the candle and left, locking the two friends
in.

The next day, Giulio, refusing to leave his room, sent a man to ask
the prince's permission to return to La Petrella and to avoid seeing
him for a few days. But his men reported to him that the prince and
all his troops were gone. During the night he had heard of the death
of Gregory XIII; he had forgotten about his friend Giulio and was
roaming through the countryside. Only some thirty men from

19. From all indications in the story, he would have been around 48—but perpetu-
ally young in Stendhal's eyes!

tenant à l'ancienne compagnie de Ranuce. L'on sait assez qu'en ce temps-là, pendant le siège vacant, les lois étaient muettes, chacun songeait à satisfaire ses passions, et il n'y avait de force que la force; c'est pourquoi, avant la fin de la journée, le prince Colonna avait déjà fait pendre plus de cinquante de ses ennemis. Quant à Jules, quoiqu'il n'eût pas quarante hommes avec lui, il osa marcher vers Rome.

Tous les domestiques de l'abbesse de Castro lui avaient été fidèles; ils s'étaient logés dans les pauvres maisons voisines du couvent de Sainte-Marthe. L'agonie de Grégoire XIII avait duré plus d'une semaine; la signora de Campireali attendait impatiemment les journées de trouble qui allaient suivre sa mort pour faire attaquer les derniers cinquante pas de son souterrain. Comme il s'agissait de traverser les caves de plusieurs maisons habitées, elle craignait fort de ne pouvoir dérober au public la fin de son entreprise.

Dès le surlendemain de l'arrivée de Branciforte à la Petrella, les trois anciens *bravi* de Jules, qu'Hélène avait pris à son service, semblèrent atteints de folie. Quoique tout le monde ne sût que trop qu'elle était au secret le plus absolu, et gardée par des religieuses qui la haïssaient, Ugone, l'un des *bravi*, vint à la porte du couvent, et fit les instances les plus étranges pour qu'on lui permît de voir sa maîtresse, et sur-le-champ. Il fut repoussé et jeté à la porte. Dans son désespoir, cet homme y resta, et se mit à donner un *bajoc* (un sou) à chacune des personnes attachées au service de la maison qui entraient ou sortaient, en leur disant ces précises paroles: *Réjouissez-vous avec moi; le signor Jules Branciforte est arrivé, il est vivant: dites cela à vos amis.*

Les deux camarades d'Ugone passèrent la journée à lui apporter des bajocs, et ils ne cessèrent d'en distribuer jour et nuit en disant toujours les mêmes paroles, que lorsqu'il ne leur en resta plus un seul. Mais les trois *bravi*, se relevant l'un l'autre, ne continuèrent pas moins à monter la garde à la porte du couvent de Sainte-Marthe, adressant toujours aux passants les mêmes paroles suivies de grandes salutations: *Le seigneur Jules est arrivé,* etc.

L'idée de ces braves gens eut du succès: moins de trente-six heures après le premier bajoc distribué, la pauvre Hélène, au secret au fond de son cachot, savait que *Jules* était vivant; ce mot la jeta dans une sorte de frénésie:

— O ma mère! s'écriait-elle, m'avez-vous fait assez de mal!

Quelques heures plus tard l'étonnante nouvelle lui fit confirmée par la petite Marietta, qui, en faisant le sacrifice de tous ses bijoux d'or, obtint la permission de suivre la sœur tourière qui apportait ses repas à la prisonnière. Hélène se jeta dans ses bras en pleurant de joie.

Ranuccio's old company had remained with Giulio. As is well known, in that period, while the papal throne was vacant, the law was silenced, each man planning to satisfy his own passions, and the only force was brute force; that's why, before that day was over, Prince Colonna had already had more than fifty of his enemies hanged. As for Giulio, even though he had fewer than forty men with him, he was bold enough to proceed to Rome.

All the servants of the abbess of Castro had been loyal to her; they had taken lodgings in the shabby houses near the Convent of Santa Marta. The final agony of Gregory XIII had lasted over a week; Signora Campireali had been impatiently awaiting the days of disorder that would follow his death before excavating the last fifty paces of her tunnel. Since she needed to cut through the cellars of several inhabited houses, she greatly feared that she'd be unable to conceal the last stage of her undertaking from the public eye.

Beginning two days after Branciforte had reached La Petrella, his three former *bravi*, whom Elena had taken into her service, seemed to have gone mad. Although everyone was all too well aware that she was in the strictest solitary confinement, and guarded by nuns who hated her, Ugone, one of those *bravi,* came to the door of the convent and insisted in the oddest way on being allowed to see his employer, and at once. He was rejected and thrown out. In his despair, the fellow remained there and began giving a *baiocco* (cent) to all those going in or out who had any dealings with the convent, addressing them with these very words: "Rejoice with me; Signor Giulio Branciforte has come, he's alive: tell it to your friends."

Ugone's two comrades spent the day bringing him *baiocchi*, which they didn't cease handing out day and night, constantly repeating the same words, until they had not one left. But the three *bravi*, relieving one another, nonetheless continued to stand guard at the door to the Convent of Santa Marta, and kept on giving the passersby the same message, followed by low bows: "Signor Giulio has come," etc.

These good people's plan was successful: less than thirty-six hours after the first *baiocco* had been given away, poor Elena, alone in the depths of her dungeon, knew that "Giulio" was alive; that news threw her into a kind of frenzy.

"Oh, mother!" she kept exclaiming. "What an injury you did me!"

A few hours later, the amazing news was confirmed by little Marietta, who, sacrificing all her gold jewelry, got permission to accompany the portress that brought the prisoner her meals. Elena dashed into her arms, weeping with joy.

— Ceci est bien beau, lui dit-elle, mais je ne resterai plus guère avec toi.

— Certainement! lui dit Marietta. Je pense bien que le temps de ce conclave ne se passera pas sans que votre prison ne soit changée en un simple exil.

— Ah! ma chère, revoir Jules! et le revoir, moi coupable!

Au milieu de la troisième nuit qui suivit cet entretien, une partie du pavé de l'église enfonça avec un grand bruit; les religieuses de Sainte-Marthe crurent que le couvent allait s'abîmer. Le trouble fut extrême, tout le monde criait au tremblement de terre. Une heure environ après la chute du pavé de marbre de l'église, la signora de Campireali, précédée par les trois *bravi* au service d'Hélène, pénétra dans le cachot par le souterrain.

— Victoire, victoire, madame! criaient les *bravi*.

Hélène eut une peur mortelle; elle crut que Jules Branciforte était avec eux. Elle fut bien rassurée, et ses traits reprirent leur expression sévère lorsqu'ils lui dirent qu'ils n'accompagnaient que la signora de Campireali, et que Jules n'était encore que dans Albano, qu'il venait d'occuper avec plusieurs milliers de soldats.

Après quelques instants d'attente, la signora de Campireali parut; elle marchait avec beaucoup de peine, donnant le bras à son écuyer, qui était en grand costume et l'épée au côté; mais son habit magnifique était tout souillé de terre.

— O ma chère Hélène! je viens te sauver! s'écria la signora de Campireali.

— Et qui vous dit que je veuille être sauvée?

La signora de Campireali restait étonnée; elle regardait sa fille avec de grands yeux; elle parut fort agitée.

— Eh bien, ma chère Hélène, dit-elle enfin, la destinée me force à t'avouer une action bien naturelle peut-être après les malheurs autrefois arrivés dans notre famille, mais dont je me repens, et que je te prie de me pardonner: Jules . . . Branciforte . . . est vivant . . .

— Et c'est parce qu'il vit que je ne veux pas vivre.

La signora de Campireali ne comprenait pas d'abord le langage de sa fille, puis elle lui adressa les supplications les plus tendres; mais elle n'obtenait pas de réponse; Hélène s'était tournée vers son crucifix et priait sans l'écouter. Ce fut en vain que, pendant une heure entière, la signora de Campireali fit les derniers efforts pour obtenir une parole ou un regard. Enfin, sa fille, impatientée, lui dit:

— C'est sous le marbre de ce crucifix qu'étaient cachées ses lettres,

"This is all very fine," she said to her, "but I won't be with you much longer."

"Of course not!" said Marietta. "I'm sure that the conclave period won't go by without your prison sentence being commuted to merely exile."

"Oh, my dear friend, to see Giulio again! And to see him after my crime!"

In the middle of the third night after that conversation, part of the church floor caved in with a tremendous roar; the nuns of Santa Marta thought the convent was going to collapse. Their agitation was extreme, everyone yelling "Earthquake!" About an hour after the marble pavement of the church had subsided, Signora Campireali, preceded by the three *bravi* in Elena's employ, entered the dungeon through the tunnel.

"Victory, victory, ma'am!" the *bravi* were shouting.

Elena was mortally afraid: she thought that Giulio Branciforte was with them. Taking heart again, she once more assumed her severe countenance when they told her that only Signora Campireali was with them; Giulio was still only in Albano, which he had just occupied with several thousand soldiers.

After an interim of a few minutes, Signora Campireali appeared; she was walking with much difficulty, giving her arm to her equerry, who was in gala costume with his sword at his side; but his magnificent coat was completely soiled with dirt.

"Oh, Elena, my dear! I've come to rescue you!" exclaimed Signora Campireali.

"And who says I want to be rescued?"

Signora Campireali was thunderstruck; she gazed at her daughter with wide eyes, and seemed very troubled.

"All right, Elena dear," she finally said, "destiny compels me to admit to you an action that was perhaps very natural after the misfortunes that once befell our family, but which I regret, and for which I beg your forgiveness: Giulio . . . Branciforte . . . is alive . . ."

"And it's because he's alive that I don't wish to live."

At first Signora Campireali failed to understand what her daughter meant, then she made her the most affectionate supplications; but she received no answer; Elena had turned to face her crucifix and was praying without listening to her. It was to no avail that, for a full hour, Signora Campireali made her last efforts to win a word or a look. Finally her daughter, losing patience, said:

"It was under the marble of this crucifix that his letters were hid-

dans ma petite chambre d'Albano; il eût mieux valu me laisser poignarder par mon père! Sortez, et laissez-moi de l'or.

La signora de Campireali, voulant continuer à parler à sa fille, malgré les signes d'effroi que lui adressait son écuyer, Hélène s'impatienta.

— Laissez-moi, du moins, une heure de liberté; vous avez empoisonné ma vie, vous voulez aussi empoisonner ma mort.

— Nous serons encore maîtres du souterrain pendant deux ou trois heures; j'ose espérer que tu te raviseras! s'écria la signora de Campireali fondant en larmes.

Et elle reprit la route du souterrain.

— Ugone, reste auprès de moi, dit Hélène à l'un de ses *bravi,* et sois bien armé, mon garçon, car peut-être il s'agira de me défendre. Voyons ta dague, ton épée, ton poignard.

Le vieux soldat lui montra ses armes en bon état.

— Eh bien, tiens-toi en dehors de ma prison; je vais écrire à Jules une longue lettre que tu lui remettras toi-même; je ne veux pas qu'elle passe par d'autres mains que les tiennes, n'ayant rien pour la cacheter. Tu peux lire tout ce que contiendra cette lettre. Mets dans tes poches tout cet or que ma mère vient de laisser, je n'ai besoin pour moi que de cinquante sequins; place-les sur mon lit.

Après ces paroles, Hélène se mit à écrire:

«Je ne doute point de toi, mon cher Jules: si je m'en vais, c'est que je mourrais de douleur dans tes bras, en voyant quel eût été mon bonheur si je n'eusse pas commis une faute. Ne va pas croire que j'ai jamais aimé aucun être au monde après toi; bien loin de là, mon cœur était rempli du plus vif mépris pour l'homme que j'admettais dans ma chambre. Ma faute fut uniquement d'ennui, et, si l'on veut, de libertinage. Songe que mon esprit, fort affaibli depuis la tentative inutile que je fis à la Petrella, où le prince que je vénérais parce que tu l'aimais, me reçut si cruellement; songe, dis-je, que mon esprit, fort affaibli, fut assiégé par douze années de mensonge. Tout ce qui m'environnait était faux et menteur, et je le savais. Je reçus d'abord une trentaine de lettres de toi; juge des transports avec lesquels j'ouvris les premières! mais, en les lisant, mon cœur se glaçait. J'examinais cette écriture, je reconnaissais ta main, mais non ton cœur. Songe que ce premier mensonge a dérangé l'essence de ma vie, au point de me faire ouvrir sans plaisir une lettre de ton écriture! La détestable annonce de ta mort acheva de tuer en moi tout ce qui restait encore des temps heureux de notre jeunesse. Mon premier dessein, comme tu le com-

den, in my little room at Albano; it would have been better to let my father stab me to death! Go away, but leave me some gold."

Signora Campireali wished to go on talking to her daughter, despite the signs of fear her equerry was making to her, but Elena lost her patience.

"Give me at least an hour to myself; you have poisoned my life; you want to poison my death, too."

"We'll still be in control of the tunnel for two or three hours; I really hope you change your mind!" exclaimed Signora Campireali, bursting into tears.

And she returned to the tunnel.

"Ugone, stay with me," Elena said to one of her *bravi*, "and arm yourself well, my dear fellow, because you may have occasion to protect me. Show me your dirk, sword, and dagger."

The old soldier showed her his weapons, which were in good condition.

"Very well, remain right outside my cell; I'm going to write Giulio a long letter, which you are to hand him in person; I don't want it to pass through other hands than yours, since I have nothing to seal it with. You can read everything in the letter. Put in your pockets all this gold that my mother has just left me; for myself I need only fifty sequins; put it on my bed."

After those words, Elena began to write:

"I have no lack of confidence in you, dear Giulio; if I am departing, it's because I'd die of grief in your arms, seeing how happy I would have been if I hadn't committed a crime. Don't think I ever loved anyone at all after you; far from it: my heart was filled with the keenest contempt for the man I admitted to my room. My crime was solely the result of boredom and, if you will, licentiousness. Keep in mind that my spirits, greatly enfeebled after the fruitless attempt I made in La Petrella, where the prince whom I revered because you loved him received me so cruelly—I repeat, my spirits, greatly enfeebled, were besieged by twelve years of lies. Everyone around me was false and mendacious, and I knew it. At first I received about thirty letters from you; picture the bliss with which I opened the first ones! But when I read them, my heart froze. I examined the handwriting, I recognized your hand, but not your heart. Keep in mind that that first lie altered the essence of my life, to the point of making me open without pleasure a letter in your writing! The abominable report of your death finally killed off in me all that still remained of the happy days of our youth. My first plan, as you'll surely understand, was to visit and touch

prends bien, fut d'aller voir et toucher de mes mains la plage du
Mexique où l'on disait que les sauvages t'avaient massacré; si j'eusse
suivi cette pensée . . . nous serions heureux maintenant, car, à Madrid,
quels que fussent le nombre et l'adresse des espions qu'une main vi-
gilante eût pu semer autour de moi, comme de mon côté j'eusse in-
téressé toutes les âmes dans lesquelles il reste encore un peu de pitié
et de bonté, il est probable que je serais arrivée à la vérité; car déjà,
mon Jules, tes belles actions avaient fixé sur toi l'attention du monde,
et peut-être quelqu'un à Madrid savait que tu étais Branciforte. Veux-
tu que je te dise ce qui empêcha notre bonheur? D'abord le souvenir
de l'atroce et humiliante réception que le prince m'avait faite à la
Pétrella; que d'obstacles puissants à affronter de Castro au Mexique!
Tu le vois, mon âme avait déjà perdu de son ressort. Ensuite il me vint
une pensée de vanité. J'avais fait construire de grands bâtiments dans
le couvent, afin de pouvoir prendre pour chambre la loge de la
tourière, où tu te réfugias la nuit du combat. Un jour, je regardais
cette terre que jadis, pour moi, tu avais abreuvée de ton sang; j'en-
tendis une parole de mépris, je levai la tête, je vis des visages
méchants; pour me venger, je voulus être abbesse. Ma mère, qui
savait bien que tu étais vivant, fit des choses héroïques pour obtenir
cette nomination extravagante. Cette place ne fut, pour moi, qu'une
source d'ennuis; elle acheva d'avilir mon âme; je trouvai du plaisir à
marquer mon pouvoir souvent par le malheur des autres; je commis
des injustices. Je me voyais à trente ans, vertueuse suivant le monde,
riche, considérée, et cependant parfaitement malheureuse. Alors se
présenta ce pauvre homme, qui était la bonté même, mais l'ineptie en
personne. Son ineptie fit que je supportai ses premiers propos. Mon
âme était si malheureuse par tout ce qui m'environnait depuis ton départ, qu'elle n'avait plus la force de résister à la plus petite tentation.
T'avouerai-je une chose bien indécente? Mais je réfléchis que tout est
permis à une morte. Quand tu liras ces lignes, les vers dévoreront ces
prétendues beautés qui n'auraient dû être que pour toi. Enfin il faut
dire cette chose qui me fait de la peine; je ne voyais pas pourquoi je
n'essayerais pas de l'amour grossier, comme toutes nos dames romaines; j'eus une pensée de libertinage, mais je n'ai jamais pu me
donner à cet homme sans éprouver un sentiment d'horreur et de dé-
goût qui anéantissait tout le plaisir. Je te voyais toujours à mes côtés,
dans notre jardin du palais d'Albano, lorsque la Madone t'inspira cette
pensée généreuse en apparence, mais qui pourtant, après ma mère, a
fait le malheur de notre vie. Tu n'étais point menaçant, mais tendre et
bon comme tu le fus toujours; tu me regardais; alors j'éprouvais des

with my own hands the beach in Mexico where it was said the Indians
had slaughtered you; if I had followed up that idea . . . we'd be happy
now, because in Madrid, no matter how many spies a watchful hand
might surround me with, and no matter how adroit they might be, for
my part I would have obtained the cooperation of everyone who still
had a little pity and kindness left, and so I would probably have
arrived at the truth; because, my Giulio, your splendid deeds had already riveted the attention of the world upon you, and perhaps someone in Madrid knew that you were Branciforte. Shall I tell you what
stood in the way of our happiness? First of all, the memory of that
horrible, humiliating welcome the prince had given me at La Petrella;
how many mighty obstacles to face between Castro and Mexico! You
see, my soul had already lost some of its resiliency. Then, I had a notion based on vanity. I had had large buildings constructed in the convent so that I could take as my room the portress's lodge in which you
took shelter on the night of the fight. One day, I was looking at that
ground which, for my sake, you had once moistened with your blood;
I heard a scornful phrase, I raised my head, I saw malicious faces; to
avenge myself, I decided to become abbess. My mother, who was well
aware that you were alive, took heroic measures to gain that out-
landish appointment. That rank was merely a source of troubles to
me; it finally debased my soul; I took pleasure in exhibiting my power,
often to the misfortune of others; I committed injustices. I found myself at thirty, virtuous as the world sees it, wealthy, esteemed, and yet
completely unhappy. Then that poor fellow turned up; he was kindness itself, but ineptitude personified. His awkwardness made me put
up with his first propositions. My soul was so unhappy, because of all
my surroundings after your departure, that it no longer had the
strength to resist the least temptation. Shall I confess something quite
immoral to you? After all, a woman already dead may say anything.
When you read these lines, the worms will be devouring those alleged
charms which should have been reserved for you alone. I must at last
state this matter which pains me so: I didn't see why I shouldn't have
my chance at vulgar love like all our Roman ladies; I had the will to be
licentious, but I was never able to give myself to that man without
feeling horror and disgust, which canceled out all pleasure. I always
saw you there beside me, in our garden at the palace in Albano, when
the Madonna inspired you with that notion which was seemingly so
noble, but which nevertheless was second only to my mother in making our lives miserable. You weren't threatening, but warm and kind,
as you always were; you looked at me; then I felt moments of anger

moments de colère pour cet autre homme et j'allais jusqu'à le battre de toutes mes forces. Voilà toute la vérité, mon cher Jules: je ne voulais pas mourir sans te le dire, et je pensais aussi que peut-être cette conversation avec toi m'ôterait l'idée de mourir. Je n'en vois que mieux quelle eût été ma joie en te revoyant, si je me fusse conservée digne de toi. Je t'ordonne de vivre et de continuer cette carrière militaire qui m'a causé tant de joie quand j'ai appris tes succès. Qu'eût-ce été, grand Dieu! si j'eusse reçu tes lettres, surtout après la bataille d'Achenne! Vis, et rappelle-toi souvent la mémoire de Ranuce, tué aux Ciampi, et celle d'Hélène, qui, pour ne pas voir un reproche dans tes yeux, est morte à Sainte-Marthe.»

Après avoir écrit, Hélène s'approcha du vieux soldat, qu'elle trouva dormant; elle lui déroba sa dague, sans qu'il s'en aperçût, puis elle l'éveilla.

— J'ai fini, lui dit-elle, je crains que nos ennemis ne s'emparent du souterrain. Va vite prendre ma lettre qui est sur la table, et remets-la toi-même à Jules, *toi-même,* entends-tu? De plus, donne-lui mon mouchoir que voici; dis-lui que je ne l'aime pas plus en ce moment que je ne l'ai toujours aimé, *toujours,* entends bien!

Ugone debout ne partait pas.

— Va donc!

— Madame, avez-vous bien réfléchi? Le seigneur Jules vous aime tant!

— Moi aussi, je l'aime, prends la lettre et remets-la toi-même.

— Eh bien, que Dieu vous bénisse comme vous êtes bonne!

Ugone alla et revint fort vite; il trouva Hélène morte. Elle avait la dague dans le cœur.

with that other man, and I even beat him with all my might. That's the whole truth, dear Giulio: I didn't want to die without telling it to you, and I also thought that this chat with you might dispel my idea of dying. Because of it, I see all the more how joyous I would be to see you again, if I had kept myself worthy of you. I order you to live and continue that military career which gave me such joy when I heard about your victories. Dear God, what might have been if I had received your letters, especially after the battle of Achenne![20] Live and think often about Ranuccio, who was killed at I Ciampi, and about Elena, who, to avoid seeing a reproach in your eyes, died at Santa Marta."

After writing, Elena went up to the old soldier, whom she found asleep; she pilfered his dirk without his notice, then awakened him.

"I have finished," she said. "I'm afraid of our enemies seizing the tunnel. Go quickly, take my letter, which is on the table, and hand it in person to Giulio, *in person,* understand? Also, give him this handkerchief of mine; tell him that I don't love him more at this moment than I have always loved him, *always,* do you hear?"

Ugone stood there and wouldn't leave.

"Well, go!"

"Ma'am, have you thought it over seriously? Lord Giulio loves you so much!"

"I love *him,* too; take the letter and deliver it in person."

"All right, God bless you for your goodness!"

Ugone left but came right back; he found Elena dead. The dirk was in her heart.

---

20. Some commentators take this to refer to Aachen, which is highly unlikely; it's probably a corruption of some place name in what is now Belgium.

A CATALOG OF SELECTED
DOVER BOOKS
IN ALL FIELDS OF INTEREST

A CATALOG OF SELECTED DOVER
BOOKS IN ALL FIELDS OF INTEREST

CONCERNING THE SPIRITUAL IN ART, Wassily Kandinsky. Pioneering work by father of abstract art. Thoughts on color theory, nature of art. Analysis of earlier masters. 12 illustrations. 80pp. of text. 5⅜ x 8½.   23411-8

ANIMALS: 1,419 Copyright-Free Illustrations of Mammals, Birds, Fish, Insects, etc., Jim Harter (ed.). Clear wood engravings present, in extremely lifelike poses, over 1,000 species of animals. One of the most extensive pictorial sourcebooks of its kind. Captions. Index. 284pp. 9 x 12.   23766-4

CELTIC ART: The Methods of Construction, George Bain. Simple geometric techniques for making Celtic interlacements, spirals, Kells-type initials, animals, humans, etc. Over 500 illustrations. 160pp. 9 x 12. (Available in U.S. only.)   22923-8

AN ATLAS OF ANATOMY FOR ARTISTS, Fritz Schider. Most thorough reference work on art anatomy in the world. Hundreds of illustrations, including selections from works by Vesalius, Leonardo, Goya, Ingres, Michelangelo, others. 593 illustrations. 192pp. 7⅛ x 10¼.   20241-0

CELTIC HAND STROKE-BY-STROKE (Irish Half-Uncial from "The Book of Kells"): An Arthur Baker Calligraphy Manual, Arthur Baker. Complete guide to creating each letter of the alphabet in distinctive Celtic manner. Covers hand position, strokes, pens, inks, paper, more. Illustrated. 48pp. 8¼ x 11.   24336-2

EASY ORIGAMI, John Montroll. Charming collection of 32 projects (hat, cup, pelican, piano, swan, many more) specially designed for the novice origami hobbyist. Clearly illustrated easy-to-follow instructions insure that even beginning papercrafters will achieve successful results. 48pp. 8¼ x 11.   27298-2

THE COMPLETE BOOK OF BIRDHOUSE CONSTRUCTION FOR WOOD-WORKERS, Scott D. Campbell. Detailed instructions, illustrations, tables. Also data on bird habitat and instinct patterns. Bibliography. 3 tables. 63 illustrations in 15 figures. 48pp. 5¼ x 8½.   24407-5

BLOOMINGDALE'S ILLUSTRATED 1886 CATALOG: Fashions, Dry Goods and Housewares, Bloomingdale Brothers. Famed merchants' extremely rare catalog depicting about 1,700 products: clothing, housewares, firearms, dry goods, jewelry, more. Invaluable for dating, identifying vintage items. Also, copyright-free graphics for artists, designers. Co-published with Henry Ford Museum & Greenfield Village. 160pp. 8¼ x 11.   25780-0

HISTORIC COSTUME IN PICTURES, Braun & Schneider. Over 1,450 costumed figures in clearly detailed engravings—from dawn of civilization to end of 19th century. Captions. Many folk costumes. 256pp. 8⅜ x 11¾.   23150-X

CATALOG OF DOVER BOOKS

THE STORY OF THE TITANIC AS TOLD BY ITS SURVIVORS, Jack Winocour
(ed.). What it was really like. Panic, despair, shocking inefficiency, and a little heroism. More thrilling than any fictional account. 26 illustrations. 320pp. 5⅜ x 8½.
20610-6

FAIRY AND FOLK TALES OF THE IRISH PEASANTRY, William Butler Yeats
(ed.). Treasury of 64 tales from the twilight world of Celtic myth and legend: "The
Soul Cages," "The Kildare Pooka," "King O'Toole and his Goose," many more.
Introduction and Notes by W. B. Yeats. 352pp. 5⅜ x 8½.
26941-8

BUDDHIST MAHAYANA TEXTS, E. B. Cowell and others (eds.). Superb, accurate translations of basic documents in Mahayana Buddhism, highly important in history of religions. The Buddha-karita of Asvaghosha, Larger Sukhavativyuha, more.
448pp. 5⅜ x 8½.
25552-2

ONE TWO THREE . . . INFINITY: Facts and Speculations of Science, George
Gamow. Great physicist's fascinating, readable overview of contemporary science:
number theory, relativity, fourth dimension, entropy, genes, atomic structure, much
more. 128 illustrations. Index. 352pp. 5⅜ x 8½.
25664-2

EXPERIMENTATION AND MEASUREMENT, W. J. Youden. Introductory man-
ual explains laws of measurement in simple terms and offers tips for achieving accu-
racy and minimizing errors. Mathematics of measurement, use of instruments, exper-
imenting with machines. 1994 edition. Foreword. Preface. Introduction. Epilogue.
Selected Readings. Glossary. Index. Tables and figures. 128pp. 5⅜ x 8½.   40451-X

DALÍ ON MODERN ART: The Cuckolds of Antiquated Modern Art, Salvador Dalí.
Influential painter skewers modern art and its practitioners. Outrageous evaluations of
Picasso, Cézanne, Turner, more. 15 renderings of paintings discussed. 44 calligraphic
decorations by Dalí. 96pp. 5⅜ x 8½. (Available in U.S. only.)   29220-7

ANTIQUE PLAYING CARDS: A Pictorial History, Henry René D'Allemagne.
Over 900 elaborate, decorative images from rare playing cards (14th–20th centuries):
Bacchus, death, dancing dogs, hunting scenes, royal coats of arms, players cheating,
much more. 96pp. 9¼ x 12¼.   29265-7

MAKING FURNITURE MASTERPIECES: 30 Projects with Measured Drawings,
Franklin H. Gottshall. Step-by-step instructions, illustrations for constructing handsome, useful pieces, among them a Sheraton desk, Chippendale chair, Spanish desk,
Queen Anne table and a William and Mary dressing mirror. 224pp. 8⅛ x 11¼.
29338-6

THE FOSSIL BOOK: A Record of Prehistoric Life, Patricia V. Rich et al. Profusely
illustrated definitive guide covers everything from single-celled organisms and
dinosaurs to birds and mammals and the interplay between climate and man. Over
1,500 illustrations. 760pp. 7½ x 10⅛.   29371-8

Paperbound unless otherwise indicated. Available at your book dealer, online at
www.doverpublications.com, or by writing to Dept. GI, Dover Publications, Inc., 31 East 2nd
Street, Mineola, NY 11501. For current price information or for free catalogues (please indicate
field of interest), write to Dover Publications or log on to **www.doverpublications.com** and see
every Dover book in print. Dover publishes more than 500 books each year on science, elementary
and advanced mathematics, biology, music, art, literary history, social sciences, and other areas.